BORDEAUX CONNECTION

DU MÊME AUTEUR

Essais

La Guerre des vins (avec A. Mantoux), Flammarion, 2012

Légion étrangère, les soldats perdus de la République (avec S. Rodriguez), Calmann-Lévy, 2010

Ghota city, le pouvoir discret des aristos (avec L. de Charette), éditions du Moment, 2009

NRJ, l'empire des ondes (avec A. Mantoux), Mille et Une Nuits, 2008

In vino Satanas (avec D. Saverot), Albin Michel, 2008

Ségolène Royal, la dame aux deux visages (avec A. Mantoux), L'Archipel, 2006

Essais illustrés (illustrations Vincent Caut)

La Ligue des capitalistes extraordinaires, Dargaud, à paraître août 2015

La Ligue des économistes extraordinaires, Dargaud, 2014

Scénarios de BD-enquête (dessins Philippe Bercovici)

La Romanée contée, pinot noir contre dragon blanc, Vent d'Ouest, 2014

Champagne !, le Dom Pérignon code, 12Bis, 2012

La Gauche bling-bling, 12Bis, 2012

Les Caves du Cac 40, les Dix Commandements du vin, 12Bis, 2011

Robert Parker, les sept péchés capiteux, 12Bis, 2010

Ouvrages pratiques

Bien acheter son vin pour les Nuls (collectif), éditions First, 2013

Guide d'achat des vins 2012 pour les Nuls (collectif), éditions First, 2012

Dico Vino, guide encyclopéthylique du vin (avec P. Bercovici), 12Bis, 2011

BENOIST SIMMAT

BORDEAUX CONNECTION

FIRST
Editions

12, avenue d'Italie
75013 Paris – France
Tél. : 01 44 16 09 00
Fax : 01 44 16 09 01
Courriel : firstinfo@efirst.com
Internet : www.editionsfirst.fr

ISBN : 978-2-7540-6615-0
Dépôt légal : avril 2015
Imprimé en Espagne

Ouvrage dirigé par Laurent Boudin
Secrétariat d'édition : Capucine Panissal
Relecture et mise en page : Christine Cameau

AVERTISSEMENT DE L'AUTEUR

En accord avec l'éditeur, et dans un souci de clarté, il a été décidé que ce livre ne comporterait aucune citation anonyme. Tous les propos rapportés ici sont strictement attribués aux différents protagonistes du livre et proviennent d'entretiens menés par l'auteur pour écrire celui-ci (voir liste en fin d'ouvrage), ou alors ont été tenus en présence de l'auteur dans le cadre de son travail. Les rares exceptions à ce cadre sont signalées en notes de bas de page.

Prologue

Une nuit à Hong Kong

Sont-ce des Templiers que l'on aperçoit vendre des grands crus à l'autre bout du monde ? – Une carte de visite en tenue de Commandeur – Soudain, le prix des délices tombe à 10 000 kilomètres de là – Le jeune Eiffel s'interroge – Comment un bon petit bordeaux peut nous coûter 200 euros.

Le Héraut fait discrètement signe au Grand Maître d'accélérer car il reste encore une bonne quinzaine d'impétrants devant revêtir la lourde robe de Commandeur et recevoir la traditionnelle fibule de l'Ordre.

Alors on se dépêche un peu :

« *Par la mémoire auguste et vénérable de notre fondateur* [...], *nous vous faisons Commandeur d'honneur dans l'ordre de la Commanderie du Bontemps.* »

Le nouveau « Commandeur » en question n'est pas un nostalgique illuminé des organisations crypto-templières et son sujet est beaucoup plus léger : le vin, ou plutôt les très grands vins. Il est un sommelier très connu dans son pays, la Corée, et brandit un respectable verre à dégustation rempli d'un liquide opaque pour procéder à son serment.

Le Grand Maître, lui, n'est ni chenu, ni conspirationniste, même si lourdement chargé en décorations, attributs dorés et autres faluches de rigueur.

Il s'appelle Emmanuel Cruse, est l'héritier d'un nom très connu en Bordelais, dirige un grand domaine de l'appellation Margaux, Château d'Issan, est à la tête depuis 2008 de l'un des principaux lobbies des grands vins de Bordeaux – cette élite que l'on nomme les « grands crus » –, la Commanderie du Bontemps, qui représente les régions du Médoc, des Graves et de Sauternes.

Également plein d'allant, son « vice-Grand Chancelier », Jean-Guillaume Prats, lui aussi issu d'une vieille famille du cru – son père fut autrefois un des créateurs de l'Ordre, d'ailleurs il aurait bien aimé la place de Grand Maître… –, procède, sourire en coin, à l'appel et à la présentation du prochain « candidat ».

Une belle jeune femme s'avance, pétrie d'émotion, hésitante, dans sa robe de soie blanche. Elle se nomme Peng Wei et revêtira dans un instant la cape chamarrée des « Commandeur d'honneur ».

Le texte qui lui est lu, dans un anglais international mâtiné d'un lourd accent girondin, est un hommage convenu :

« […] *Vous avez créé votre société de négoce de vins en 2004 à Guangzhou* [Canton]. *Depuis cette date, vous avez visité les huit meilleurs châteaux du Bordelais et partagé les plus beaux vins en la meilleure compagnie* [...]. *La signification émanant de nos grands vins vous a rendue de plus en plus fière de travailler dans ce secteur. Vous espérez profondément que la culture du vin puisse grandir dans votre pays et contribuer à un bonheur sans limite et à la santé de tous* [...][1]. »

Que la jolie Peng Wei ne comprenne que très mal l'anglais n'a pas d'importance. Ce qui compte, c'est que la société qu'elle dirige, Versailles Wine (*sic !*), soit une des plus importantes de l'industrie importatrice viticole sur la mégalopole de Canton et ses 13 millions d'habitants. Qu'elle entretienne les meilleures relations avec tous les « milieux » cantonais, par le simple fait qu'elle est la petite-fille d'un des compagnons de route de Mao, époque Longue Marche, est évidemment un argument autrement plus définitif.

La voilà, rouge de plaisir, devenue Commandeur.

Ce soir-là, au Grand Hyatt de Hong Kong, un des plus somptueux palaces de l'ancienne colonie britannique, devant huit cents VIP triés sur le volet, la Commanderie du Bontemps, Médoc, Graves, Sauternes, Barsac – ... ouf !, c'est son nom officiel – va ordonner une trentaine d'importateurs, négociants, sommeliers, parfois restaurateurs, tous originaires d'Asie.

Une clientèle en or qui se damnerait pour participer à un tel dîner, être couronnée d'un tel titre, aussi honorifique soit-il. Le rituel est d'autant plus suranné qu'il a été créé de toutes pièces voici un demi-siècle, pour des motivations purement commerciales. C'est un moment un peu lassant pour les membres du bureau de la Commanderie, qui le ressassent un peu

1. Toutes les traductions figurant dans l'ouvrage sont de l'auteur.

partout en Asie depuis quelques années. Mais, pour les Chinois, être ordonné de cette manière est un honneur immense.

Alors, l'équipe bordelaise, en lourde tenue d'hermine, s'efforce de raccourcir la cérémonie pour aller se réinstaller en smoking dans la salle.

Car, si 80 % de l'assistance est évidemment composée de cette riche clientèle asiatique – une grande partie ayant par ailleurs déjà été ordonnée Commandeur, les autres sachant qu'ils le seront bientôt, à condition de doper leurs commandes, cela va de soi... –, eh bien, toutes les têtes pensantes du business de ces grands crus à la sauce bordelaise sont là ce soir.

Et pas seulement parce que la clientèle est honorée de voir s'incarner pour quelques heures, à l'autre bout du monde, ces grandes étiquettes qu'elle adore en des hommes et des femmes de chair et d'os, ceux et celles qui pensent et élaborent les vins, des breuvages effectivement délicieux.

Mais aussi parce que, ce mardi 29 mai 2012, ce dîner de la Commanderie de Vinexpo Hong Kong, est un peu l'Everest de la conquête de la Chine par Bordeaux. Avec des millésimes de légende – comprenez « d'excellente qualité » –, les 2009 et 2010, les seigneurs du Médoc, des Graves, mais aussi de Saint-Émilion, toute la caste des deux cent cinquante grands crus qui comptent, leur en ont vendu pour des sommes proprement délirantes.

Nous parlons ici de centaines de millions d'euros par millésime. Ce qu'ont rapporté les grands crus vendus par les propriétaires à leurs négociants, et par ces négociants à la nouvelle Chine « capitaliste ».

Jamais le mot « Bordeaux », dont l'expression « grand cru » est devenue le synonyme sur les marchés globalisés, n'a détenu une telle force de frappe commerciale. Jamais les grands vins girondins n'ont rapporté autant d'argent.

C'est du moins le sentiment qu'en ont ce soir les principaux artisans de cette conquête, qui pour beaucoup ont tenu à être là, en grande tenue, attendant patiemment que le Grand Maître ait fait son office, et jetant un œil distrait au menu et aux cuvées choisies pour accompagner le dîner.

Ils ont l'habitude.

Le programme des délices, consensuel et sans risques, est rédigé en anglais et en cantonais[2] :

« *Pigeon de Bresse confit en terrine / Château Palmer 2003*

Foie gras royal aux œufs pochés / Domaine de Chevalier 2000

Sole grillée et ses crevettes rouges de Méditerranée / Château Saint-Pierre 1998

Bœuf tendrement rôti et sa queue braisée / Château Latour 1996

Confiture de lait de Normandie et son sorbet d'abricot / Château d'Yquem 2005 »

Un programme pour lequel ceux de nos amis d'Asie qui auront eu, en sus, le privilège de revêtir un instant la cape de Commandeur se seront acquittés de la somme d'un millier de dollars, des dollars américains, pas de Hong Kong, bien sûr.

Alors, qui sont-ils, ces malins Girondins persuadés d'avoir surfé sur une opportunité économique

2. Langue parlée dans le Sud de la Chine.

extraordinaire alors même que le monde s'enlise dans la dépression économique depuis 2008 ? Regardons-les d'un peu plus près :

Voici par exemple Olivier Bernard, dont la famille est propriétaire, justement, d'un des grands vins servis ce soir, le Domaine de Chevalier, exception notable puisqu'il ne s'agit pas d'un « château ». Olivier Bernard lui-même pilier d'une autre puissante organisation de promotion des grands vins, l'Union des grands crus bordelais – l'UGCB, « l'Union » tout court, dans le langage du milieu.

Détail amusant : Olivier Bernard est un cousin d'Emmanuel Cruse, notre Grand Maître de cérémonie ce soir. Ces deux patronymes incarnent les antiques lignées bordelaises aux commandes des chais depuis des lustres.

Il y a aussi Hubert de Boüard, autre forte personnalité, mais de l'autre rive de la Garonne cette fois-ci, Saint-Émilion, c'est-à-dire la « rive droite » au sens des initiés. De Boüard a fait de son Angélus – surtout ne dites plus « Château Angélus » ! – un des crus les plus chers du cartel, et s'il est là ce soir, c'est que ses cousins de la rive gauche ne peuvent pas ne pas inviter celui qui est aussi Premier Jura de la Confrérie des vins de Saint-Émilion, sorte d'alter ego du Grand Maître médocain.

Plus simple est maintenant de regarder Pierre Lurton faire le pitre en posant entre deux Chinoises lourdement fardées et vêtues en robe léopard. Derrière le joyeux luron perce le séide de Bernard Arnault, chargé par l'homme le plus riche d'Europe de diriger d'une main de fer les deux joyaux de son empire : Yquem et Cheval Blanc, deux « premiers grands crus classés », l'élite de l'élite, que les connaisseurs nomment des « Premiers », en toute simplicité.

Et puis il y a bien sûr Michel Rolland, le plus célèbre des « winemakers », dont le métier consiste à élaborer finement nombre de ces grands crus internationaux et dont le savoir-faire se paie très cher. Son rire puissant résonne depuis la table où il narre aux convives présents une de ses anecdotes rapportées d'un des quatre points cardinaux de la planète vin.

Moins connue, mais non moins influente, la famille Cazes est représentée par Sylvie Cazes, copropriétaire de Lynch-Bages (un grand Pauillac), également « madame vin » de l'équipe municipale d'Alain Juppé à la mairie de Bordeaux. Elle est un peu débordée car elle a aussi pris la présidence de l'Union, l'Union des grands crus, succédant à l'ex-industriel Patrick Maroteaux (Château Branaire-Ducru), cumulant moult fonctions dans l'interprofession des grands Bordeaux, et notamment de l'appellation Saint-Julien, qu'il défend avec acharnement depuis vingt ans et pour laquelle lui aussi est là ce soir.

Les directeurs à poigne sont encore plus nombreux. Hervé Berland, Grand Chancelier de la Commanderie, est là pour Montrose, le Saint-Estèphe racheté à prix d'or par la famille Bouygues. L'efficace Dominique Befve, lui aussi lourdement chargé des breloques de la Commanderie, représente Lascombes, un très chic Margaux que l'assureur mutualiste MACSF a négocié une fortune auprès du fonds Colony Capital, ancien propriétaire du PSG.

À vrai dire, la liste des personnages de poids au sein de cette caste est longue, puisqu'il faut évidemment y ajouter les très influents négociants de Bordeaux, lesquels possèdent le précieux monopole de la commercialisation des grands crus dans le monde. Ils sont ce soir représentés par des puissants, comme Philippe Castéja, un de ces lobbyistes dont le cumul des fonctions effraierait un sénateur.

Et que dire des non moins mystérieux courtiers ? Ces officiers assermentés règlent en toute discrétion les affaires entre, justement, propriétaires et distributeurs, et ils sont là eux aussi, à l'image du volubile François Lévêque, familier des secrets de Bordeaux.

La Bordeaux Connection, le lobby organisé des grands vins, triomphe. Jamais les bénéfices n'ont été aussi élevés, jamais une nouvelle clientèle n'a été aussi prometteuse, du moins le croit-on encore.

Il s'agit encore une fois du Bordeaux des grands crus, le Bordeaux des « grands flacons » comme il est de rigueur de le dire, pas de la plèbe des neuf mille petits châteaux cédés dix à cent fois moins cher et dont un représentant fait faillite tous les mois.

Pour comprendre comment opèrent les soldats des grands vins de Bordeaux dans la nouvelle Chine des mégalopoles, il faut se rapprocher d'une de ces tables d'exception où dix convives ultra-privilégiés baignent dans la chaude lueur dispensée par la lumière des chandeliers traversant les dizaines de verres à dégustation disposés en cercle devant le service en porcelaine et l'argenterie.

C'est justement la table que vient de rejoindre la jolie Peng Wei, notre importatrice fraîchement adoubée Commandeur d'honneur. Elle vient voici quelques instants de jurer de défendre la cause des grands vins de Bordeaux en toutes circonstances comme l'exige le long rituel, monté de toutes pièces, de la Commanderie.

Ayant dû rendre son manteau (il ressert souvent, la Commanderie a investi plus de deux cent cinquante Chinois en trois ans…), la jeune importatrice s'assoit, soulagée, lestée d'un diplôme et d'un simili carré Hermès.

Ce soir, l'image à cette table est réellement étonnante. Dans un symposium plus que symbolique, la « Grande Chine » rêvée par le pouvoir communiste depuis Mao est enfin réunie. Car il y a ici le « meilleur sommelier » de Taipei (Taiwan), Nien Fan Hsun, dissertant aimablement avec un négociant venu de Shanghai, Eiffel Jiang, dont le prénom, semblable au nom de notre célèbre tour, est une énigme pour l'Occidental.

À la droite des épouses hongkongaises de ces deux derniers, accompagné d'une de ses commerciales, le dignitaire du principal réseau de cavistes de Macao, un certain Bandy Choi. L'individu ne déparerait pas dans un long-métrage consacré aux triades, mais tend simplement à son interlocuteur la carte de visite la plus décalée qui soit : côté pile, ses références avec une photo de lui en grand habit de Commandeur, verre à la main ; côté face, même références, même mise en scène, mais cette fois en tenue de Jura de Saint-Émilion, l'habit rouge et blanc !

Amusant, mais au-delà du caractère exotique de ces comportements, ces Chinois, tous jeunes, éduqués, à fort pouvoir d'achat, incarnent l'avenir pour celui qui les a invités et qui officie à cette même table, comme chef d'orchestre : regard matois et gestes liants, voici Bruno Finance, un Girondin pur sucre, porteur d'un authentique patronyme de cinéma. Ce directeur export de l'un des plus gros groupes de négoce bordelais, Yvon Mau, incarne cette avant-garde venue en Orient à l'assaut des marchés de la nouvelle Chine.

Responsable aguerri de la zone Asie, il connaît les noms, les réputations, les histoires personnelles, les capacités économiques de cette nouvelle clientèle, véritable eldorado pour les grands crus.

Surtout, comme nombre de ses homologues des tables voisines, il en connaît les codes.

Depuis toutes ces années où il écume les bas-fonds du business en Extrême-Orient, Bruno Finance a compris que Français et Chinois, si différents soient-ils au premier abord, possèdent un ADN commun en matière d'affaires. Hilare, énergique en permanence, il explique en aparté pourquoi à chacune de ces rencontres il a approfondi les liens commerciaux entre son entreprise et cette riche clientèle :

« *Ici, nous vendons le rêve bordelais, cette table, ces grandes bouteilles, notre gastronomie, le rituel de la Commanderie, tout cela, les Chinois adorent. L'avenir des grands vins est dans ce pays. De toute façon, comme cela a été le cas pendant longtemps chez nous, il est impensable de faire du business sans être à table, sans manger, sans boire, sans y prendre plaisir, sans plaisanter, et sans parler des femmes !* »

La soirée prend effectivement des allures charmantes à mesure qu'on l'observe à travers le prisme des dizaines de verres déposés devant les heureux convives, qui, bien vite, trinqueront comme de vieilles connaissances aux amours franco-chinoises de la table... Eiffel, dans un français élégant, en arrive même à traduire les subtilités des redoutables toasts à la chinoise, un rituel des affaires ayant terrorisé plus d'un Occidental.

« C'est plus codifié qu'on l'imagine : si vous êtes redevable envers quelqu'un, vous devez théoriquement avoir un verre moins rempli, et le positionner plus bas que celui de cet interlocuteur au moment de trinquer... »

Pourtant, deux heures plus tard, à l'instant précis où l'armée de serveurs en gants blancs verse d'une rotation sûre du poignet le Latour 1996 – un des plus grands des plus grands, un Premier... – dans huit cents verres en quelques instants, une tempête se déclenche sur les écrans des smartphones.

À 10 000 kilomètres de distance, les Domaines Barons de Rothschild (DBR), propriétaire du plus spéculatif des grands vins, Lafite, annoncent le prix de vente professionnel du dernier millésime d'une de leurs cuvées, les Carruades de Lafite 2011 : ce sera 90 euros hors taxes.

Entre la poire et le fromage, il y a parfois des hasards extraordinaires...

Courtiers, négociants, propriétaires, importateurs, tous font mine de s'indigner contre l'arrogance du geste, un geste jugé prémédité du seul absent notable de l'événement de ce soir, Christophe Salin, directeur général des Domaines Barons, un Champenois d'origine, chargé par le baron Éric de Rothschild[3] de

3. Copropriétaire et gérant de Lafite Rothschild.

doper encore l'extraordinaire valeur générée par le très grand vin des Rothschild, dont toutes les branches familiales sont actionnaires.

Les Carruades de Lafite, échangé à plus de 100 euros TTC entre professionnels ? Un prix ultra-spéculatif. Il s'agit, dans le langage du vignoble, d'un « second vin », c'est-à-dire d'une idée de ce à quoi pourrait ressembler le « premier vin », le vrai. Bien évidemment fort bien vinifié et agréable à déguster, ce vin est toutefois élaboré à partir de jus généralement issus des jeunes vignes. Cette « idée » pourra donc s'avérer fort rentable quand on sait que, au prix annoncé, le breuvage sera revendu chez un caviste à 200 euros minimum la bouteille.

L'indignation, toutefois, ne dure jamais très longtemps devant un potentiel de marché au goût enivrant. Et puis, les grands Bordeaux les plus spéculatifs n'ont-ils pas disparu du marché français ?

Alors, en quelques minutes, toutes les tables se remettent au travail. Les négociants font leurs calculs. Ils doivent appliquer une marge d'environ 20 % pour distribuer ce vin comme tous les autres.

Bruno Finance, calme et concentré, se rassoit et regarde dans les yeux Bandy Choi, puis Eiffel Jiang, ses deux plus gros acheteurs potentiels. Le second est un peu interloqué par un prix que le milieu attendait à la baisse – le millésime 2011 est jugé beaucoup moins qualitatif que le précédent, le 2010, et devrait donc être vendu moins cher…

Il demande un instant de réflexion, mais son compatriote de Macao, imperturbable, a déjà fait ses calculs, et le Français pousse alors son avantage :

« Alors les amis, vous bougez ? Bandy, tu prends ? Ok pour trente caisses. »

Finalement ce sera cinquante « caisses », des contenants de douze bouteilles dans le langage des affaires. Une facture de 85 000 dollars environ[4].

Une des clés du business est la perception de rareté que les Bordelais ont réussi à imprimer dans l'esprit de leurs clients finaux asiatiques. Pourtant, Bandy Choi, comme tous les autres, sait pertinemment que les Carruades, tout comme d'ailleurs Lafite, n'est absolument pas un produit rare : la production moyenne est de plus de 20 000 « caisses », soit pratiquement un quart de million de bouteilles.

Le caviste de luxe de Macao sait que ses habitués se fichent bien de connaître un tel chiffre.

Nos bons vieux « grands vins de Bordeaux », ceux que l'on sortait à Noël pour faire l'unanimité à table et plaisir aux convives, seraient-ils devenus des produits de luxe ? Il semblerait bien, effectivement, qu'ils aient été téléportés dans ce segment économique aux règles très particulières et aux marges en or massif. Un monde où il est indispensable que ces marques mondiales soient le mieux valorisées, c'est-à-dire tout simplement le plus cher possible.

À douze heures d'avion de là, Christophe Salin, le « big boss » de Lafite, sait déjà qu'il a réussi son coup et n'a pas beaucoup d'états d'âme envers ses homologues propriétaires, envers ses négociants ou leurs concurrents, ou même vis-à-vis des courtiers. Car un tel client qui paie cash, à l'aveugle, l'élite de la République

4. Au cours euro-dollar de juin 2012.

populaire de Chine, il en a existé très peu dans la redoutable histoire des grands vins de Bordeaux.

Tous les coups sont donc permis avant que l'inévitable reflux commercial n'arrive. En quelques heures, une grande partie de la production des Carruades 2011 a été écoulée au prix fort. Les accords oraux seront scrupuleusement scellés dans les jours suivants *via* des contrats en bonne et due forme. Quand les Domaines Barons auront écoulé la seule production de ce second vin, ils auront amélioré leur activité de plus d'une vingtaine de millions d'euros !

En outre, et cela n'a pas de prix, huit cents convives d'exception auront, ce soir-là, oublié de s'extasier devant le Latour 1996, le grand rival de Lafite. La famille Rothschild a fait quinte flush face au milliardaire François Pinault, propriétaire de Latour.

Ainsi vont les affaires dans l'extraordinaire caste des grands crus.

CHAPITRE 1

OPA SUR LA CHINE

Un mur de caisses de Pétrus nous contemple – Pourquoi le négociant Topsy se lamente en servant des verres d'eau chaude – Où l'on retrouve notre « tueur » présidant un banquet kitsch dans la plus haute tour de Macao – Une visite chez le Grand Maître Cheung – Un trésor de plusieurs milliards de dollars ?

Cette adresse n'apparaît sur aucun annuaire, et seuls les initiés savent comment s'y rendre. Philippe Laquèche, né en 1964, P-DG du cinquième négociant bordelais, le groupe Yvon Mau, connaît la procédure. Familier du business chinois, ce grand gaillard aux airs faussement sérieux a « parrainé » deux jours plus tôt l'intronisation de la jeune Peng Wei au grade de Commandeur, la récompense attendue d'une distributrice si dévouée à la cause des grands Bordeaux.

Il monte maintenant dans sa voiture et, depuis Central, épicentre du business de l'île de Hong Kong, prend la direction de Chai Wan, à l'est – à ne pas confondre avec Wan Chai, le quartier des plaisirs. Un peu plus tard, il lui faudra bifurquer vers la sortie menant à un des quartiers populaires les moins reluisants de l'ex-colonie britannique. Le véhicule ralentira sur une place morne, jusqu'à s'arrêter devant un garage automobile en pleine effervescence.

En évitant les flaques d'huile et le regard blasé des mécaniciens, tous asiatiques, il est aisé de se faufiler jusqu'à l'entrée secondaire de l'immeuble afin d'emprunter un ascenseur sans aucun doute laissé volontairement dans un état de semi-abandon.

Le Bordelais sourit car tout nouveau visiteur se croit fatalement téléporté dans un film du réalisateur John Woo.

Au quatrième étage, clap de fin. Lumière éclatante, bureaux ultra-modernes, caisses de grands crus fraîchement déposées, cliquetis des claviers des opératrices régularisant une commande en cantonais... Vincent Yip, deuxième génération de négociants hongkongais, chemise bleue ouverte, sourire figé à la chinoise, se trouve là.

Il accueille avec une chaleur non feinte ce Girondin incarnant la nouvelle génération des Chartrons, le quartier historique du négoce bordelais, une interprofession bénéficiant depuis des lustres – rappelons-le – de l'incroyable privilège de distribuer en exclusivité les grands Bordeaux dans le monde entier.

Commercial aguerri, membre assumé de la Commanderie du Bontemps, également au bureau de l'Union des maisons de Bordeaux (cette fois-ci, il s'agit du lobby des négociants bordelais), Philippe Laquèche est en quelque sorte nouveau dans cette élite mal connue de commerçants-négociants dispersant les grands flacons depuis le Siècle des lumières, et qui a longtemps gardé ses entrepôts de vins dans ce secteur excentré.

Ils se nomment Joanne, Borie-Manoux, Moueix ou Ginestet, on les appelle les grandes maisons de négoce bordelaises, et elles expédient aux quatre coins du monde les trois cents bordeaux qui comptent, plus un nombre incalculable de bordeaux plus « modestes ».

Pour avoir accès aux meilleures bouteilles, la base de son business, Topsy Trading doit obligatoirement passer par eux. Essayer de contourner cette règle serait pour son commerce une mort annoncée. La firme représentée par Philippe Laquèche ne cesse de monter en puissance dans le système des grands crus, multipliant les « allocations », ces lots de prestigieuses caisses que les plus puissants des châtelains distribuent à leurs affidés du négoce.

Le Bordelais est donc bien accueilli, tout comme le sera son homologue qui suivra sans doute demain, comme celui qui, de toute évidence, était là la veille, car ils sont quelques dizaines de sociétés à se partager le marché.

La cordialité est bien évidemment assise sur une compréhension réciproque des intérêts de chacun. Le négoce a besoin de relais puissants comme Vincent Yip. Chaque fois qu'un nouveau millésime est mis sur le marché, ce boss aux allures cool acquiert pour environ un quart de millions de bouteilles auprès de la « Place » de Bordeaux – le nom de code de ce subtil système unissant propriétaires de grands châteaux et ceux qui négocient la marchandise dans le monde entier.

La très discrète société Topsy Trading, que Vincent Yip manage et que son père Thomas a créée voici trente ans, est donc un des relais clé du business des grands crus dans cette plate-forme qu'est devenue Hong Kong. Depuis ces bureaux, dont l'adresse est réservée aux professionnels, dix millions des meilleures bouteilles du Bordelais ont déjà été dispersés en vingt ans, et au prix fort, sur tout le continent.

Au prix du marché, en ce Vinexpo Hong Kong de fin mai 2012, il y en a pour une véritable fortune.

La famille Yip fut en effet la première, dans les années quatre-vingt-dix, à opérer des achats en « primeur », ces ventes par anticipation de grands vins alors que ceux-ci ne sont pas encore embouteillés, une des grandes spécialités du système de la « Place ».

Vincent Yip, c'est une tradition maison, insiste donc pour commencer par escorter son visiteur dans le saint des saints, la cave de stockage de Topsy Wine Trading. Visite de courtoisie autant que symbolique, mais visite de rigueur. Topsy acquiert 100 % de ses matières premières auprès des négociants des Chartrons – impossible de faire autrement, le système est cadenassé.

L'avantage qu'en retire la famille Yip, c'est la sécurité absolue en matière de provenance des vins : toutes les « caisses » – cette mesure internationale du business des liquides alcoolisés correspondant à douze bouteilles dans un contenant de bois cloué et armé du nom du propriétaire – proviennent directement des entrepôts des châteaux.

Aujourd'hui, c'est une nécessité absolue, alors que l'immense machine à contrefaire chinoise s'est démultipliée, en même temps que grossissait l'appétit pour les belles étiquettes.

Sur ce sujet explosif, l'aimable Vincent Yip est à fleur de peau :

« Les grandes familles de propriétaires, je les connais toutes, enfin, beaucoup. Je connais les Moueix, les Cazes, les Tesseron. Nous voyageons à Bordeaux une fois par an minimum depuis que nous achetons en primeur, c'est-à-dire le début des années quatre-vingt-dix. Ce qui compte aujourd'hui, c'est la provenance des bouteilles. Et notre stock, à 100 %, il est d'origine des châteaux ! »

À ses visiteurs, à ses milliers de clients, à tout Hong Kong, la famille Topsy répète en boucle que son immense stock – à vendre une fortune – provient dans sa totalité directement des chais de Latour, Lafite, Palmer et autres Yquem, en réalité le top cinquante des vins girondins.

Yvon Mau, comme quelques dizaines d'autres négociants, possède des « allocations » (des autorisations de mise sur le marché) pour commercialiser les très grands Bordeaux auprès de professionnels sûrs comme Topsy. Le terme désigne tout simplement le privilège assez sidérant dont bénéficient ces revendeurs en se voyant accorder le droit exclusif de commercialiser à des prix toujours plus fous des lots de ces bouteilles pour lesquelles la demande dépasse systématiquement l'offre, du moins depuis quelques années, et dont tout le monde ignore en réalité si le phénomène va perdurer.

Entre le négociant international et son « grossiste » local, entre Yvon Mau et Topsy Trading, une ou deux visites réciproques annuelles sont nécessaires pour renouveler le bail de confiance. Le stock vers lequel nous escorte maintenant Vincent Yip est un des secrets les mieux gardés de Hong Kong, car avec la surinflation des grandes étiquettes, il représente dorénavant la valeur des coffres particuliers d'une banque suisse.

Précédé par le maître des lieux, il faut repartir dans les méandres des sous-sols de cet immeuble perdu pour gagner enfin une grande porte de bois coulissante, héritage probable d'un ancien garage à poids lourds. Vincent Yip sort une clé, la fait jouer dans un cadenas pour libérer une forte chaîne, désactive une alarme, et ouvre un battant sur un spectacle hallucinant. Plusieurs milliers de caisses de bois des plus grands noms sont empilées là et forment un labyrinthe dans lequel l'amateur se perd avec une certaine délectation.

Ici, ne sont rassemblées que les meilleures « pièces », c'est-à-dire les meilleurs terroirs, les meilleurs crus, et les meilleurs millésimes.

Il y a du Latour, du Lafite, du Mouton, du Haut-Brion, du Margaux, du Cos d'Estournel, du Lascombes, du Palmer, du Pavie, Ausone, Cheval Blanc, Figeac, Yquem, bien sûr, quelques seconds vins ultra-spéculatifs, comme les inévitables Carruades de Lafite ou le Pavillon Rouge de Château Margaux, autre second vin mythique et très onéreux car il fut voici un siècle le premier de son espèce.

Estimer la valeur marchande de ce stock est un jeu auquel nombre de visiteurs occidentaux se sont essayés : 20 millions de dollars ? 50 millions ?

100 millions ? Notre négociant asiatique s'en étranglerait presque de rire :

« 100 millions ? Ah ah ah ! »

Devant nous, un mur de caisses de Pétrus, le plus rare, le plus cher, le plus coté des grands Bordeaux. Il appartient à la très discrète et très puissante famille Moueix, dont la caractéristique est d'être à la fois propriétaire de grands vins mais aussi un des leaders les plus redoutés du négoce bordelais[5].

Parmi ces caisses de douze bouteilles ne sont représentées que les années « spéculatives », c'est-à-dire les meilleurs millésimes, ceux conférant aux meilleurs grands crus le pouvoir de traverser jusqu'à un demi-siècle ou plus.

C'est du moins la certitude qu'en ont les collectionneurs ou amateurs fortunés prêts à payer des sommes indécentes pour déboucher de tels flacons.

Voici aujourd'hui par dizaines des Pétrus 2005, 2009, 2010. Chacune de ces caisses pourrait immédiatement trouver preneur à 12 000 ou 15 000 dollars.

Finalement, le calcul n'est peut-être pas si impossible à faire. Il y a ici un million de bouteilles en permanence, uniquement les meilleures références, une soixantaine d'étiquettes que toute l'Asie s'arrache, en tout cas pour le moment. Les prix catalogue de chacune d'entre elles s'échelonnent de 50 à 500 dollars américains, parfois plus. Si l'on considère l'hypothèse très basse où la cotation moyenne est d'une centaine de dollars américains, alors le stock réservé ici pourrait effectivement bien coter… 100 millions !

5. Voir chapitre 7.

Mais ce n'est qu'une hypothèse.

Revenus sur terre, c'est-à-dire au quatrième étage de Topsy Trading, Vincent Yip invite ses visiteurs à déguster le traditionnel verre d'eau chaude cantonais du matin – servi sans thé.

Il évoque maintenant les millésimes passés, les marchés futurs, le business actuel. Mais l'humeur n'y est pas. Il se remémore l'époque où il arpentait le vignoble français avec son père Thomas, une époque où les grands vins n'étaient pas autre chose que de grands produits de table. Personne n'imaginait qu'ils deviendraient des produits de luxe.

« *Les temps ont changé. Les grands crus sont devenus très agressifs en prix. Je me souviens du début des années quatre-vingt-dix, un premier cru valait moins de 400 francs*[6]. *Aujourd'hui, certains 2010 ont été cédés 1 000 euros par les propriétaires. C'est irréel !* »

Irréel sans doute, mais des intermédiaires comme Topsy Trading, et il y en a d'autres, n'ont jamais gagné autant d'argent, tout comme les propriétaires qui les fournissent en marchandise.

Ces bouteilles vendues le prix de parfums de luxe par les châteaux et les négociants bordelais sont réclamées avec acharnement parce que toute l'Asie capitaliste du début du XXIe siècle veut trinquer aux meilleurs, et pas à autre chose.

Philippe Laquèche, diplomate, rappelle à son interlocuteur que le gouvernement de la République populaire a encouragé cette évolution.

---

6. 60 euros.

« Pékin voulait profiter de la transformation économique pour lutter contre l'alcoolisme et éradiquer le traditionnel baiju[7]*. Le vin est à la mode en Asie, et qui dit vin, dit bordeaux. Les grands crus en profitent, mais tous les bordeaux aussi. La Chine est devenue le premier marché de Bordeaux, qui l'aurait cru voici encore cinq ans ? »*

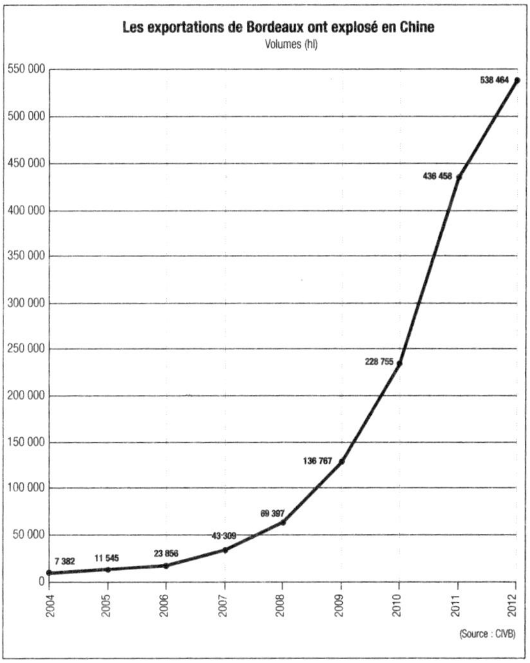

Oui, rétorque Vincent Yip, mais attention, il s'agit d'une bulle spéculative. Acheter en primeur devient périlleux. Que se passera-t-il si le système s'écroule, si la demande n'est plus là ? Le Chinois a fait ses calculs. À quelques exceptions près, rares sont les châteaux à avoir consenti une baisse suffisante du prix de leurs

7. Catégorie traditionnelle des alcools de riz ou de sorgho, très répandu partout en Chine.

millésimes 2011, pourtant bien inférieurs en qualité après les extraordinaires 2009 et 2010.

Le Bordelais, qui deux jours plus tôt assistait au happening des « Carruades » à la soirée de la Commanderie au Grand Hyatt, ne peut pas vraiment lui donner tort.

Certes, sur le papier, certains dirigeants ont intentionnellement modéré leurs prix toujours plus fous pour ne pas perdre une clientèle affolée par la surinflation des étiquettes. Dans ce système qui enrichit tout le monde, il ne s'agirait pas que certains fassent défection.

Christophe Salin, pour reprendre notre exemple, le puissant dirigeant du plus célèbre des grands crus aux yeux des Chinois, Lafite, celui-là même qui vient de vendre à un prix rédhibitoire ses Carruades de Lafite, eh bien, Christophe Salin fut, quelques semaines plus tôt, le premier à prendre tout le monde de court en annonçant dès avril une baisse de 30 % de son grand vin 2011 par rapport au 2010.

Le problème, bien évidemment, est que cette modération est bien trop faible pour conférer au Lafite 2011 un prix cohérent : à - 30 %, le Lafite 2011, a été vendu environ 350 euros[8] aux professionnels (les négociants), mais il s'agit d'un prix hors taxes et, en outre, une fois la marge des distributeurs et diverses marges intégrées, ce vin sera proposé aux amateurs environ 600 euros pièce !

---

8. Tous les prix de vins commercialisés en primeur rapportés dans ce livre ont été arrondis, car ceux-ci ne sont pas toujours strictement fixes et évoluent légèrement dans le temps, en tout cas dans les périodes de commercialisation concernées.

Plus qu'excessif, sans doute, même pour un très grand vin, car le millésime n'a vraiment rien d'exceptionnel et le rêve promis tient souvent aux conditions de l'année.

Prudent et sentant que le vent commence à tourner, Vincent Yip, dit-il, a moins acheté de Lafite 2011 cette année-là.

Lost in Macao

Lancé à 80 kilomètres à l'heure, l'aéroglisseur mettra à peine quarante-cinq minutes depuis Hong Kong ouest pour rejoindre l'ex-colonie cousine de Macao, située de l'autre côté du delta de la rivière des Perles.

Quelques jours après la soirée de la Commanderie à Hong Kong, une délégation réduite de Bordelais hilares se dirige cette fois vers la Sky Tower de l'ancien territoire portugais. La « plus haute tour » de Macao accueille un grand dîner de gala comme il y en a tous les soirs quelque part en Asie. Et les stars, ce sont eux, les professionnels des grands crus qui incarnent les grandes étiquettes, ces grands vins qu'ils vont faire déguster à plusieurs centaines d'autochtones.

Au Grand Hyatt, ces Français arboraient leur cape ou leurs cartes de visite de Commandeurs. Ce soir, ils représentent indirectement une organisation distincte de la Commanderie du Bontemps : il s'agit de la puissante Union des grands crus bordelais, une machine commerciale efficace dont la caractéristique – et la fierté revendiquée – est de ne jamais vendre de vins lors de ces manifestations.

C'est évidemment un peu plus compliqué que cela. La grosse centaine de châteaux membres de l'Union[9]

---

9. Cent trente-cinq en 2015.

écume les zones de conquête pour créer une demande permanente de grands vins. Elle organise ses propres dégustations de prestige, de San Francisco à Shanghai, sans jamais dévoiler une référence de prix. Certains de ses membres, en petit comité, peuvent aussi répondre, comme ce soir, à de multiples sollicitations privées de la part de businessmen désireux de flatter leur clientèle en exhibant des représentants des célèbres grands crus français qui verseront généreusement leurs élixirs dans les verres de celle-ci.

Dans tous les cas, le résultat est le même : partout où l'Union vient présenter un millésime, les stocks baissent dans les semaines ou les mois suivants à Bordeaux. Pendant les années fastes, du moins.

Ce soir, justement, c'est la présidente en exercice de l'Union qui accepté de venir accompagnée d'une petite phalange de Bordelais pour faire déguster le millésime 2008 à la demande d'un très influent Chinois de la « zone économique spéciale ».

L'exercice est loin d'être inutile : 2008, contrairement aux juteux 2005, 2009 ou 2010, est un millésime que le cartel des grands crus n'a pas réussi à très bien vendre et pour lequel des stocks restent encore à disperser.

Sylvie Cazes, née en 1956, est une héritière de la puissante famille Cazes[10], sœur de Jean-Michel Cazes, longtemps Grand Maître et âme de la Commanderie du Bontemps. Tous deux sont copropriétaires de Lynch-Bages (Pauillac), et ces deux caractères bien trempés sont loin d'être en accord sur tout. Un

---

10. Voir chapitre 3.

seul sujet emporte l'unanimité : la Commanderie et l'Union sont les deux plus belles machines à écouler les grands crus à l'exportation, même si ce ne sont pas les seules.

En un clin d'œil, madame la présidente va installer sa petite troupe dans le hall cyclopéen de la *ballroom* – « salle de bal » des palaces asiatiques, où toutes les manifestations gastronomiques d'importance se tiennent – dont les portes s'ouvriront dans deux heures. À ses côtés, des directeurs techniques ou représentants commerciaux de châteaux réputés comme Chasse-Spleen (Moulis), Lafon-Rochet (Saint-Estèphe), Giraud (Sauternes), etc. fourbissent leurs armes.

Parfois, comme c'est le cas aujourd'hui, les véritables patrons de grandes étiquettes bordelaises font le déplacement en personne. Ainsi retrouvons-nous Dominique Befve, le ténébreux directeur de Lascombes (Margaux), ex-propriété du fonds Colony Capital. Sylvie Cazes elle-même représente Pichon Longueville Comtesse de Lalande (Pauillac), château qu'a accepté de diriger un temps cette femme à poigne.

Sous la lumière irradiante d'un soleil plongeant sur le delta, des grappes d'invités en costumes croisés commencent à affluer entre les travées. Semblant à nos yeux d'Occidentaux approximativement appareillés, ceux-ci travaillent pourtant pour beaucoup d'entre eux dans l'immense secteur financier parapublic de la République populaire.

Rares sont ceux à paraître impressionnés par les mythiques étiquettes de Pauillac ou Margaux, car ils sont dorénavant nombreux à les avoir déjà goûtés.

Sylvie Cazes confesse à cet instant pourquoi ces dégustations « bon enfant » représentent de lourds enjeux commerciaux à long terme :

« Dans ce type de soirée, nous touchons directement notre clientèle finale. Ces gens n'ont peut-être l'air de rien, mais ils sont puissants, ils ont des moyens. Ils sont friands de notre bon goût à l'européenne, de nos belles choses. Et ils connaissent les marques : regarder, là, Comtesse, ça leur parle... »

Un sexagénaire entreprenant se dirige d'ailleurs vers la table strictement délimitée de madame la présidente Cazes – en dégustation, officielle ou privée partout dans le monde, tous les grands crus membres de l'Union disposent du même mètre carré de présentation de leurs vins, un folklore égalitariste dont les Asiatiques raffolent.

L'individu est petit, concentré, certainement dubitatif devant les arômes de ce pauillac dont il sait qu'il est bien trop jeune à déguster mais dont le potentiel est là. Alors il se présente : cadre intermédiaire d'une filiale du géant Bank of China, la grande banque publique commerciale de Pékin, amateur de vins depuis peu de temps, et constatant effectivement que les grands crus sont en vogue dans son milieu professionnel, milieu qui est en pleine effervescence. Il n'hésite pas à en confier quelques clés de compréhension :

« Macao, c'est la petite sœur de Hong Kong, mais ici et dans la zone continentale, nous avons une clientèle très aisée, nous voulons les conserver, leur créer des fonds dédiés. Nous ne voulons pas perdre notre clientèle de riches au profit des établissements occidentaux qui commencent à prospecter. »

Quel rapport avec le vin ? Un des secrets de la conquête commerciale de la grande Chine par les grands crus est de séduire l'immense clientèle de l'industrie financière qui, comme en Europe, aux États-Unis ou au Japon, ne jure que par les belles étiquettes de Gironde. Le chic est à ce prix : jusqu'à plusieurs centaines de dollars (américains) la bouteille.

L'Union organise plusieurs tournées continentales annuelles où les vins de ses membres sont présentés à l'élite du « trade », les grossistes, les cavistes, restaurateurs, importateurs, etc., et même de plus en plus souvent aux clients finaux. À condition d'investir de rondelettes sommes dans ces opérations – un budget annuel de plusieurs dizaines de milliers d'euros par château –, les grands crus membres sont quasiment certains de doper leurs carnets de commandes.

Attention, toutefois, n'entre pas à l'Union qui veut. Ses dirigeants reconnaissent volontiers qu'il s'agit d'un « club[11] » volontairement élitiste et qui jauge autant de la qualité du cru que de celle de… chacun de ses membres, c'est-à-dire sa réputation, son influence, son entregent, etc. La simple requête de voir sa candidature examinée par le bureau déclenchera automatiquement un vote à bulletins secrets sur l'opportunité de lancer une procédure d'examen ou non !

Mais, entre membres du « club », on ne parle pas de cela ce soir. Comtesse, Chasse-Spleen, Lafon-Rochet, Giraud, toutes les étiquettes présentes – toutes appartenant à des membres à jour de cotisation – n'échangeraient

11. Terme employé par Sylvie Cazes (présidente de 2009 à 2012), Patrick Maroteaux (de 2000 à 2008) et Olivier Bernard (depuis 2013) lors de nos entretiens.

leur place pour rien au monde. Leurs représentants savent que dans les semaines à venir ils recevront un coup de téléphone de leurs négociants leur annonçant un mystérieux bond des commandes du dernier millésime encore « livrable » – cet autre terme du métier désigne les vins commercialisés effectivement embouteillés[12].

Et encore cette manifestation est-elle « privée », c'est-à-dire financée par la puissance invitante (qui elle-même fait payer plusieurs centaines de dollars à chacun de ses convives). Les Bordelais, eux, ne doivent fournir que leur présence et les vins, ou plutôt les marques dont il est bon de rappeler que les réserves sont inépuisables car, très souvent, ces châteaux produisent des centaines de milliers de bouteilles dès lors qu'un nouveau ban des vendanges est publié.

La nouvelle Chine, cette République populaire convertie à la mondialisation économique, occupe à ce moment-là un temps non négligeable sur le planning des puissances bordelaises, à tel point qu'il a été jugé pratique d'envoyer les jeunes générations sur place, en éclaireurs permanents.

Ce soir, justement, Adrien Bernard, fils d'Olivier Bernard (Domaine de Chevalier), est venu à la Sky Tower représenter la propriété familiale, une success-story de Pessac-Léognan, prestigieux vignoble des Graves jouxtant la cité de Bordeaux, dont la réussite est due à un féroce sens des affaires, à un style de vin concentré et international, ainsi qu'à une capacité de lobbying hors pair.

---

12. À l'inverse des vins vendus, nous l'avons vu, en « primeur », qui, eux, n'ont pas encore été mis en bouteilles.

Le fils, visage encore poupon mais voix déjà éraillée par les longues journées de travail – à moins que ce ne soit par les longues nuits de Shanghai, où il est basé ? – est toujours perpétuellement amusé par les folies du marché chinois et ne se prive pas pour en partager le récit.

Le jeune homme à la grande mèche châtain clair dégaine son téléphone portable dernier cri pour nous faire profiter des images de la dernière suite hôtelière où un de ses contacts avait pris soin de le loger :

« *Regardez, c'est une suite avec une piscine intérieure de dix mètres de long, je n'avais jamais vu un truc pareil. Il ne faut pas rigoler, pour les Chinois, le relationnel, c'est très important. C'est la base de leur culture professionnelle. Mais attention, le second degré, ils ne connaissent pas. Même si on se retrouve tout le temps en déjeuner, en dîner, dans les karaokés ou autres, il faut prendre ça très au sérieux.* »

S'ensuivent tout de même les récits plutôt cocasses de négociations d'affaires traditionnelles à la chinoise qui, entre établissements interlopes et enivrements obligatoires, ne lassent pas d'étonner nos Bordelais à la conquête de l'Asie.

C'est effectivement plus drôle que de vendre de la grande bouteille aux émirs à keffieh des pays du Golfe.

À 20 heures très précises – la ponctualité est une règle d'or en Chine –, une petite armée de serveurs en gants blancs dévoile l'immense salle de banquet vers laquelle la foule des amateurs de grands Bordeaux, maintenant bruyante, est invitée à se diriger.

Tables nappées pour douze convives serrés, rideaux géants aux couleurs criardes, orchestre pop déjà sursonorisé, lustres irradiant une lumière trop crue, le dîner n'est pas une mauvaise imitation d'une soirée bordelaise, mais un gala 100 % chinois, ou plutôt cantonais puisque, entorse à la modernité apparente, personne ne parlera plus anglais ce soir.

Brusquement, le maître des lieux et puissance invitante fend la foule pour diriger personnellement les représentants de Bordeaux vers leurs tables.

Concentré et conscient de son importance, il s'agit ni plus ni moins que de l'homme à la carte de visite doublement frappée de ses tenues de Commandeur et de Jura, le caviste de luxe Bandy Choi, un homme qui aime à se faire appeler le « Robert Parker chinois », du nom du célèbre critique américain[13] !

Aussi courtois que quelques jours auparavant à Hong Kong, même si plein de retenue, le dirigeant installe chacun de ses invités avec un petit mot aimable. Ses « amis bordelais », il les place lui-même devant la scène, discutant longtemps avec eux pour démontrer la proximité qu'il entretient avec ces véritables stars supposées.

Il va démarrer dans un instant un discours de vingt minutes en cantonais ponctué des célèbres et non moins légendaires « toasts ».

Ce soir-là, même si la pratique tend à disparaître à mesure que les Chinois s'initient aux subtilités de la dégustation à la française, nombre de verres de grands crus seront avalés cul sec ! au son du redoutable cri de guerre des assoiffés d'alcool en Asie : *Kampaï !*

---

13. Voir chapitre 4.

Pour les représentants des grands crus, les dîners se suivent et se ressemblent un peu partout dans le monde. Mais ils se multiplient dans cette Asie qui s'est prise de passion pour Margaux ou Saint-Émilion. Sylvie Cazes ne résiste pas ce soir-là à raconter la réception qui, à ses yeux, symbolise cette union sacrée autour des belles bouteilles et du business, un phénomène si rémunérateur qu'on ne peut s'empêcher de croire qu'il va durer éternellement.

Deux ans plus tôt, à l'occasion de l'édition 2010 de Vinexpo Hong Kong, lors de cette folle semaine où la planète entière du vin écume la mégalopole autrefois réputée pour son cinéma ou son port géant de containers, le numéro deux de la zone économique spéciale, Henry Tang, avait organisé une réception d'anthologie pour vingt des plus hauts représentants du vignoble bordelais.

Henry Tang, né en 1952, personnage considérable en Asie, était à l'époque une sorte de Premier ministre de l'île[14]. Héritier milliardaire formé aux États-Unis, collectionneur de très grands vins depuis quatre décennies, propriétaire de plusieurs caves en Chine, à Hong Kong, à Londres et même en France, Tang avait tenu à recevoir ses « amis » des grands crus dans l'ancienne résidence des gouverneurs de la colonie, une superbe demeure blanche dominant la baie depuis le Peak, le point culminant de l'île.

Il y avait ce soir-là, outre Sylvie Cazes, pour l'Union, le jeune Emmanuel Cruse, à qui Jean-Michel Cazes venait fraîchement de transmettre le bâton de Grand

---

14. *Chief Secretary for Administration.*

Maître de la Commanderie, mais aussi des personnages plus discrets à l'influence notoire, comme Philippe Castéja, représentant d'une lignée de négociants, président depuis quinze ans du Conseil des grands crus classés en 1855. Le « Conseil » est une autre instance très puissante de la galaxie des grands crus. Elle fait rendre gorge en justice à toute personne ou organisation qui tenterait de s'accaparer les précieuses mentions « crus classé » ou « 1855[15] ».

Sur la table du « gouverneur », un bon millésime de chacun des intouchables premiers crus classés, Lafite, Haut-Brion, Margaux, Latour, Mouton, Yquem, Pétrus, Cheval Blanc et Ausone, ces Premiers que la planète vin s'arrache.

De quoi impressionner ceux qui devraient ne plus être touchés par rien et accompagner admirablement la nouvelle cuisine « fusion » cantonaiso-bordelaise développée à mesure que la mégalopole est devenue un carrefour du business des grands Bordeaux.

Autour du numéro deux de Hong Kong, propriétaire d'un trésor privé de 200 000 bouteilles, représentant notoire du pouvoir de Pékin, un projet aux accents politiques avait pris forme, comme s'en souvient Sylvie Cazes :

« C'était grandiose. Tang recevait l'élite des grands crus, et il en était très fier, il nous a dit que c'était le plus beau jour de sa vie. »

Alors que démarre dans la salle de bal de la Sky Tower une assourdissante reprise en cantonais de

15. Du nom du plus célèbre des classements, celui du Médoc et de Sauternes. Voir chapitres 5 et 8.

« My Way » – le « Comme d'habitude » de notre Claude François national –, le débat sur la genèse de cet eldorado chinois se poursuit à la table des Bordelais.

Henry Tang, originellement ministre de l'Économie de Hong Kong[16], a eu l'idée au début des années deux mille de transformer l'île en plaque tournante du business des grands vins pour toute l'Asie, une initiative destinée à doper l'économie locale essoufflée en lui inventant une position dominante sur un secteur d'avenir.

Il ne s'est pas trompé : en abolissant les droits de douane sur l'importation des vins[17], l'activité a été multipliée par dix.

Une grande partie de la « valeur » créée en seulement quelques années l'a été depuis les chais des grandes propriétés bordelaises. Un trésor de plusieurs millions de bouteilles a pris la voie des airs ou des mers pour transiter par Hong Kong et y être ensuite dispersé dans toute l'Asie, et notamment en République populaire de Chine.

Encouragés par le gouvernement, les cadres de l'administration, les gradés de l'armée, les responsables du parti unique, quelques dizaines de milliers de membres de l'élite, se sont tous pris d'amour pour les belles étiquettes venues de Bordeaux, étiquettes qu'ils se sont mis à apprécier à table ou à s'offrir généreusement comme il est de tradition chez eux, que ce soit au fin fond du Sichuan ou dans l'hypermoderne et kitsch Macao.

---

16. *Financial Secretary*.
17. À partir de 2008.

Bandy Choi, qui achète maintenant 20 000 caisses de grands crus tous les ans, constitue avec beaucoup d'autres cette irréelle gare de triage des grands vins pour cette clientèle toujours plus nombreuse. Dominique Befve, le directeur de Lascombes, qui vient péniblement de procéder sur scène – en langage des signes – au tirage de la loterie, se souvient des débuts de l'hôte de la soirée et n'hésite pas à en faire profiter toute la tablée :

« Bandy Choi, j'ai été un des premiers à le rencontrer, il n'y a pas si longtemps. Son histoire est incroyable. Vous voyez le pont sur le delta, là-bas ? En dessous, il avait ouvert un seul petit magasin. Il travaillait seul avec son épouse. Regardez maintenant où il en est. Il vient me voir à Lascombes ! »

Des intermédiaires de cet acabit, des obligés pour leurs étiquettes de luxe, les Bordelais en ont fidélisé quelques milliers à travers toute l'Asie. Ces dernières années, le négoce n'a pas hésité à commercialiser une grande partie de la production des grands crus dans l'eldorado chinois, même si aucune statistique officielle n'existe sur ce sujet ultra-sensible. Car jusqu'à quand la folie chinoise permettra-t-elle à la bulle de monter au ciel ?

Dominique Befve, un ancien de chez Domaines Barons – souvenons-nous de l'épisode des Carruades de Lafite – est étonnamment transparent sur le sujet et, entre plusieurs tirs de bouchons de champagne, n'hésite pas à donner des précisions :

« Les négociants entretiennent depuis toujours un flou artistique sur leurs ventes internationales, arguant, et c'est au départ vrai, qu'il est extrêmement difficile d'avoir accès

aux ventes par pays de leurs négociants. En réalité, nous avons des moyens assez précis pour connaître la proportion de vins absorbée par nos marchés clés. Disons que cette année[18]*, 50 à 70 % des volumes de grands crus bordelais atterrissent en Asie, et les trois quarts en Chine. Concernant Lascombes, nous sommes à 60 %. Le château est une des marques les plus réputées ici. En traduction littérale, Lascombes signifierait "Voir le futur dans la force et l'or"... »*

Charmant, mais que la moitié de la production des grands vins bordelais parte en République populaire de Chine peut apparaître comme une folie. Certes, il s'agit d'abord de la réponse à une demande gigantesque ayant vu le nombre d'importateurs de vins dans ce pays passer de 800 à 20 000 en seulement quelques années. Une demande provenant des mégalopoles géantes, ces Shanghai, Pékin, Canton, Wuhan, Shenzhen, etc., dont la vitalité aura fait progresser la consommation de vin[19] de 800 millions de bouteilles entre les seules années 2012 et 2013 !

Ce soir, encore une fois, la vague chinoise a des airs de tsunami. Jusqu'à quand ?

CHEZ LE GRAND MAÎTRE CHEUNG

Hong Kong, plus que Macao, est depuis quarante ans un port d'entrée naturel pour les produits du luxe à l'occidentale. Progressivement, depuis le début des années quatre-vingt, l'élite chinoise a été invitée par le pouvoir communiste à y goûter, à s'en enticher, à en intérioriser les codes. Il s'agit d'une véritable révolution

18. Rappel : nous sommes en 2012.
19. Tous vins confondus.

des mœurs au sommet de la pyramide sociale chinoise, une mutation dont les racines plongent jusqu'aux réformes économiques initiées par l'héritier de Mao, Deng Xiaoping.

C'est donc bel et bien dans ces nouvelles mégalopoles de la Chine globale que vivent, dégustent et travaillent les meilleurs supporters des grands crus girondins. Et ils font même un peu plus que cela. Bordeaux a en effet réussi l'exploit de dupliquer sur toute la planète les fameux hérauts de sa caste. À commencer par les fameux « Commandeurs ». Des confréries ont surgi partout aux États-Unis, au Japon, en Europe bien entendu, et dorénavant dans toute l'Asie. Des commanderies sur le modèle de celle du Bontemps, il en existe plus de quatre-vingts de par le monde aujourd'hui[20]. La dernière en date a été ouverte à Wuhan (capitale du Hubei), nouvelle cité géante forte d'une douzaine de millions d'habitants et de quelques milliers d'*aficionados* de pomerol ou de pauillac.

Le plus actif de ces affidés à l'est du méridien de Greenwich est évidemment hongkongais, porte depuis vingt ans avec une fierté non feinte le titre de Grand Maître et a goûté plusieurs dizaines de fois les quatre-vingt-huit crus classés en 1855 – le classement des Médoc et des Sauternes, intangible depuis cette date, ce pourquoi il est considéré comme le plus solide.

Pour rencontrer l'aimable Vincent Cheung, né en 1946, il faut se faufiler dans une rue pentue d'Admiralty, un ancien quartier de Hong Kong, puis grimper dans les bureaux exigus de son étude de juriste international. Ce multimillionnaire, détenteur de l'une des

20. Très exactement quatre-vingt-quatre à début 2015, selon Emmanuel Cruse.

plus belles collections de grands crus d'Asie, continue à travailler dans les offices minuscules de la société familiale.

Au troisième étage, une secrétaire vous prie simplement d'enlever vos chaussures avant de pénétrer dans les bureaux privés du quatrième. On ne patiente qu'une dizaine de minutes, le temps d'observer l'incroyable cave à vieillissement à vitre transparente laissant admirer les joyaux que le Grand Maître Cheung a toujours sous la main.

Tout sourire, Vincent Cheung est maintenant devant nous. Il ôte lui-même ses souliers avant de nous saluer en anglais, une langue qu'il continue à préférer au français malgré des années de pratique et de fréquentation de notre pays. Énergique et détendu, le businessman se laissera couler sur un canapé encadré de deux statues équestres orientales après avoir servi d'office – une tradition strictement bordelaise – un beau champagne.

Le discours est excellemment rodé :

« Je dirige la commanderie la plus dynamique de la planète. À Hong Kong, nous sommes cent vingt Commandeurs. Et il y a une liste d'attente de quatre cents personnes ! J'exige de nos membres qu'ils s'investissent dans nos activités et qu'ils défendent les grands vins de Bordeaux en toutes circonstances. »

En réalité, le rôle de Vincent Cheung va bien au-delà. Il occupe également les fonctions de Grand Maître Territorial pour l'intégralité du continent asiatique[21], responsabilités qui lui font incarner le lien

21. Territorial Grand Maître for Asia.

entre toutes les commanderies orientales et une instance bordelaise plus discrète, le Grand Conseil du vin de Bordeaux (GCVB).

Cette sorte de holding des confréries bordelaises dorénavant tournée vers la défense des intérêts des grands vins est l'invention d'un autre personnage clé du Médoc : Henri Martin, décédé en 1991, un des malins fondateurs de la première commanderie[22], âme de l'appellation Saint-Julien. Martin fut accessoirement le beau-père de Jean-Louis Triaud, le président des Girondins de Bordeaux, à qui il a légué ses propriétés de Gloria ou Saint-Pierre ; Triaud qui, cela va sans dire, a longtemps siégé au bureau de la Commanderie.

Au départ, le Grand Conseil devait simplement mutualiser les intérêts de toutes les sympathiques organisations bachiques du pays de Montesquieu. Aujourd'hui, toutes les commanderies de Bordeaux de par le monde lui rendent des comptes et financent son fonctionnement. Le fait qu'un certain Emmanuel Cruse et un certain Hubert de Boüard se soient partagé la présidence de l'organisation est la preuve de son importance. Le jeune Grand Maître de la Commanderie a cumulé sa fonction avec celle de Grand Maître du Grand Conseil de 2010 à 2013. Depuis cette date, c'est le Premier Jura de Saint-Émilion, Hubert de Boüard, qui occupe le poste jusqu'en 2015.

Quand il le faut, les puissants des deux zones rivales, la rive gauche et la rive droite de la Gironde, le Médoc et Saint-Émilion, savent s'entendre à merveille…

---

22. Voir chapitre 3.

Cheung est donc un parrain influent des grands crus bordelais en Asie, et il a bien conscience de l'importance de son rôle. C'est bien lui qui préside depuis une quinzaine d'années à l'élaboration de l'extraordinaire réseau d'organisations communiant aux grands crus et assurant aux Girondins un réservoir inépuisable de clients fortunés.

Quand le numéro un de l'organisation, le Grand Maître bordelais, ne peut se déplacer sur un événement majeur, c'est Cheung qui revêt la cape en velours assortie d'une faluche médocaine et préside aux festivités et autres intronisations.

Ainsi, fin 2009, lors du lancement officiel de la soixante-quinzième commanderie à Manille, capitale des Philippines, c'est Cheung en personne qui a dirigé la cérémonie, avec à ses côtés Emmanuel Cruse, qui n'était pas encore Grand Maître à l'époque, mais surtout les « Maîtres » des commanderies de Djakarta, Shanghai ou Singapour.

Les riches Philippins amoureux des belles étiquettes de Gironde ont eu droit ce soir-là à une exceptionnelle sélection préparée par Cheung lui-même. Être capable de sortir à l'autre bout du monde, dans une zone où seule l'élite économique peut appréhender l'extraordinaire des étiquettes servies dans cette région tropicale – Siran 2000, Lynch-Bages 1996, Mouton-Rothschild 1988 en magnum ! – démontre le pouvoir de l'individu.

Certes, le Grand Maître a reçu un coup de pouce non négligeable de la part d'un Bordelais dont la famille est installée de longue date aux Philippines,

Édouard Miailhe[23], exploitant de Château Siran et dont la parenté a pu posséder des joyaux comme Palmer ou Pichon Longueville Comtesse de Lalande.

Mais il reste difficile de trouver un meilleur allié que l'Asiatique Vincent Cheung, qui organise depuis des lustres au moins un banquet prestigieux par mois en l'honneur des grands vins de Bordeaux, à Hong Kong ou dans des mégalopoles de son ère d'influence, comme Canton ou Shenzhen. Il fait partie du club très fermé des riches Hongkongais aux invraisemblables collections réparties dans leurs buildings, en Chine continentale ou même à Londres, voire pour certains d'entre eux en France.

Cheung est un proche du banquier Andrew Liu[24], qui lui-même fréquente Henry Tang, le puissant numéro deux de la zone économique spéciale dont Sylvie Cazes narrait les aventures à Macao.

Cheung, Liu, Tang, mais aussi des personnages comme Peter Lam, cette « aristocratie » locale dont les influences économiques et politiques se mélangent, ne jurent que par ces week-ends de dégustation où ils vident des dizaines de bouteilles des plus grands Bordeaux avant de les aligner le dimanche soir et de se prendre en photo avec, comme des adolescents en bordée.

Plus que tous les autres, qui tous adulent aussi les grands noms de la Bourgogne, Cheung défend l'exceptionnalité des grands crus bordelais :

---

23. Voir chapitre 6.
24. Fondateur et actuel président du conseil d'administration de Unitas Capital.

« Si vous voulez, nous pouvons parler des grands vins bourguignons, bien entendu, mais, je dirais, le Tastevin, c'est compliqué. En Bourgogne, il y a dix domaines qui comptent, et ils n'ont rien à vendre. Bordeaux, le monde entier connaît, les grands vins sont là-bas. »

Le Grand Maître asiatique n'a pas vraiment tort d'insister, certes avec provocation, sur ce point de comptabilité. Quand Bordeaux est capable de produire, les belles années, jusqu'à une vingtaine de millions de bouteilles de grands vins pouvant être recherchés par le marché international[25], la Bourgogne, elle, qui structurellement produit cinq ou six fois moins, ne pourrait jamais alimenter un marché comme la Chine.

Les volumes produits par l'élite bordelaise sont un de ses secrets de fabrication les mieux gardés. Dans le Médoc, les crus classés les plus chers sont aussi ceux qui produisent le plus de bouteilles. Lafite-Rothschild, par exemple, fut capable de sortir, une bonne année, plus de 300 000 unités de son premier vin !

Mais briser les rêves des grands amateurs de grands vins avec de telles objections statistiques ne fait évidemment pas partie des prérogatives de cet ami du vignoble français.

En lui décernant son titre de « Personnalité asiatique du monde du vin » pour l'année 2014, l'Anglais

25. L'immense vignoble bordelais peut produire jusqu'à 850 millions de bouteilles les années les plus productives. Les « grands crus », au sens large – disons trois cents « étiquettes » – représentent environ 2 ou 3 % maximum de ce total, soit 17 à 25 millions de bouteilles (données non officielles de l'interprofession).

Patrick Schmitt, éditeur du magazine *The Drinks Business*[26], rappelait que Cheung était le seul Chinois de Hong Kong à avoir jamais été ordonné Commandeur de l'ordre du Mérite agricole par notre ministère de l'Agriculture, « pour services rendus à l'agriculture et aux vins français ».

Un usage lexicographique qu'il conviendrait sans doute de traduire par : « pour services rendus aux grands crus de Bordeaux ».

Les Bordelais des grandes marques savent d'ailleurs qu'ils peuvent compter sur Cheung et son réseau en toutes circonstances. La très chic résidence du Grand Maître de Hong Kong est ainsi le passage obligé de nombre de jeunes héritiers envoyés dans la mégalopole pour faire leurs premières armes comme « ambassadeurs » des grands vins bordelais.

Devenus des marques de luxe, les plus puissants des grands crus en intègrent les codes, comme le démontre cette vogue des « ambassadeurs », rôles dévolus aux nouveaux arrivants dans le business familial.

Vincent Cheung, en remettant ses chaussures pour regagner ses bureaux, cite volontiers les noms de Thibault Pontallier, fils du puissant directeur de Château Margaux, Stéphanie de Boüard, qui travaille aux côtés de son père Premier Jura de Saint-Émilion, ou Adrien Bernard, du Domaine de Chevalier, déjà croisé à Macao.

La prochaine génération est déjà aux avant-postes, comme si la Chine devait éternellement rester un eldorado.

---

26. « Vincent Cheung Named Asian Wine Personality 2014 », *The Drinks Business*, 28 mai 2014.

CHAPITRE 2

L'HEURE DU KRACH ?

Y a-t-il eu un hold-up de Pontet-Canet sur les « primeurs » 2014 ? – Pourquoi le très courtois et très influent courtier François Lévêque s'inquiète – Une mystérieuse liste chinoise de déstockage affole les allées gravillonnées – Hubert de Boüard se fait sonner la cloche mais sa fille discourt en mandarin – Où la jolie petite bulle de Lafite se dégonfle.

Quand il arrive au Hangar 14 des quais rive gauche de la Garonne, à Bordeaux, François Lévêque sait que ce 27 mars 2014 ne sera pas, comme tous les ans, l'événement annuel bien huilé de la longue histoire du négoce.

Et pourtant, il en faudrait beaucoup pour surprendre ce énième personnage du business bordelais. Disert et monté sur ressorts, François Lévêque, né en 1958, en connaît intimement les arcanes pour une raison extrêmement simple : il exerce la très rare et très prestigieuse profession de « courtier assermenté » en grands vins.

Sortes de notaires du vignoble, les courtiers, avec l'imprimatur de la puissance publique, garantissent la validité des transactions entre les châteaux, qui produisent les vins, et les négociants, qui les commercialisent.

Quand on rencontre François Lévêque, difficile de ne pas se dire que le monopole de la profession réglementée qu'il incarne a encore de beaux jours devant lui... même si le ministre de l'Économie, Emmanuel Macron, inscrira finalement cette micro-profession sur la liste des métiers à « ouvrir ».

Comme sa fille Caroline qu'il a formée à ses côtés, ce Bordelais pur jus appartient au premier cercle : les courtiers spécialisés uniquement dans les grands crus, dans les vins les plus cotés, l'élite de l'étiquette.

Des deux cents ou deux cent cinquante châteaux qui comptent, ils sont moins d'une dizaine de courtiers à connaître tous les secrets de famille. Et ils ne se privent pas de jouer de cette influence, car de celle-ci dépend leur business. Pour ce groupuscule, l'activité s'est transformée en manne ces dernières années, avec l'incroyable financiarisation des grands crus et la spéculation effrénée sur les 2009 et 2010.

Car les courtiers – c'est la tradition – prélèvent 2 % sur chaque transaction de revente de vin d'un château avec lequel ils sont en contrat. Le taux existe depuis des temps immémoriaux et ne se discute pas.

Depuis le début de la décennie, avec les sommets atteints lors de l'année 2012, le courtier scrute à la loupe l'évolution du marché, des prix, des stocks. Il sait déjà que le bilan 2014 de son cabinet sera bien moins flamboyant que les années passées, mais, après tout, c'est la règle intrinsèque des grands Bordeaux : tels des cycles, les années fastes succèdent aux années difficiles, le marché s'envole, puis recule méchamment, c'est ainsi depuis deux siècles.

Alors pourquoi donc, en ce début de printemps 2014, certes encore froid et sombre, le puissant courtier vient-il rejoindre ses pairs de Blanchy-Lestapis, Barre et Touton, Les Grands Crus, Balaresque, Tastet-Lawton – un échantillon des bureaux qui comptent – avec le sentiment que quelque chose ne tourne pas rond ?

Tous arrivent pourtant ce jour-là dans cet espace moderne d'exposition, comme à l'accoutumée, pour encadrer leurs clients négociants. Ces clients, ils les serrent de près car, autre règle intangible, ce sont eux qui leur règlent ces 2 % stratégiques, et non les châteaux.

Décidément, Bordeaux est un entrelacs de règles commerciales ésotériques qui échappera fatalement au néophyte…

Les négociants des grands crus, tout aussi méconnus que les courtiers, méritent d'ailleurs que l'on s'attarde également un instant sur leur cas. Leurs pas-de-porte arborent des noms reflétant une histoire remontant au Siècle des lumières, et en toute logique marquée par des patronymes à consonances anglo-saxonnes ou néerlandaises. Ce sont en effet ces marchands du Nord de l'Europe qui inventèrent autrefois, à la fin de l'Ancien Régime, le marché bordelais actuel.

Ce jour-là, donc, des représentants de maisons comme Mälher-Besse, Shröder & Schÿler, Nathaniel

Johnston & fils, Borie-Manoux, Baron Philippe de Rothschild – il s'agit de la maison mère de la branche viticole anglaise des Rothschild, c'est-à-dire Mouton-Rothschild[27] – sont au garde-à-vous, rasés de près.

Certes, leur monde, aussi suranné soit-il, a lui aussi évolué : les nouveaux ténors d'une activité apparemment si florissante sont là, eux aussi, et leurs marques sont les témoins d'un recentrage sur l'Europe latine : Millésima, dirigé par le tonitruant Patrick Bernard, qui n'est autre que le cousin d'Olivier Bernard, dirigeant du Domaine de Chevalier ; Yvon Mau, sous la houlette de Philippe Laquèche (dont nous avons suivi les tribulations en Chine[28]), et puis, bien sûr, le très discret empire Castel Frères[29], qui n'est ni plus ni moins que le leader du vin en France, un conglomérat du « pinard » et de la bière s'étant récemment pris d'amour pour l'extraordinaire rentabilité des grands crus.

En tout, elles sont plus de quatre cents maisons à vendre du bordeaux, mais moins de quatre-vingts se partagent le marché devenu le plus juteux, les grands vins, une activité toutefois moins rémunératrice que par le passé puisque l'âge d'or des négociants est derrière eux, ce sont bel et bien les châteaux, les propriétaires des terres, qui mènent la danse.

Bref, ce jour-là, à 10 heures précises, démarre une « avant-primeurs », une dégustation organisée

27. À ne pas confondre, donc, avec Domaines Barons de Rothschild, maison mère de Lafite. Voir prologue.
28. Fin 2014, Philippe Laquèche quittait ses fonctions de P-DG d'Yvon Mau.
29. Voir chapitre 7.

en avant-première par les propriétaires adhérents à l'Union des grands crus, ce puissant lobby commercial des grands Bordeaux, pour présenter le millésime aux négociants sous le patronage des courtiers.

L'événement a lieu quelques jours avant le lancement officiel de la semaine des ventes « primeurs », ces fameuses ventes par anticipation, invention bordelaise unique dans l'univers. Ce terme désigne une tradition commerciale qui s'est généralisée, non à la glorieuse époque du Second Empire comme on le croit souvent, mais plutôt au cours des récentes années quatre-vingt, le début des années « fric ».

Tous les ans, à partir de la première semaine d'avril, entre cent cinquante et deux cent cinquante châteaux font déguster le millésime de l'année précédente à six mille professionnels, négociants et courtiers, mais aussi journalistes, restaurateurs, grands amateurs, leaders d'opinion, tous venus du monde entier apprécier la qualité et le potentiel de marché du millésime de septembre.

Cette élite des grands crus, rappelons-le, pèse très lourd dans le business : 2 à 3 % des volumes seulement, mais 15 à 20 % de la valeur, en fonction du millésime, soit une somme colossale, pouvant atteindre le milliard d'euros annuel[30].

L'événement d'avril est toutefois qualifié par ses acteurs eux-mêmes de véritable « comédie humaine », descriptif peu contestable puisque l'exercice consiste

30. Les ventes cumulées de Bordeaux en France et à l'exportation atteignaient par exemple 4,3 milliards sur l'année 2012, dernière année « faste » (source : CIVB – Conseil interprofessionnel du vin de Bordeaux).

à évaluer un vin alors que celui-ci vient à peine de démarrer son élevage en fût dans le secret des chais. Il s'agit ni plus ni moins de deviner sa capacité de garde et aussi de lui fixer un prix, et ce alors même que le cru ne sera livré en bouteilles qu'un an et demi plus tard.

Les vrais techniciens et dégustateurs capables de prévoir l'évolution gustative et le potentiel de garde de ces grands Bordeaux encore dans leur prime jeunesse sont rares. En outre, l'entourloupe éculée de la part des propriétaires consistant à présenter aux primeurs les échantillons de leurs meilleures « parcelles » – leurs meilleurs arpents de vignes – ne trompe plus personne depuis longtemps.

Des lustres que les Bordelais goûtent tout l'hiver leurs tonneaux et sortent celui qui se présente le mieux pour la dégustation d'avril.

Les courtiers, conseillers occultes des propriétés, sont d'ailleurs souvent les premiers à déguster des échantillons avant même la période des fêtes. François Lévêque s'en amuse toujours autant :

« *Quand les châteaux m'invitent à venir déguster leurs premiers lots* [de vin] *avant Noël, c'est que le millésime n'est pas mauvais. Quand je ne goûte rien avant le 1er janvier, c'est franchement mauvais signe…* »

En somme, Bordeaux juge des vins qui ne sont pas encore du vin.

Ce qui compte avant tout au moment des primeurs, c'est le prix auquel les châteaux vont « sortir », c'est-à-dire quel tarif à la bouteille ils afficheront pour revendre leurs vins par anticipation au négoce, négoce qui va immédiatement commencer à écouler la marchandise sur les marchés internationaux.

Ce système, volontairement complexe, toujours opaque, et qui s'apparente finalement à une place boursière, satisfait tout le monde : les châteaux gonflent leur trésorerie en vendant un « grand vin » qui n'existe pas encore ; les négociants renégocient immédiatement cet artefact avec une confortable marge d'environ 20 % ; les courtiers prélèvent eux aussi leur dîme – 2 %, payés, encore une fois, par le négoce – en jouant les juges de paix, c'est-à-dire en se débrouillant pour que les mauvais millésimes ne soient pas vendus trop chers et pour que les bons remplissent les poches de tout le monde.

Une fois que le distributeur, le caviste par exemple, a lui aussi appliqué sa marge, le prix de l'étiquette est presque souvent doublé par rapport au prix de sortie du château hors taxes. Voilà pourquoi le prix des très grands Bordeaux a explosé avec les derniers millésimes spéculatifs, c'est-à-dire les 2005, 2009 et 2010. Sur ces trois années, le chiffre d'affaires réalisé sur les cinquante crus les plus chers de Bordeaux a de quoi donner le tournis : environ 2 milliards d'euros[31] !

En outre, ces primeurs constituent une vitrine mondiale extraordinaire pour les grands crus bordelais, car le système est unique au monde et la planète vin, au printemps, n'a qu'un mot à la bouche : « Bordeaux » !

---

31. Évaluations calculées sur la base du prix primeur public (TTC) moyen des cinquante grands crus les plus chers de Bordeaux pour les millésimes 2005, 2009 et 2010 (source : Tableau annuel des prix primeurs de *La Revue du vin de France*, établi par Jérôme Baudouin).

Mais il ne faut pas se tromper : si les propriétaires en demandent trop cher, les négociants en prendront moins, les courtiers seront moins rémunérés, les stocks s'accumuleront dans les entrepôts des Chartrons ou à Londres, San Francisco, Hong Kong…

Et c'est ce qui a commencé à advenir avec les 2011 et 2012, pas assez bon marché, trop onéreux par rapport aux extraordinaires 2005, 2009 et 2010.

Concrètement, châteaux et négociants se sont remplis les poches à la fin des années deux mille, mais commencent à voir leurs caisses de vins leur rester sur les bras à partir du début de la décennie suivante.

2013 est une nouvelle année à risques, et pour la négocier correctement – afin de limiter les dégâts et que tout le monde s'y retrouve un minimum –, les acteurs de ce jeu complexe préfèrent se rassembler juste avant la semaine officielle qui verra des dégustations primeurs organisées un peu partout dans le Bordelais, et dans tous les styles.

Hélas, donc, aujourd'hui, rien ne va se passer comme prévu. Depuis la vaste esplanade en teck avec vue sur la Garonne, les professionnels discutent avec animation d'un fait imprévu survenu la veille : un des châteaux les plus influents du marché, Pontet-Canet, un pauillac historique longtemps propriété de la dynastie des Cruse[32], aujourd'hui aux mains de la

32. Famille représentée aujourd'hui par Emmanuel Cruse, Grand Maître de la Commanderie, copropriétaire de Château d'Issan (Margaux), directeur de Pédesclaux (Pauillac), ou alors par sa cousine Anabelle Cruse-Bardinet, propriétaire et dirigeante de Château Corbin (Saint-Émilion). Voir chapitre 9.

famille Tesseron, a purement et simplement décidé d'annoncer le prix de son 2013... avant même que ne démarre la semaine des primeurs.

Pis, le tarif a été affiché le mercredi, c'est-à-dire vingt-quatre heures avant cette « avant-primeurs » incarnant le système cadenassé de la Place, le charmant nom de code de celui-ci.

Un crime de lèse-majesté, assumé et signé par un des plus talentueux autant que mal embouché propriétaire du Médoc. Le nom du coupable est sur toutes les lèvres : il s'agit de l'inaltérable Alfred Tesseron, né en 1944, propriétaire et exploitant depuis 1988 de Pontet-Canet, un grand vin, un de plus, dont le prix s'est littéralement envolé, surfant bien au-delà des 100 euros la bouteille, mais avec une caractéristique unique et quelque part inquiétante dans le petit monde des grands crus : c'est le seul de son espèce à avoir été développé sur un mode de culture non seulement bio, mais biodynamique[33].

L'exploit agricole serait-il monté à la tête du très investi Alfred Tesseron ? Du haut de sa superbe, il a décidé, se lamentent les négociants, d'imposer ses propres règles dans un milieu où, justement, cela ne se fait pas. Surtout pas cette année, où le « marché » attend une réelle modération après plusieurs millésimes de folie, modération d'autant plus nécessaire que les vins de 2013 ont été accouchés, pour la plupart, dans la douleur.

Dans le secret des chais, on le murmure depuis l'hiver : 2013 est un millésime épouvantable, il sera

---

33. Voir chapitre 9.

très difficile d'obtenir de bons vins. Pour les grandes marques internationales que sont devenus les bordeaux réputés, cela constitue un vrai problème, car comment justifier des tarifs, même revus à la baisse, de plusieurs dizaines d'euros, voire plusieurs centaines dans certains cas ?

Lors des vendanges 2013, comme cela arrive parfois à la jonction de l'été et de l'automne en cette région tempérée humide et d'influence océanique, la pluie s'est invitée, privant les grandes marques bordelaises, comme l'ensemble du vignoble, de un tiers à la moitié de la récolte. Ce qui a pu être vinifié et donc transformé en vin a été sauvé par le savoir-faire technique incontestable développé dans la région depuis la révolution œnologique des années quatre-vingt[34].

Les 2013 ne seront pas imbuvables, comme cela a pu advenir par le passé pour certains millésimes maudits. Mais la qualité est bien moindre que les années régulières comme 2011 ou 2012. Et à des années-lumière des superbes 2009 ou 2010. Imaginer que des grands crus 2013 puissent être vendus au prix fort représenterait un abus auquel même le dernier Harpagon des Chartrons n'oserait se laisser aller.

Oh, bien sûr, le milieu a ses petits secrets d'amélioration quand réellement il y a urgence : depuis des lustres, les maîtres de chai des grands crus « améliorent » les années faiblardes en injectant tout simplement une petite dose du millésime suivant, qui ne peut être pire. Et un miracle a d'ailleurs eu lieu en 2009 : l'Union européenne[35] a imposé très officiellement la

34. Voir chapitre 4.

35. Règlement européen de juillet 2009, et qui donc a rendu la pratique légale à compter du millésime 2009.

possibilité d'ajouter 15 % d'un millésime différent dans un millésime de l'année ! Cela vaut pour tous les vins, y compris les cuvées de rêve à 100 ou 1 000 euros la bouteille.

Théoriquement, il est tout à fait possible qu'un Mouton 2013 contienne du Mouton 2012 ou du futur 2014, voire les deux, dans la limite de 15 %. Dans la pratique, les grands Bordeaux savent déjà qu'ils devront améliorer leurs pénibles 2013 avec le prochain millésime, le 2014, dont les jus seront disponibles au moment où le 2013 aura un an d'élevage. Pour toutes les grandes marques comme Pontet-Canet, la question se posera fatalement. Bien entendu, aucun grand château ne communiquera jamais sur le fait que leurs bijoux liquides sont dorénavant vinifiés comme des champagnes[36] !

Mais l'objectif n'est-il pas d'obtenir le meilleur produit possible ?

Un argument de plus, sans doute, pour ne pas répondre à l'appel de la baisse des prix, pour ne pas dévaloriser la marque, obsession du moment, même si l'intéressé, Alfred Tesseron, fut voici peu un des rares à appliquer une réelle modération tarifaire face à une demande pourtant folle.

Cette fois, Pontet-Canet a annoncé qu'il « sortirait » à 50 euros hors taxes la bouteille, soit à l'euro près le même prix que l'année précédente, pour le millésime 2012. Exactement ce qu'il ne fallait pas faire, en tout cas selon les gardiens de la Place de Bordeaux.

---

36. Les vins de Champagne sont élaborés à partir de plusieurs millésimes différents.

Le dirigeant de François Lévêque Courtage de Vins – le nom officiel de sa société – est un homme écouté. Comme son père autrefois, il fut longtemps président des courtiers de Bordeaux[37]. Il analyse froidement la situation devant certains de ses clients à forte personnalité et dont il est très proche, comme les tonitruants Jean-Hubert Delon (Léoville Las Cases) ou Bernard Magrez (Pape Clément)[38] :

« *Sortir un prix alors même que ceux qui viennent déguster* [tester] *le cru sont encore dans l'avion, c'est une erreur majeure. L'effet sera désastreux, cela va donner le mauvais exemple alors que ce millésime exigeait une baisse importante des prix. Je crains que de nombreux châteaux ne prennent pour argument leurs faibles volumes pour les compenser par des prix restés élevés.* »

Le courtier, qui connaît la musique, a évidemment vu juste. Pontet-Canet, comme nombre de grandes étiquettes qui dévoileront leur stratégie dans les semaines à venir, a décidé de financer ses pertes de volumes par un prix de vente somme toute resté très élevé.

Finalement, c'est au consommateur, ou plutôt à des amateurs fortunés pouvant encore se payer, souvent à l'autre bout du monde, des grands Pauillac ou des grands Saint-Émilion, qu'il convient de faire supporter le coût… d'une météo exécrable, voire du changement climatique : toutes les études démontrent en effet que celui-ci induit un proche « changement viticole » qui verra se multiplier les événements fragilisant des raisins quand bien même ceux-ci n'auraient jamais été aussi aboutis.

---

37. Jusqu'en 2010.
38. Voir respectivement les chapitres 8 et 6.

Et les faits lui donneront raison. Dans quelques semaines, la Place de Bordeaux commencera à faire ses comptes : le millésime 2013 sera vendu en primeur 30 % plus cher que le millésime 2008, une année jugée agréable mais moyenne, et sur laquelle la Place, pour calmer le jeu spéculatif, avait accepté de ne pas faire de bénéfices.

Après avoir surfé sur l'incroyable vague spéculative chinoise, les grands Bordeaux ont bel et bien du mal à redescendre sur terre. Certes, courtiers et négociants s'enrichissent à mesure que ces prix fous grimpent irrésistiblement. Mais ils savent aussi combien le système est fragile. Déjà, les deux millésimes « classiques » précédents, les 2011 et 2012, n'avaient pas été assez revus à la baisse, et donc surcotés. Du coup, une grande partie de l'offre n'avait pas trouvé preneur. C'est la faille de cette implacable mécanique : si le prix des vins est trop élevé, les précieuses caisses restent, soit dans les caves des châteaux, soit dans les entrepôts des négociants. Et les bénéfices ne rentrent plus, à moins que l'on ait affaire à un premier grand cru à l'exceptionnelle rentabilité, même en année maigre[39]...

Tous les courtiers, qui après tout jouent le rôle des intermédiaires raisonnables du système, jugent que, malgré la folie des années récentes, la situation peut devenir incontrôlable avec des prix trop élevés, comme le résume François Lévêque :

« *Voici vingt ans, la différence de prix moyenne entre les vins de Bordeaux et les grands vins de Bordeaux, entre les petits bordeaux et les grands crus était de 1 à 7, voire 10 pour*

39. Voir chapitre suivant.

l'élite des Premiers. Aujourd'hui, on attend des différences de 1 à 100, attention ! »

Il y a donc un risque, un risque majeur avant même que le 2013 ne soit présenté à la presse, aux dégustateurs, restaurateurs, cavistes, qui se précipitent à Bordeaux la première semaine d'avril tous les ans. Le risque que personne ne veuille de ce millésime très moyen et que les caisses restent à Bordeaux.

En attendant, un danger plus grand, plus concret, menace.

Quand la Chine sonne l'Angélus

C'est l'autre sujet de discussion du jour, mais celui-ci est dans toutes les conversations depuis l'hiver précédent.

Tout Bordeaux bruisse de la rumeur d'une mystérieuse « liste » de grands crus remis sur le marché par un conglomérat chinois apparemment décidé à se débarrasser de stocks de grands vins en lesquels, selon toute vraisemblance, il ne croit plus.

Un signe plus qu'inquiétant : quand un produit financier se revend massivement en catastrophe, c'est le premier symptôme d'un krach, et les plus grandes étiquettes bordelaises, qu'elles le veuillent ou non, sont devenues des produits spéculatifs.

En réalité, plusieurs listes de ce type existent, mais la plus importante est arrivée sur Bordeaux avant les fêtes 2013-2014. Il s'agit d'un listing de grands châteaux proposés par une filiale d'un conglomérat logistique et industriel basé à Shanghai, Xiamen C&D Inc.

À la surprise générale, ce sont plus de 100 000 bouteilles de très grands Bordeaux qui sont proposés à la revente[40]. Pour l'essentiel, sont concernés des 2010, ce millésime que manifestement les Chinois de C&D pensent avoir payé bien trop cher, et qu'ils préfèrent remettre sur le marché pour investir ailleurs.

La somptueuse année 2012 semble d'un coup bien lointaine.

C&D est une société géante, un de ces agrégats de la mondialisation dont les bénéfices ont explosé avec l'ouverture de la Chine à la globalisation économique et qui a cherché, comme beaucoup d'autres, à diversifier ses investissements, succombant facilement à l'attrait un temps irrésistible de ces bouteilles dont il fallait croire qu'elles étaient mythiques pour les puissants de la Chine néo-communiste.

Il fut un temps très proche où s'offrir un Château Lafite ou un Château Palmer était le fin du fin pour un cadre du Parti communiste chinois ou un ponte de la puissante Armée populaire de libération.

Fidèle à un pragmatisme typiquement asiatique, c'est cette même Chine qui a finalement décidé de faire machine arrière en un temps très court. Aujourd'hui, C&D déstocke par milliers ou plus, des Lafite, Mouton, Yquem, Montrose, Cos d'Estournel, Prieuré-Lichine, Cheval Blanc, Pavie, etc.[41].

Lascombes, ce grand Margaux revenu au premier plan sous la direction de Dominique Befve, un dirigeant qui ne ménage pas sa peine, comme nous l'avons vu à Macao, Lascombes, qui a donné une fête

---

40. Décompte de l'auteur.
41. Par exemple, 5 136 Lafite, 6 546 Mouton, 12 000 Prieuré-Lichine, 2 874 Cheval Blanc, etc. (listing C&D au 23 novembre 2013).

de la Fleur d'anthologie en juin 2011 – le rendez-vous mondain de référence de Bordeaux –, une fête où mille cinq cents VIP étaient entourés de statues traditionnelles chinoises en l'honneur du grand client asiatique, eh bien, Lascombes voit pratiquement 15 000 bouteilles[42] remises à disposition sur le marché.

Pis, C&D propose ni plus ni moins de revendre ses stocks au prix plancher des primeurs 2011, c'est-à-dire au prix des premières mises en commercialisation des bouteilles. Et il y en a pour une petite fortune : au moins 12 millions d'euros, taxes comprises, c'est-à-dire la somme investie par ce seul client chinois sur la Place de Bordeaux trois ans auparavant.

Ce déstockage sauvage concerne tout le monde, à commencer par les grands investisseurs attirés par le prestige et la rentabilité supposée des grands crus, comme les magnats François Pinault (Latour), Bernard Arnault (Cheval Blanc), Michel Reybier (Cos d'Estournel), Gérard Perse (Pavie), etc. Les familles propriétaires depuis des lustres, comme les Rothschild (Mouton ou Lafite), voient elles aussi le nom de leurs grands vins – parfois de leurs seconds vins, notamment les Carruades de Lafite – apparaître sur cette liste, et les autres.

Parmi celles-ci, il y a la famille d'Hubert de Boüard, copropriétaire de Château Angélus, un des grands Bordeaux ayant bénéficié de l'ascension la plus météorique qui soit ces dernières années. Hubert de Boüard, né en 1956, est devenu, nous l'avons vu, un personnage influent de la rive droite du Bordelais, mais il est aussi contesté.

42. Exactement 14 940 (source : *ibid.*).

Il est à la fois l'homme d'Angélus, celui qui a élevé le vin familial au niveau très prestigieux d'un « premier grand cru classé A », mais également celui qui fut à la manœuvre pour organiser la révision du classement de Saint-Émilion ayant abouti, entre autres, à la consécration de son propre grand vin, un imbroglio dont certains détails devaient être discutés devant les tribunaux[43].

C'est que l'agenda de l'individu, qui est du genre actif, est plutôt chargé. Outre ses fonctions de Premier Jura de la Confréries des vins de Saint-Émilion, outre son rôle de Grand Maître du Grand Conseil[44], il est également copropriétaire et exploitant de plusieurs autres châteaux, à Bordeaux mais aussi hors de nos frontières, ainsi que consultant[45], et aussi membre du comité de l'Inao[46] et de plusieurs organisations viticoles, qu'il lui est parfois arrivé de diriger – comme la Fédération des grands vins de Bordeaux ou l'Union Saint-Émilion, Pomerol, Fronsac.

Hubert de Boüard, qui revendique un fort attachement au terroir, se dit avant tout vigneron, lui qui, raconte-t-il, a reçu des mains de son père un sécateur à l'âge de sept ans. Il n'est pas, loin de là, le plus gros cumulard de Bordeaux – certains, nous le verrons, font beaucoup mieux ! –, mais la foultitude de ses fonctions et responsabilités indique, pour ses détracteurs, une propension gargantuesque à cumuler des positions de pouvoir. Chez ses supporters, elle dénoterait au

---

43. Voir chapitre 8.
44. Voir chapitre précédent.
45. Voir chapitre suivant.
46. Institut national de l'origine et de la qualité.

contraire un engagement trop rare pour la promotion des grands vins et, par-delà, cette marque collective qu'est finalement « Bordeaux ».

Certes, personne ne lui enlèvera son projet d'une vie : avoir fait de l'aimable grand saint-émilion vinifié par son père une marque mondiale de grand bordeaux hors de prix, un Premier – du moins sur le papier –, pour lequel la mention « château » et le « L » apostrophe doivent disparaître dans les limbes des symboles dépassés.

Si n'est pas Premier qui veut, le marché, celui des acheteurs internationaux, le seul juge de paix valable au pays des classements supposément rois, a déjà fait de son Angélus une marque majeure : dès avant la révision, ce « premier cru classé B », dernier rang avant l'excellence, était commercialisé 50 % plus cher que les autres étiquettes de sa catégorie ; sur le millésime record de 2010 – des records ayant par ailleurs été établis dans à peu près tous les grands châteaux –, Angélus a dépassé la barre des 300 euros lors de sa mise en marché, ce qui le fait entrer dans le top 12 des fleurons de la Gironde.

Cela n'a pas empêché le conglomérat chinois de vouloir se délester d'une si belle marchandise car il prétend remettre sur le marché pas moins de 23 000 bouteilles d'Angélus 2010[47], ce qui représente un peu moins d'un quart de la production du premier vin du dorénavant célèbre label.

Mais, attention, le nouveau premier grand cru classé A, s'il est un exemple des plus saillants, n'est

47. 23 424 (listing C&D au 23 novembre 2013).

pas le seul. D'autres listes venues d'Asie, nous l'avons vu, circulent. Toutes proposent par exemple du Lafite, le vin le plus spéculatif de la brève « folie chinoise », et bien entendu en priorité du 2010, manifestement jugé finalement beaucoup trop onéreux à l'achat pour constituer un investissement patrimonial de long terme.

Rappelons que le Lafite 2010 des Domaines Barons de Rothschild a explosé tous les records en étant proposé TTC aux primeurs 2011 à plus de 1 200 euros la bouteille[48], un chiffre totalement déconnecté de la réalité économique, une fortune pour une seule bouteille de 75 centilitres, aussi prestigieuse soit-elle !

Il faut avoir en tête qu'avec un tel tarif, la production 2010 du seul premier vin de Lafite représente le chiffre d'affaires colossal de 300 millions d'euros pour la filière[49].

À ce moment-là, alors que les primeurs 2014 – pour le compliqué millésime 2013 – vont commencer, Hubert de Boüard, lui aussi concerné avec son Angélus devenu hors de prix, balaie ces réalités d'un revers de main :

« *Vous savez, les Chinois, ils reviendront. De toute façon, c'est un marché d'avenir pour Bordeaux, tout ceci va l'assainir. Et puis, nous allons pouvoir nous concentrer sur notre clientèle européenne que nous avons un peu délaissée, j'en conviens…* »

48. 1 240 euros très exactement (prix public).
49. La moitié de cette somme environ bénéficiant à l'activité de la seule filiale de Domaines Barons de Rothschild (calculs réalisés sur la base de 250 000 bouteilles si tout est vendu).

Il faut rentrer dans la mécanique complexe de la Place – l'écosystème liant châteaux, négociants et distributeurs – pour comprendre cette réaction à la légèreté feinte. Le voyage d'une caisse de douze bouteilles d'un grand vin bordelais peut prendre des chemins très différents en fonction de tous les critères qui influeront sur son destin.

En 2009, un millésime jugé du niveau des 1947, 1961 ou 1982 – les plus immenses années de Bordeaux dans la seconde partie du XXe siècle –, les grands crus ont été massivement achetés par les traditionnels opérateurs anglais, basés à Londres, pour ensuite être redistribués sur deux gros marchés traditionnels – États-Unis et Japon – et, surtout, sur la zone nouvellement émergente chinoise – Hong Kong, Singapour, Chine intérieure, etc.

Mais, en 2010, millésime – divine surprise – tout aussi excellent, le négoce bordelais a trouvé portes closes à Londres, les grossistes anglais en costume trois-pièces trouvant que, décidément, leurs cousins bordelais avaient exagérément fait exploser leurs tarifs et qu'il n'était pas raisonnable de payer des bouteilles de vin 1 000 dollars pièce.

C'est donc directement vers des redistributeurs asiatiques, souvent chinois, parfois improvisés, que se sont rabattus les négociants bordelais afin de prendre leurs bénéfices, comme il se dit sur les places financières.

Aujourd'hui, des caisses reviennent en Europe, et des conséquences apparaissent, qui peuvent légitimement inquiéter ceux qui avaient parié sur l'excellence patrimoniale d'un placement dans un premier cru.

La cotation internationale des grands crus revient à ses niveaux de 2009

(Source : Liv-Ex)

Indice Liv-Ex 100 des vins les plus cotés sur le marché, dont une grande majorité de Bordeaux.

Chez Domaines Barons de Rothschild, par exemple, Christophe Salin, l'homme qui faisait vendre à 10 000 kilomètres de Bordeaux des Carruades de Lafite 2011 à 110 euros pièce TTC aux professionnels chinois *via* les éclaireurs des grands Bordeaux, eh bien, cet homme-là sait que le retournement est là.

Effectivement, n'importe quel investisseur ou amateur aisé s'étant « battu » pour décrocher du Lafite 2010 au moment de sa mise en marché peut avoir quelques sueurs froides : en ce printemps 2014, ceux qui achèteraient un Lafite 2010 le paieraient environ 20 % moins cher que ceux qui l'auraient acquis en primeur deux ans plus tôt[50], un comble !

50. Calcul consécutif à la différence entre le prix de sortie du Lafite 2010 (primeurs 2011) et celui du prix au détail chez les cavistes du monde entier : 1 252 euros la bouteille en mai 2011, mais 1 025 euros en mai 2014 (source : Wine-searcher.com, index mondial des cotations de prix cavistes).

Le même problème se pose pour les Carruades, dont les prix stagnent.

Mais pour Lafite, comme pour les grands gagnants des millésimes 2009 et 2010, les énormes bénéfices ont bel et bien été enregistrés, car les bouteilles ont bel et bien été vendues au négoce, et il n'y a pas de retour possible[51]. Les châteaux ont beau jeu d'accuser leurs cousins négociants d'avoir vendu un peu n'importe comment et un peu n'importe où en Asie ce millésime en or massif.

Dans le système complexe de la Place, c'est le propriétaire, et lui seul, qui *in fine* fixe son prix.

François Lévêque, notre « notaire » des grands crus, se fait philosophe quand il évoque ce sujet délicat auprès de ses clients, à commencer par un certain Hubert de Boüard, un de ses amis d'enfance, dont il accompagne la stratégie depuis de nombreuses années :

« *Allez !, dans l'avenir, ces caisses de vin, surtout avec un millésime pareil, cela vaudra évidemment quelque chose...* »

Le mot krach ne fait pas partie du vocabulaire bordelais.

Chais d'œuvre dans le vignoble

Sur les terres de François Mauriac, toutes ces questions d'argent sont de toute façon un peu vulgaires et une campagne primeur, c'est aussi une célébration de cet écosystème économique unique au monde.

Quoi de mieux qu'une grande soirée bordelaise dont les autochtones ont le secret pour oublier ces tensions de marchés venues de lointains pays ?

51. Voir chapitre suivant.

Cela tombe bien, cette année, c'est justement Hubert de Boüard qui régale : la soirée d'inauguration de son nouveau chai, le nouvel habit de lumière de l'Angélus, est prévue le samedi soir précédant la semaine des primeurs.

Créer un nouveau chai ou un nouveau bâtiment de château, signé par un architecte de renom, voilà la grande tendance de ces dernières années en Bordelais.

Après chaque nouveau « grand millésime », où l'argent frais afflue dans les caisses, les grandes marques investissent des millions d'euros, parfois des dizaines de millions, pour rénover de fond en comble leurs salles d'élevage, leurs bâtiments, leurs propriétés, parfois leurs jardins, souvent avec une dimension architecturale assumée, le tout assorti de la signature d'un grand professionnel, un prix Pritzker[52] de préférence.

Après 2005, 2009 ou 2010, les trente étiquettes les plus cotées – ou les plus ambitieuses – ont érigé des cathédrales de vinification n'ayant plus rien à envier aux temples bachiques élevés de la Californie à la Nouvelle-Zélande.

Lafite, Mouton, Latour, Margaux, Pétrus – qui, pourtant, exception notable, n'a pas de « château » –, Pavie, Cheval Blanc, Petit Village, Montrose, Palmer, Faugères, Cos d'Estournel, Pichon Longueville Baron, etc., tous les magnats ont sorti leur carnet de chèques pour construire des mausolées à leurs chefs-d'œuvre liquides.

En réalité, il est impossible pour un grand cru de ne pas investir dans son « chai » un jour ou l'autre, car

52. Sorte de prix Nobel de l'architecture.

il s'agit toujours d'une diversification fiscale intéressante pour l'entreprise, sans compter que nombre de propriétaires ont tenté – avec plus ou moins de succès – d'obtenir des subventions européennes à l'outil de production[53], ce qui a pour effet non négligeable d'alléger la facture.

Dans les cas les plus extrêmes, les aides de la PAC, car il s'agit bien du budget de la Politique agricole commune, peuvent aller jusqu'à un tiers du montant des travaux, du moins pour sa partie éligible, une facture qui, jusqu'à récemment, n'était pas plafonnée[54].

Au vu du montant des travaux et aménagements consentis chez certains très grands crus – 13 millions chez Pavie, 15 millions chez Cheval Blanc, 20 millions chez Montrose (propriété des frères Bouygues !), 25 millions chez Calon-Ségur[55], jusqu'à 38 millions chez Cos d'Estournel ! –, les petits vignerons bordelais économiquement fragiles peuvent légitimement se plaindre. La polémique enfle d'autant plus en cette médiocre année 2014 que la barre des deux cents vignerons du Bordelais ayant demandé le RSA a été dépassée pour la première fois. Les subventions accordées aux « riches » du vignoble pour embellir leurs nobles propriétés commencent à faire tache même s'il s'agit d'un secret aussi honteux que bien gardé : au nom de la « confidentialité des affaires » – thématique

53. Fonds distribués par FranceAgriMer.
54. Ces règles ont évolué en 2014 : les aides sont désormais plafonnées à 5 millions d'euros maximum par dossier et les subventions à la construction ne peuvent plus dépasser 400 euros le mètre carré.
55. Programme encore en cours en 2015. Chiffres fournis par le propriétaire du Crédit Mutuel Arkéa.

bien pratique ayant animé jusqu'au débat politique national cette même année – le ministère de l'agriculture refuse d'indiquer les montants attribués aux différents châteaux pour élever leurs chais. La facture globale, elle, est évidemment publique, et elle est surtout salée : pas moins de 87,4 millions d'euros cumulés sur les millésimes 2008, 2009, 2010, 2011, 2012 et, surtout, 2013, année très faste en dépenses de prestige[56].

Ce débat en équilibre sur un fil a d'ailleurs entaché l'irruption de la très discrète et très puissante famille Castel[57] dans le monde très feutré des grands vins et entraîné le report pour deux ans du projet d'un chai d'architecte à Château Montlabert, le grand cru classé de cette famille connue des initiés pour ses intérêts africains.

Le maire de Saint-Émilion, révulsé par la physionomie des réalisations peuplant ce vignoble dont le paysage est classé à l'Unesco, avait eu cette saillie restée dans toutes les mémoires, et face à laquelle les Castel n'avaient rien pu faire :

« *Il y en a plus qu'assez de cette pornographie architecturale*[58] *!* »

Leur permis de construire avait été annulé.

Hubert de Boüard, lui, est à peu près le seul à jouer la transparence et reconnaît volontiers avoir touché un peu moins de 1 million[59] d'euros de subventions PAC

---

56. Supplément à *L'Express* d'octobre 2014 : *Vignoble : les secrets d'un vignoble prestigieux.*
57. Voir chapitre 7.
58. Propos rapportés
59. *Ibid.*

sur les 9 millions que son projet a coûté en totalité, soit à peine 10 % du budget global, c'est-à-dire deux, trois, jusqu'à quatre fois moins que ceux qui refusent d'évoquer le sujet. Il peut donc se targuer d'avoir réussi un projet ambitieux, monumental, mais dont l'éclat est intérieur, et qui n'a donc pas provoqué de jacquerie du côté des petits vignerons et des autorités.

La salle de réception et d'accueil, semblable à une nef d'église, la forte charpente en châtaignier, tout le travail des Compagnons du tour de France semblent avoir fait son petit effet.

Restait à inaugurer en grande pompe ce joyau, initiative cette fois incontournable pour imposer Angélus dans le cercle des plus grands vins.

Ce genre d'événement se prépare longtemps à l'avance et il ne faut pas que la mécanique se dérègle. La famille d'Hubert de Boüard s'est rapprochée de la famille Péré-Vergé, propriétaire de très grands Pomerol comme La Violette ou Le Gay[60] qui, traditionnellement, par la volonté de la défunte Catherine Péré-Vergé, ouvrait l'avant-veille des primeurs par une jolie soirée de dégustation. Les Péré-Vergé ont donc accepté de céder leur place pour cet événement forcément marquant.

Et la mécanique, oui, a parfaitement fonctionné, avec une équipe familiale en très grande forme. Avec Jean-Bernard Grenié, le cousin, coactionnaire d'Angélus, faisant la visite et la causette aux peoples de rigueur (ce soir-là Patrick Timsit et François-Xavier Demaison, deux habitués de la marque au carillon). La jolie Bong

60. Voir chapitre 4.

Tram, « ambassadrice » pour l'Asie de la marque, faisait visiter les installations aux VIP venus de Tokyo ou de Shanghai. Quant à la fille du château, Stéphanie de Boüard, l'héritière, celle à qui le père a déjà transmis la direction de la propriété, elle relit son discours agrémenté de quelques compliments en mandarin.

N'oublions pas qu'elle aussi, missionnée en Asie, est passée par la résidence d'un certain Grand Maître Cheung.

Mais les réjouissances n'ont qu'un temps et, au printemps 2014, Hubert de Boüard doit maintenant, comme tous ses homologues, « sortir » son prix. Inutile de préciser qu'il est attendu au tournant, même si, la baisse générale attendue des prix n'ayant pas eu lieu, le maître d'Angélus dispose d'une grande marge de manœuvre.

La meilleure défense étant l'attaque, il va procéder comme l'année passée : téléphoner à son semblable Gérard Perse pour décider ensemble d'un tarif qui ne soit discuté par personne. Angélus et Pavie, rappelons-le, ont été sacrés en même temps « premiers grands crus classés A » de Saint-Émilion à l'occasion de la très controversée révision décennale du classement[61]. Les deux hommes ne sont pas des familiers mais ont des intérêts communs, et décident donc de procéder comme la première fois :

« Si l'on reste autour des 150 euros en baissant de 10 %, ça sera raisonnable… »

Cela signifie qu'Angélus et Pavie seront proposés en primeurs aux consommateurs à environ 225 euros

61. 2012.

la bouteille toutes taxes comprises. Un tarif qui en fera deux des vingt vins les plus chers de Bordeaux, et donc les plus cotés.

Mais ne s'immisce pas dans le club très sélect des Premiers qui veut. Au même moment, les Premiers historiques « sortaient » leurs 2013 à des tarifs autrement plus élevés, quand bien même ces cuvées ne feront jamais rêver le moindre amateur : 420 euros pour un Cheval Blanc 2013, 395 euros pour Lafite-Rothschild, 300 euros pour Margaux ou Haut-Brion...

Que ces vins se vendent ou non est finalement une question secondaire pour leurs riches propriétaires. Le prix est aussi une question de standing dans le cercle très fermé et l'économie unique au monde des Premiers.

Ce cercle, le plus fermé de Bordeaux, peut-il seulement s'ouvrir ?

Chapitre 3

À la poursuite des Premiers

De l'intérêt historique de dégager des marges de 90 % – Où l'on comprend pourquoi Pierre Lurton téléphone à Gérard Perse – Un demi-milliard de bénéfices nets ? – La colère froide de l'ancien Grand Maître Jean-Michel Cazes et son plat de casserons – Quand François Pinault pose une bombe au milieu de la Place de Bordeaux.

La vie de bureau dans un des châteaux les plus célèbres de la planète, en l'occurrence l'épicentre bachique de l'empire du luxe LVMH, ressemble à celle de n'importe quelle entreprise du monde.

Aujourd'hui, à Cheval Blanc[62], un des saint-émilion les plus célèbres, les secrétaires de direction sont

62. Cheval Blanc est actuellement la propriété de quatre actionnaires : le groupe LVMH (45 %), l'homme d'affaires Albert Frère (45 %), Dassault Millésimes (groupe Dassault, 5 %) et la famille canadienne Desmarais (5 %). Bernard Arnault, à l'origine du rachat à titre personnel en 1998, a revendu sa part en octobre 2009 à sa propre entreprise avec une plus-value d'environ 170 millions d'euros.

moins inquiètes du temps changeant pouvant gâter la très chic « garden-party » prévue à l'heure du déjeuner que du bruit assourdissant dégagé par un ouvrier chargé d'aplanir au rouleau de fonte électrique le chemin gravillonné menant les invités à la table des délices.

À travers les larges baies vitrées, on aperçoit effectivement les serveurs en veste blanche s'affairant déjà à garnir des tablées ornées d'une nappe vichy faussement canaille.

Cheval Blanc, icône parmi les icônes, se doit d'honorer la clientèle internationale d'une région viticole dont les paysages sont classés à l'Unesco en recevant régulièrement, pendant les vendanges 2014 par exemple, les professionnels du vin – en même temps que quelques VIP – à l'occasion de déjeuners sur le pouce systématiquement arrosés de jolis millésimes du premier grand cru classé A, de son second vin Le Petit Cheval, mais aussi du célébrissime Château d'Yquem.

Yquem est le plus renommé des vins liquoreux du vignoble de Sauternes, celui que Bernard Arnault a arraché à la famille Lur Saluces – encore une « grande famille » bordelaise – au terme d'une bataille digne de celle de Hermès, à l'époque où la bataille pour la maison florentine Gucci faisait rage en France, toutes ces péripéties s'étant déroulées à la fin des années quatre-vingt-dix.

Autre sujet de contrariété ce matin, le virevoltant autant qu'indispensable patron des lieux est en retard. Cela n'est pas illogique puisque ce personnage central dans le monde très feutré des plus grands vins dirige aussi, justement, Yquem. Il accumule les allers-retours entre les deux propriétés sur l'interminable route reliant les deux étiquettes bordelaises vedettes de l'empire LVMH.

Voici enfin Pierre Lurton, né en 1956, portant dorénavant une barbe de trois jours, et dont la bonne humeur communicative est aussi une méthode de management. Elle contribue immédiatement à rassurer ses chères collaboratrices.

L'homme du vin du patron le plus riche d'Europe est évidemment bien plus qu'un joyeux drille. Partout dans le monde, de San Francisco à Hong Kong, de Buenos Aires à Tokyo, il est sur le pont pour défendre ses grandes étiquettes comme des icônes du luxe qu'elles sont devenues.

À la fin des années quatre-vingt-dix, quand Bernard Arnault a racheté « Cheval » au nez et à la barbe de Liliane et André Bettencourt – et avec la neutralité calculée de son ennemi François Pinault –, il a laissé en poste ce jeune directeur aussi ambitieux que bien élevé issu d'une longue lignée de vignerons bordelais.

Pierre Lurton file dans son vaste bureau aménagé au niveau des précieux ceps de vigne qui s'étendent à l'infini et se cale instantanément dans son fauteuil de cuir beige pour disserter librement sur notre sujet : la place très particulière des Premiers. Dans le langage des initiés, ce qualificatif désigne les neuf et uniques « premiers crus classés » (ou « premiers grands crus classés ») de Bordeaux en fonction de tel classement ou usage.

Rappelons qu'il faut y admettre les « premiers grands crus classés » du classement de 1855, Château

Lafite-Rothschild, Château Mouton-Rothschild, Château Margaux et Château Latour en Médoc, plus Château Haut-Brion dans les Graves et Château d'Yquem (qui est même, pour complexifier un peu l'affaire, nommé « premier cru supérieur »)[63], auxquels on peut ajouter les vedettes de la rive droite que sont Château Cheval Blanc et Château Ausone, tous deux « premiers grands crus classés A », ainsi que Pétrus, qui n'est lui ni « château », ni classé, mais Premier tout de même.

Le destin de deux de ces icônes, fait unique à Bordeaux, se trouve après tout entre les mains de notre homme du jour alors, oui, le sujet est des plus sérieux, même si cela ne l'empêchera pas de céder à une bonne boutade :

« Nous sommes à l'heure de la compétition, à l'heure de l'argent. Aujourd'hui, les Premiers défendent d'abord leurs propres intérêts, mais ils font comme tout le monde. Peut-être aurions-nous besoin d'apaiser les choses, de nous montrer moins arrogants. Quand Angélus et Pavie ont été nommés premiers crus classés A comme Cheval Blanc et Ausone, j'ai dit à un ami : dommage qu'un troisième château n'ait pas été lui aussi classé A : on aurait pu former un club d'andouilles AAAAA ! »

Gérard Perse, le « parvenu » de Pavie comme ses aimables voisins le surnommaient, a effectivement reçu un coup de fil de félicitations de la part de Pierre Lurton le matin même où les nouveaux promus avaient reçu l'heureuse nouvelle.

Ce fut le seul.

---

63. Il existe aussi onze « premiers crus » de « Sauternes et Barsac », mais fort éloignés du monde des Premiers.

Les Premiers, s'ils forment un puissant lobby, ne constituent absolument pas un club à partir duquel une stratégie commune serait décidée, comme le détaille volontiers l'homme de LVMH, initié depuis sa naissance aux pratiques locales et à leurs évolutions dans le temps :

« Les Premiers ont toujours été à part dans l'histoire de Bordeaux. Il y avait eux, et puis les autres grands crus. Et chacun des Premiers possédait sa propre stratégie, il est difficile de parler d'une organisation commune. Certes, nous avons le "G9", qui est un comité technique réunissant nos responsables de production pouvant mettre en commun des expériences sur, par exemple, la replantation de vignes ou l'utilisation de levures. Plus rarement, nous pouvons nous voir entre patrons des neuf châteaux pour évoquer une question importante ou le millésime, mais nous ne parlons jamais de commerce. »

Inutile de préciser que ni Gérard Perse, ni Hubert de Boüard n'ont été conviés à partager ces quelques discussions avec les neuf « Premiers », malgré quelques SMS faussement polis.

Comme le rappelait en son temps feu Philippe de Rothschild, père de Philippine de Rothschild et homme de Mouton, pour faire un Premier, ce sont les deux cents premières années qui comptent, après les choses sont plus aisées...

Il serait difficile de nier le réel agacement généré par l'arrivée de deux nouveaux impétrants au sein de cette supercaste très consciente de son pouvoir puisqu'il dépasse le seul statut de grands vins et dont l'édification se confond avec des épisodes de la vie politique française.

Voici un siècle et demi, c'est l'empereur Napoléon III qui, dans la perspective de l'Exposition universelle de 1855 à Paris, demanda aux déjà influents courtiers bordelais de formaliser un classement déjà existant et basé sur les prix pratiqués à l'époque.

Ainsi Lafite, Haut-Brion, Latour, Margaux et Yquem devinrent-ils des Premiers : tout simplement parce ce qu'ils étaient les vins les plus chers[64] !

Un siècle plus tard, ce sont leurs cousins de la rive droite, un rien jaloux sans doute et appuyés par les figures politiques du canton, qui arrachent à l'Institut national de l'origine et de la qualité[65] (Inao, l'organisme parapublic gérant les fameuses AOC) la reconnaissance d'un classement des vins de Saint-Émilion, mais surtout des deux « A », Cheval Blanc et Ausone.

Au même moment, le puissant baron Philippe de Rothschild, dirigeant de Mouton-Rothschild, engage vingt ans de lobbying pour obtenir la neutralité de son cousin Élie de Rothschild (à l'époque à la tête de Lafite), attitude qui aboutira à une correction à la marge du classement de 1855 permettant à son grand vin de passer miraculeusement du statut de « second » à « Premier ».

Appuyé par le président en exercice Georges Pompidou – un ancien de la banque Rothschild –, le décret sera signé en 1973 par le ministre de l'Agriculture de l'époque, un certain Jacques Chirac.

Quant au neuvième Premier, Pétrus, son aura est telle, ses prix tellement démentiels qu'il est de bon ton

---

64. Plus de 3 000 francs le tonneau à l'époque (pour les quatre rouges).
65. Son nom actuel.

d'affirmer à Pomerol que le classement, s'il n'a jamais été couché sur le vélin, est bien entendu présent dans l'esprit des amateurs éclairés, le joyau des propriétés de la famille Moueix figurant en tête, cela va de soi.

En réalité, il a bel et bien existé un classement écrit des vins de Pomerol, mais il est aujourd'hui caché dans les tiroirs des propriétés puisque rédigé en 1943 par le ministère de l'Agriculture du gouvernement de Vichy à la demande des autorités allemandes[66].

Pétrus, ce n'est pas une surprise, y était seul et unique « premier cru classé ».

Pour la petite cohorte de dirigeants de cette élite dans l'élite, le sujet est donc d'autant plus fondamental que ces neuf Premiers sont devenus des marques internationales, des labels qui, pour se distinguer du commun, se passent dorénavant de la mention « château », en tout cas dans le langage des affaires : Lafite, Mouton, « Cheval », Margaux, Ausone, Latour, etc.

Les Pierre Lurton, Christophe Salin (Lafite), Frédéric Engerer (Latour), Paul Pontallier (Château Margaux) et autres stratèges des Premiers ne font que suivre cet exemple, oralement du moins, comme, nous l'avons vu, un certain Hubert de Boüard.

Dissertant avec amusement sur ces considérations, Pierre Lurton, justement, réfléchit d'un coup tout haut à abandonner la mention « A » sise sur son étiquette.

Après tout, les « B » n'en abusent pas, constate-t-il, et Cheval, marque iconique, ne se suffit-elle pas à elle-même, alors que l'empire LVMH a commencé à la décliner dans des palaces implantés au cœur de

66. Voir chapitre 8.

destinations aussi exotiques que controversées comme Saint-Barth ou les Maldives ?

Il ne manquerait plus que le frénétique de Boüard ne copie ce modèle en déclinant son « Angélus » dans les univers du luxe !

Mais pourquoi, au fait, tiennent-ils tellement, ces Hubert de Boüard, ces Gérard Perse, et tous ceux qui patientent dans la file, à appartenir au cercle le plus restreint de la hiérarchie ? Ce n'est évidemment pas pour être assis en face d'un Rothschild ou démontrer à son voisin que ses baies de merlot ou de cabernet sont plus rondes et gorgées de bon jus que les siennes.

Non, la raison est beaucoup plus simple : si l'on fait de l'argent avec les grands crus, en tout cas les bonnes années, il est possible de faire une fortune, oui, une fortune, avec les Premiers, car leur rentabilité surpasse largement celle de tous les produits haut de gamme de la planète. Il s'agit à la fois de la rentabilité à la bouteille vendue, mais aussi de la profitabilité des hectares investis.

Pour parler en termes strictement financiers, les Premiers génèrent les ratios du luxe, exactement comme les grands labels horlogers ou la haute maroquinerie, et ce n'est évidemment pas un hasard si les deux magnats Bernard Arnault et François Pinault se bagarrent à coups de très grands vins depuis plus de vingt ans.

Pierre Lurton est aujourd'hui décidé à ne pas éluder cette question rarement évoquée dans les déjeuners du vignoble :

« C'est vrai, on peut qualifier notre rentabilité d'extraordinaire, il y aurait presque un doux vertige dans cette économie ! C'est notre système d'excellence qui en est la contrepartie... »

Le patron-vigneron veut faire comprendre que Château Cheval Blanc investit massivement et en permanence sur la qualité de ses raisins et ses méthodes de vinification. En contrepartie, la réputation du cru – de la marque – permet de vendre les bouteilles à des prix défiant l'intelligence.

Quant à la valeur des terres, elle s'envole littéralement, ce qui fera de la propriété viticole en question un investissement patrimonial d'exception, investissement d'autant plus tentant qu'il peut permettre d'échapper à l'ISF[67] !

Au premier abord, voilà une réalité commerciale difficilement compréhensible pour le commun des amateurs arrivant depuis Saint-Émilion pour admirer les si réputés châteaux du canton.

À partir du célèbre village, sur la route de Libourne, il faut bifurquer en direction de Pomerol pour gagner une zone de terroirs d'exception où, sur la droite, l'extravaguant chai au toit végétalisé de Cheval Blanc créé par l'architecte international Christian de Portzamparc contemple l'automobiliste.

Les bâtiments, entourés d'une mer de vignes strictement entretenues, recèlent ce qu'il se fait de meilleur en matière de cuves de vinification inox et de fûts de chêne de vieillissement traditionnels, c'est-à-dire

---

67. Déclarée comme outil de travail, et à condition que (théoriquement) l'investisseur y consacre l'essentiel de son temps, une exploitation viticole voit sa valeur échapper au calcul de l'impôt de solidarité sur la fortune.

d'une capacité de 225 litres – la mesure traditionnelle de la barrique bordelaise depuis le temps des Lumières où le vin partait par bateau rejoindre les belles tables des rois d'Angleterre.

Cependant, à quelques centaines de mètres de là, chez le premier voisin de Cheval, Château La Dominique, le spectacle est parfaitement identique : des terres excellemment situées, un propriétaire parmi les premières fortunes du cru[68], un bâtiment revisité en majesté par un architecte non moins mondialement célèbre, Jean Nouvel, une batterie de cuves et de barriques de premier ordre, des réceptions données sur un toit-terrasse avec vue à l'horizon n'ayant rien à envier aux garden-parties voisines, etc.

La seule différence, et elle est fondamentale, c'est que le Cheval Blanc est un Premier, vous le trouverez chez le caviste à des prix compris entre 400 et 1 000 euros la bouteille. S'il en reste, car l'essentiel de la production est dorénavant cédé hors de nos frontières, de Moscou à Shanghai.

Château La Dominique, le voisin, n'est qu'un simple « grand cru classé », il cote de 30 à 50 euros maximum sur les millésimes récents. Dans les rayonnages de l'Hexagone, il en reste beaucoup plus, même si une grande partie est également exportée.

Dans le secret de leurs discussions, les rares fois où ils se rencontrent, les patrons des Premiers évoquent entre eux ces surcotations ayant favorisé l'émergence d'une dangereuse bulle chinoise et, surtout, provoqué, nous l'avons vu, la disparition de la clientèle française, belge, anglaise, suisse…

68. La famille Fayat, première fortune du Sud-Ouest.

Avec des prix moins délirants sur leurs 2011 ou 2012, les Premiers, et Lafite en tête, espèrent renouer avec ce réservoir classique d'amateurs fous d'étiquettes, voire en démarcher de nouveaux sur les zones de conquête que représentent le Brésil, le Mexique, l'Australie, voire l'Inde ou même, qui sait ?, l'Europe !

Mais ces aléas de marché ne changent toutefois rien aux surréalistes bilans présentés à chaque terme d'exercice par ces superchâteaux à leurs actionnaires. Cheval Blanc, comme tous les Premiers, plus une petite dizaine ou douzaine de grandes marques, soit quinze à vingt-cinq châteaux en fonction des millésimes, Cheval Blanc, donc, est capable d'afficher des résultats effectivement « extraordinaires ».

Car quel produit dans le monde peut être cédé plus de 500 euros par son producteur alors qu'il a coûté quinze fois moins cher à produire ?

C'est globalement le cas du Cheval Blanc 2009, commercialisé à partir du printemps 2010, que ses négociants vont payer à peu près ce prix[69], pour un vin qui, *in fine*, devait se retrouver autour des 1 000 euros chez un caviste.

Pour Pierre Lurton et son actionnaire, comme pour les huit autres Premiers, l'opération est extrêmement intéressante, ces prix signifiant qu'ils vont réaliser une marge exceptionnelle. Pour la calculer, il faut connaître le prix de production exact à la bouteille, ce qui est évidemment très complexe puisqu'il s'agit là d'un des secrets les mieux gardés du vignoble, et particulièrement dans le cercle des premiers crus.

---

69. Précisément 600 euros environ à l'époque, au printemps 2010.

Le coût de production « simple », c'est-à-dire incluant l'entretien de la vigne, les vendanges, la vinification, la mise en bouteilles, plus la « matière sèche », c'est-à-dire le verre, l'étiquette, le bouchon, est toutefois possible à appréhender : il n'excède jamais 15 ou 20 euros l'unité, chez Cheval Blanc comme chez Mouton, Haut-Brion ou Angélus.

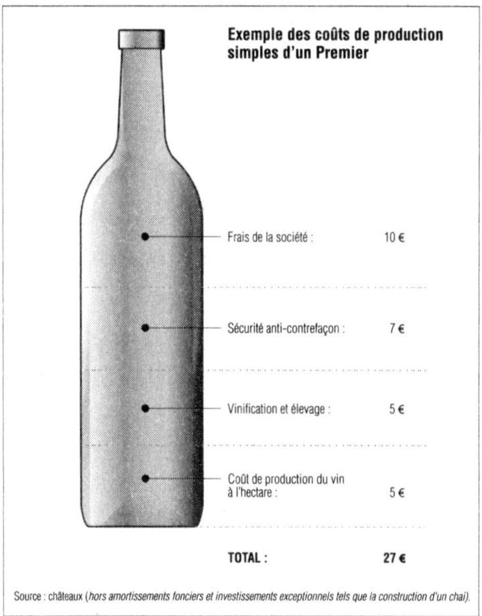

Mais, pour obtenir un coût de production « réel », il faut y ajouter la période clé de l'élevage – faire vieillir du vin en fût dans un chai, cela coûte de l'argent –, le prix des barriques neuves, constamment renouvelées à mesure que le goût toasté s'est imposé[70], les frais généraux de l'entreprise qu'est aussi une propriété, la communication (et des frais marketing), et puis surtout l'amortissement foncier, l'argent investi dans les terres que l'on digère sur de longues années au départ.

70. Voir chapitre 4.

Il faut aussi compter avec des cas particuliers, comme les frais de système anticontrefaçon, par exemple démesurément élevés chez Pétrus – près de 10 euros par bouteille, record du monde ! –, ou alors les investissements pharamineux dans un chai flambant neuf signé par un architecte renommé à la facture forcément lourde – le chai de Cheval Blanc a coûté la modique somme de 15 millions d'euros.

Finalement, le coût de production à la bouteille d'un Premier ou de l'une des quinze marques qui compte est plutôt compris entre 30 et 40 euros pièce. Concernant Cheval Blanc, notre exemple, il est d'environ 35 euros[71] et, comme le château produit à peu près 60 000 bouteilles de son premier vin – celui qui est vendu une fortune, disons 500 euros pour reprendre notre exemple (en réalité, c'est un peu plus, mais nous arrondissons à 500) –, il est aisé d'avoir une idée de ses coûts globaux : 2,1 millions d'euros[72] ; et donc de son bénéfice opérationnel avant impôts : environ 28 millions d'euros[73].

Certes, il ne s'agit que d'une « idée » des comptes de Cheval Blanc, évidemment tenus à leurs secrets de fabrication, et basée sur une année exceptionnelle qui s'est extrêmement bien vendue.

Sur des millésimes plus difficiles, comme 2011 ou 2012, où la clientèle, notamment chinoise, se fait plus rare, où le vin se vend moins bien, tout Premier soit-il, et où les Premiers ne baissent pas assez leurs prix pour ajuster l'offre à la demande, il est évident que ces

71. Estimation Cheval Blanc.

72. 60 000 (production) x 35 (coût unitaire) = 2 100 000 (coûts totaux).

73. 500 (prix par bouteille) x 60 000 = 30 000 000 – 2 100 000 = 27 900 000 euros.

bénéfices fondent rapidement, et c'est ce qui frappe les Premiers ces dernières années.

Il faut toutefois retenir que le potentiel de ces « châteaux » est, qu'on le veuille ou non, colossal en termes de bilan. En moyenne, les marges brutes réalisées chez les très grands tournent autour des 90 %, pour parler en termes strictement financiers.

Avant même l'explosion des prix des 2009, 2010 et 2011, les Premiers surperformaient déjà leurs résultats : Latour affichait pratiquement 25 millions de bénéfices avant impôts pour 31,5 millions de ventes ; Château Margaux, presque 19 millions sur une activité de 30,5 millions[74].

En outre, produire un très grand vin à Saint-Émilion coûte plus cher que dans le Médoc, ce pourquoi les bénéfices sont mécaniquement plus élevés chez Mouton, Lafite ou Latour que chez Cheval, Pavie[75] ou Ausone (Pétrus étant encore un cas à part[76]).

En produisant jusqu'à 250 000 unités de leurs premiers vins, les Rothschild, Lafite comme Mouton, sont capables de dégager plusieurs dizaines de millions d'euros de bénéfices sur de bons millésimes comme 2005, 2009 ou 2010.

C'est le paradoxe de notre raisonnement : comme Cheval Blanc, à qui nous nous sommes intéressés, fait partie de ceux qui produisent le moins de premier vin, c'est aussi la supermarque dont les superbénéfices sont les moins élevés, si l'on peut dire.

---

74. Soit sur les ventes des millésimes 2008 et antérieurs (chiffres publiés dans « Les profits fous des premiers crus », *Le Nouvel Observateur* du 8 juin 2011).
75. Selon Gérard Perse, le coût de production de Pavie par bouteille est de 40 euros.
76. Voir chapitre 7.

Certes, inscrire de tels bilans n'est pas automatique car les Premiers doivent aussi compter avec la nécessité croissance de limiter leurs rendements pour justifier de l'exceptionnelle qualité de leurs crus et profiter au maximum des bonnes conditions de ces excellents millésimes.

Latour et Haut-Brion ont réussi l'exploit de décrocher chacun deux notes suprêmes de 100/100 chez Robert Parker, le guide le plus influent du monde[77], mais au prix d'un rééquilibrage à la baisse de leurs célèbres premiers vins, à respectivement 110 000 et 130 000 bouteilles.

Et puis le poids des « second » et « troisième » vins, fatalement bien moins valorisés, va venir peser à la hausse sur les coûts de l'ensemble et tempérer l'exceptionnelle rentrée d'argent du « premier ».

Ces chiffres n'en restent pas moins « extraordinaires » et justifient le désir de nombreux entrepreneurs des grands crus les plus compétiteurs d'approcher cette non moins fabuleuse martingale. Peu seront élus : si quinze marques réalisent effectivement des bénéfices extraordinaires (et encore s'agit-il d'années spéculatives), les trente suivants doivent se contenter de marges comprises entre 8 et 10 % (les bonnes années) et... 0 % (quand le millésime est difficile). Autant dire que les cent grands crus suivants, contrairement aux apparences, gagnent bien plus difficilement de l'argent.

Les intouchables Premiers font rêver tout le vignoble bordelais et, estimation courant les allées de vignes, il se raconte qu'ils ont réalisé sur 2009 et 2010

77. Voir chapitre 4.

– les millésimes les plus chers de l'histoire – un véritable jackpot : peut-être un demi-milliard d'euros de bénéfices !

De quoi susciter quelques jalousies, y compris chez d'autres grands noms.

Jean-Michel Cazes en son royaume

Comme à Saint-Émilion, le soleil a fini par revenir à Pauillac, la capitale du Médoc. Ce mois de septembre 2014 est même franchement superbe, tranchant singulièrement avec les inquiétudes commerciales du printemps et les pluies de l'été.

Dans cette région, un marais sous Louis XIV devenu plus vaste réservoir de grands crus au monde grâce au savoir-faire ancestral d'ingénieurs néerlandais, il commence à se dire que, finalement, le millésime sera bon, que la machine financière, une fois de plus, va repartir.

Les jacasseries de la rive gauche valent bien celles de la rive droite.

Ces lieux communs font bien rire un des meilleurs connaisseurs du Bordelais, en réalité un des poids lourds du milieu. Certains diraient un véritable « parrain », tellement son influence a été grande et subsiste encore, même si des parrains, il y en a de plus redoutables[78].

Il est là d'ailleurs, patientant dans un coin sombre de l'un des nombreux établissements qu'il a financés dans le charmant autant que touristique hameau de Bages, jouxtant la principale cité du Médoc, un lieu qu'il a imaginé à destination de la très vaste clientèle

78. Voir chapitre 7.

internationale des grands Bordeaux, avec sa boulangerie, son bistro à vins, sa jolie table de campagne, son bric-à-brac, tous ces établissements fleurant bon la France des terroirs.

Jean-Michel Cazes lève sa silhouette massive, chausse ses lunettes fumées années soixante, et se dirige vers la terrasse ensoleillée, où il sait qu'il va devoir serrer les mains d'autant de visiteurs étrangers que de professionnels locaux de la vigne.

Il a l'habitude.

Né en 1935, l'homme est copropriétaire, disons plutôt maître après Dieu, de Lynch-Bages, officiellement un « cinquième cru classé », mais dont les millésimes vedettes ont pu se vendre chez le caviste bien au-delà de la barre des 100 euros pièce, c'est-à-dire au prix des « troisième » ou des « seconds », selon l'ésotérique terminologie financière de la Bordeaux Connection[79].

Et qu'importe que l'étoile de Lynch-Bages ait légèrement pâli aux yeux des amateurs face à la concurrence de l'excellence : cette étiquette, les Cazes en produisent 300 000 bouteilles par an, sur des terres qui leur appartiennent depuis longtemps, et puis, si l'on tient compte du petit portefeuille de crus qu'ils ont créé jusque dans le Sud-Est de la France, oui, ils gagnent de l'argent, et le réinvestissent constamment, notamment à Pauillac.

Officiellement retraité au profit de son fils Jean-Charles dix ans plus tôt, Jean-Michel Cazes est en réalité resté très actif dans les multiples affaires familiales et interprofessionnelles. Sans doute le statut de Grand Maître de la Commanderie du Médoc qu'il a

---

79. Voir chapitre 8.

longtemps endossé lui impose-t-il ce devoir de vigie, et peut-être d'oracle à propos de cette mécanique grand cru dont il a été un des rouages clés.

Alors il peut se permettre de moquer les manières un peu téléphonées de ses contemporains du vignoble :

« Le 2014 sera bon, nous dit-on ? On verra quand il sera en bouteilles. Trouvez-moi un vigneron qui vous dira que le millésime actuellement vendangé ne sera pas le meilleur depuis des années. Ça n'existe pas ! »

Jean-Michel Cazes, d'aucuns ne le reconnaîtraient pas forcément dans une rue de Bordeaux car l'individu est du genre discret, en tout cas sur la scène française. Au théâtre des grands vins internationaux, c'est une autre affaire ; son œil introspectif est redouté.

À peine s'est-il assis pour commander une assiette de casserons qu'un visiteur irlandais, intimidé, l'aborde.

L'homme de Lynch-Bages répond avec chaleur, et dans un anglais parfait, sans accent.

La surprise est d'importance dans un milieu où, certes, l'on sait faire de beaux vins – et surtout bien les vendre –, mais où le degré de familiarisation avec la langue de Shakespeare est comparable à celui de la classe politique française.

Il y a longtemps de cela, dans les années cinquante et soixante, le jeune Jean-Michel Cazes a démarré sa carrière dans l'ingénierie pétrolière, au Texas, avant de s'orienter vers les bureaux d'une société électronique américaine du nom de Intelligence Business Machine, autrement dit IBM.

À l'époque du premier choc pétrolier, qui fut aussi une zone de graves turbulences pour les grands

Bordeaux – dont plus personne ne voulait[80] –, les affaires familiales ont rattrapé le futur maître de Lynch-Bages. L'attendaient à Pauillac celui qui en sera le maire pendant quarante-cinq ans, André Cazes, son propre père, et bien sûr sa cadette de vingt ans, Sylvie Cazes, véritable pile électrique qui héritera du virus politique familial tandis que le grand frère se concentrera sur une multinationale des grands crus devenue parmi les plus puissantes du moment.

Les deux rejetons d'André Cazes ne se sont pas toujours très bien entendus, ils n'étaient même d'accord sur rien, sinon peut-être sur la valeur du capital patrimonial à préserver et à faire fructifier.

À Jean-Michel les grandes étiquettes, la Commanderie, le restaurant gastronomique de Bages élevé au niveau des deux étoiles par la star des fourneaux Thierry Marx, etc. À Sylvie Cazes la direction opérationnelle d'autres propriétés, l'Union des grands crus, le Conseil des grands crus classés en 1855, dont elle sera ambassadrice, le rôle de madame vin dans l'équipe d'Alain Juppé[81].

La famille, une stratégie chez les Cazes, comme d'ailleurs chez les Bernard, les Cruse ou les Lurton.

À cet instant, la propre fille de Jean-Michel Cazes, Kinou Cazes-Hachemian, apparaît avant que les casserons n'aient le temps de refroidir. Il lui recommande de sauter dans un taxi pour être à l'heure au conseil d'administration de la holding familiale, prévu ce jour-là au centre de Bordeaux :

80. À la fin de la décennie soixante-dix, un Pétrus 1978 valait moins de 45 francs en primeur !
81. Voir chapitre 5.

« *Moi, j'ai plus le droit d'y aller. De toute façon, on est mieux ici !* »

À son gendre irano-américain qui la suit de cinq minutes, il conseille – fermement – de prendre un peu de repos pour mieux encaisser le décalage horaire. Son fils Jean-Charles, qui lui a officiellement succédé très jeune, en 2006, n'a pas vraiment le temps de faire des mondanités sur la terrasse ensoleillée de Bages.

Quant à madame, Maria-Theresa, apparaissant également un instant, elle s'amuse toujours autant de ce mari directorial ayant décidé depuis quelques semaines de relancer un projet de rénovation complète des chais et des installations, un projet géant d'une vingtaine de millions d'euros qui verra Lynch-Bages être vinifié dans soixante-quinze cuves.

La famille Cazes peut se permettre de mettre autant d'argent que la famille Bouygues quand celle-ci a décidé de refaire à neuf son petit joyau de Montrose (Saint-Estèphe). Comme nombre de noms des très grands crus, leur fortune professionnelle a explosé grâce aux surcotations des grands vins bordelais sur les excellents millésimes récents[82].

---

82. Jean-Michel Cazes et sa famille sont crédités d'une « fortune professionnelle » de 230 millions d'euros en 2014, soit le 245e rang du « Classement des 500 » réalisé par le magazine *Challenges*. Dix ans plus tôt, ce montant n'était que de 50 millions. Toutes les « grandes familles » des bordeaux de luxe appartiennent évidemment à ce classement, dont une version « Fortunes du vin » a été dressée en 2011 et 2013 par le journaliste Jean-Pierre de La Rocque. On y trouve toutes les familles évoquées dans ce livre : Arnault, Pinault, Castel, Rouzaud, Rothschild, Mentzelopoulos, Moueix, Magrez, Reybier, Delon, Perse, de Boüard, Lurton, Castéja, Vauthier, Cathiard, Dassault, Tesseron, Bouygues, Péré-Vergé, pour ne citer que les vingt premières, dont les actifs cumulés atteignent entre 5 et 6 milliards d'euros.

Difficile, d'ailleurs, de leur reprocher de dissimuler leurs avoirs en Suisse, comme c'est concrètement le cas pour certains : les Cazes, en tout cas Jean-Michel, font partie des rares à habiter réellement leurs châteaux du Médoc.

C'est un des secrets honteux de ces superbes châteaux Second Empire : de Saint-Estèphe à Margaux, ils sont désertés par leurs dirigeants et leurs propriétaires sitôt la nuit tombée. Si les ouvriers et techniciens regagnent leurs masures des alentours, les premiers filent retrouver leurs appartements bordelais ou leurs résidences secondaires du bassin d'Arcachon.

Ces grands bourgeois de propriétaires ou de directeurs, vous les croiserez certainement au printemps déambuler au marché du Cap Ferret, pas à celui de Pauillac ou de Listrac-Médoc. Ils sont rares, ces infatigables, comme Patrick Maroteaux (Branaire-Ducru), vigie de Saint-Julien, à vanter les mérites de la « vie de château » en Bordelais pour laquelle il a abandonné une carrière dans l'industrie du sucre.

Jean-Michel Cazes, lui, a parcouru le monde mais dort effectivement à Pauillac, son bureau de retraité ayant été aménagé sur un rez-de-chaussée de la place du hameau de Bages, ce « mini-Disney » des grands crus, comme disent les mauvaises langues, mais investissement apprécié dans l'écosystème local.

Mais au-delà de ces considérations qui agacent les grandes fortunes de la rive gauche, c'est bien le rôle joué par Jean-Michel Cazes dans l'interprofession qui en a fait ce personnage tirant les ficelles dans l'ombre.

Membre des instances dirigeantes de la Commanderie et du Grand Conseil pendant des lustres, il a lui-même choisi en 2008 son successeur au fauteuil de Grand Maître, un certain Emmanuel Cruse. Les deux hommes ne s'entendent pas trop mal et se téléphonent régulièrement, comme aujourd'hui, alors que le célèbre marathon du Médoc va passer aux alentours.

L'ancien Grand Maître n'a pas grand-chose à reprocher à son successeur, sinon, justement, d'avoir délocalisé la présidence de la Commanderie de Pauillac à Bordeaux.

Un sujet qui lui tient à cœur et sur lequel il se montre taquin :

« Tout cela parce que lui-même habite Bordeaux ! C'est un peu dommage, non ?, sachant que nous avons ici une capitale, Pauillac... »

Dans les grandes propriétés du Médoc, chacun défend ses intérêts, c'est bien humain. La famille est le critère essentiel. Jean-Michel Cazes a d'ailleurs lui-même hérité ses prestigieuses fonctions de son propre père, André, celui-ci ayant été un proche de l'équipe ayant originellement fondé l'organisation.

Les liens familiaux, justement, sont larges. Dans cette phalange à l'origine de la puissante Commanderie actuelle, émargeait un certain Emmanuel Cruse, qui n'était autre que le grand-père de notre Emmanuel Cruse actuel. Au départ, en pleine France de la reconstruction, l'organisation n'était évidemment qu'un embryon de fraternité vineuse. Comment expliquer qu'elle ait mué si vite en lobby ?

Jean-Michel Cazes reconnaît, bonhomme, que l'histoire est aussi folle que complexe :

« Au départ, il y avait des personnalités du vin d'après-guerre comme Henri Martin ou Armand Achille-Fould[83] *qui toutes souhaitaient trouver une solution pour relancer la machine économique. C'était le bazar, le vin ne se vendait plus, il fallait que les gens se reparlent, marchent dans la même direction. Ils ont regardé ce qu'avaient fait les chevaliers du Tastevin en Bourgogne, ça les a inspirés. »*

En 1949, une confrérie mélangeant joyeusement accents francs-maçons et médiévaux est créée de toutes pièces par un ingénieur proche du groupe, un personnage féru de théâtre et d'histoire. Il dessine les costumes, invente les rites, organise des déroulés de cérémonies pour lesquelles, de nos jours, des milliardaires asiatiques se pressent toutes affaires cessantes.

L'embryon de « Commandeurs » s'amuse bien, mais l'affaire est plus sérieuse qu'elle n'y paraît. Dès l'année suivante, en 1950, ces têtes pensantes du Médoc réalisent le premier coup « marketing » de leur jeune histoire. Jean-Michel Cazes, encore lycéen à l'époque, exhibe de ses archives des photos de cette initiative extraordinairement culottée dans une France où les tickets de rationnement n'ont disparu que depuis un an :

« Ils sont allés de Pauillac à l'Élysée, en délégation costumée, ils ont exigé d'être reçus par Vincent Auriol, président de la République. Henri Martin a déclamé devant lui un discours en patois médocain, traduit par un des Commandeurs en direct. Puis ils ont organisé une dégustation géante de grands vins pour les Parisiens sur la place du Tertre, à Montmartre. Mon père m'a raconté qu'on avait pu juger du succès de la manifestation au nombre d'ambulances venues secourir ceux qui avaient abusé de notre vin ! »

---

83. De la dynastie politique girondine du même nom.

Après ce fait d'armes, la Commanderie gagne rapidement en puissance, fait l'unanimité auprès des producteurs de vin, mais aussi des négociants, voire de certains coopérateurs ou même de ces étranges personnages de la Place que l'on nomme les « courtiers[84] ».

L'organisation se dote d'un budget et met en place son système unique au monde de « dîme » en liquide : au départ, les membres devaient accepter de rétrocéder tous les deux millésimes vingt-cinq caisses de douze bouteilles à la Commanderie, chiffre qui sera par la suite revu à vingt caisses, obligation toujours en vigueur actuellement[85]. La vocation de cette contribution en liquide réside évidemment dans la nécessité d'approvisionner en grands vins toutes les manifestations estampillées Commanderie, à commencer par la célèbre fête de la Fleur.

Cette soirée courue par les amateurs du monde entier, là aussi, n'a rien à voir avec une quelconque tradition bachique du terroir, mais est une invention pure et simple des stratèges de la Commanderie à leurs débuts.

L'idée était de créer une « fête de printemps », chic et ensoleillée, se déroulant juste avant l'arrivée de l'été et célébrant la première floraison de la vigne. En un demi-siècle, la fête de la Fleur est devenue la plus belle soirée VIP du vin avec mille cinq cents heureux élus triés sur le volet[86].

84. Voir chapitre précédent.

85. Vingt caisses tous les deux ans, soit dix caisses annuelles (cent vingt bouteilles).

86. 1 500 est le chiffre maximum que les commissions de sécurité acceptent de laisser s'attabler sous une installation temporaire géante. Selon la Commanderie, il y aurait une demande réelle de 4 000 places pour l'événement.

Avec l'élargissement aux régions voisines des Graves, puis du Sauternais, cet impôt en bouteilles a pris des proportions gigantesques : plusieurs dizaines de milliers de bouteilles que les membres de la Commanderie doivent expédier à leurs frais dans les entrepôts d'une filiale spécialement créée, là aussi sur décision, à l'époque, de Jean-Michel Cazes, pour gérer ce fleuve d'or rouge.

En résumé, l'homme de Lynch-Bages, à la suite de son père, a été celui d'une commanderie dont il a fait une machine très efficace à partir du moment où les grands crus bordelais sont redevenus à la mode sur les tables des clients américains, puis japonais, et aujourd'hui chinois.

Non, vraiment, l'homme n'a pas grand-chose à regretter de ses quarante années dans le business des grands vins à travers une interprofession qui a su s'organiser efficacement. Son fils Jean-Charles s'est d'ailleurs logiquement fait élire au bureau de la Commanderie. Il sera peut-être Grand Maître un jour…

Et pourtant, il y a quelque chose qui le ronge.

La sécession des Premiers

Souvenons-nous, il y a une différence énorme entre Lynch-Bages et Cheval Blanc, entre Jean-Michel Cazes et Pierre Lurton : avec le premier, on peut faire des millions tous les ans, avec le second, des dizaines de millions.

Lynch-Bages est un très grand vin, Cheval Blanc est un Premier, et ainsi que nous l'avons vu, les bénéfices extraordinaires sont réservés à cette dernière catégorie, aussi célèbre soit le label Lynch-Bages.

Les Cazes, malgré tous leurs efforts, n'y peuvent pas grand-chose, de même que plusieurs dizaines de très grandes étiquettes, qui n'inscriront jamais cette satanée rentabilité « extraordinaire » dans leurs bilans.

L'ancien Grand Maître, malgré son influence, connaît la musique depuis longtemps et admet que les Premiers auront toujours une place à part. Il entretient d'ailleurs les meilleures relations avec certains de ces propriétaires, à commencer par la famille Rothschild. Le baron Éric de Rothschild n'a-t-il pas accepté de présider depuis plusieurs années l'autre grande manifestation organisée par la Commanderie, la Left Bank Bordeaux Cup, un concours international de dégustation entre grandes écoles venues du monde entier ?

Cet événement oppose chaque année les clubs œnologiques de prestigieux établissements français, anglais, américains, chinois, etc. Des équipes présélectionnées à New York, à Paris, Shanghai, Londres et Hong Kong s'affrontent ensuite pour le titre dans les très prestigieux murs de Lafite-Rothschild.

L'idée de sensibiliser les élites étudiantes issues d'écoles françaises et anglaises comme Centrale, Science Po, Cambridge ou Oxford en revient à l'ancien Grand Chancelier de la Commanderie, Jean-Guillaume Prats (ex-Cos d'Estournel), à la suite, au milieu des années deux mille, d'une réflexion devant le succès de l'émission « Question pour un champion », présentée par Julien Lepers !

Internationaliser l'événement au tournant de la décennie suivante avec des établissements américains comme Harvard ou Stanford et des institutions asiatiques comme la Hong Kong University ou Fudan (Shanghai) sera de l'initiative de son rival Emmanuel Cruse.

Celui-ci remarquait d'ailleurs avec le sourire que les plus prestigieuses des écoles anglo-saxonnes prenaient très au sérieux cette compétition des plus grandes étiquettes : ainsi le manager de l'équipe d'Oxford exigea-t-il de participer directement à la finale sans avoir à s'abaisser et à se confronter à des équipes chinoises ou américaines. L'année où cette prestigieuse institution britannique termina *ex aequo* avec sa rivale éternelle Cambridge, un recours fut introduit pour reconsidérer le décompte des points !

Pour ces générations d'étudiants « à fort potentiel » issues des bancs les plus prestigieux du monde, il n'y a pas plus chic que de venir participer à cette finale où un excellent millésime de l'un des plus grands vins de la planète, Lafite, leur sera obligatoirement servi.

Quelques années plus tard, si tout va bien, ils deviendront des clients des grands crus du Médoc.

Pourtant, malgré cette union de façade, Jean-Michel Cazes, comme tous les dirigeants ou propriétaires des grands crus classés, sait pertinemment que les temps ont changé et que le destin des Premiers les éloigne chaque millésime un peu plus des autres propriétés.

Le prix, encore une fois, est un signe qui ne trompe pas : dans les années quatre-vingt-dix, voici vingt ans, la différence entre un Premier et les « seconds crus classés », ces Lascombes, Brane-Cantenac, Ducru-Beaucaillou, etc., était d'environ 30 %.

Aujourd'hui, la différence est devenue dix à quinze fois plus élevée : quand le Lafite 2012 était commercialisé en 2013 par la Place à plus de 450 euros (un vin qui ne restera pourtant pas dans les mémoires), les légendaires Cos d'Estournel ou Léoville Las Cases peinaient à passer la barre des 100 euros.

Ces deux châteaux appartiennent à une catégorie nommée « supersecond » par les milieux professionnels car leurs ambitions et leurs qualités objectives tendent à les rapprocher des Premiers.

Ils investissent énormément, à l'image du Cos d'Estournel longtemps dirigé par Jean-Guillaume Prats[87], dont le propriétaire Michel Reybier (un ancien de la grande distribution agroalimentaire) a accepté dans les années deux mille de débourser la somme délirante de 38 millions d'euros pour, certes, bâtir le plus beau chai de Bordeaux, une réalisation imaginée par le prix Pritzker Jean-Michel Wilmotte.

L'objectif d'un tel investissement était d'offrir un écrin exceptionnel à un vin dont la vocation présumée était de rejoindre l'élite de l'élite, ou du moins de s'en rapprocher.

Las ! Que ce soit sur le millésime le plus spéculatif de l'histoire (2010) ou sur le plus faiblard depuis trente ans (2013), Cos d'Estournel vend toujours trois à quatre fois moins cher que Lafite, et procure donc une rentabilité confortable sur les bons millésimes, beaucoup plus fragile – voire nulle – sur les années « compliquées ».

---

87. Jusqu'en 2013.

Une situation que le propriétaire Michel Reybier, allergique aux subtilités de la mécanique des grands crus, n'a pas supportée et qui a abouti au départ de Jean-Guillaume Prats.

Peut-être l'ancien propriétaire de la marque Cochonou aurait-il dû mieux regarder la proposition de rachat de Cos d'Estournel que lui a adressée en 2012 le Hongkongais Sutong Pan, P-DG de la Goldin Financial Holdings Limited ?

Ce magnat richissime acceptait de mettre 600 millions d'euros pour racheter le célèbre Saint-Estèphe et toutes ses dépendances, une somme jamais atteinte dans l'histoire mondiale des grands vins. À défaut, il s'est rabattu sur les propriétés de la famille du plus célèbre des winemakers, Michel Rolland[88], qui a dû lui confier les clés du Bon Pasteur, un pomerol réputé, devant l'irrésistible attrait de l'argent chinois manifesté par sa parenté.

Jean-Michel Cazes, lui, connaît la musique : les seconds, « superseconds » ou assimilés, c'est inéluctable, gagneront au mieux quelques dizaines d'euros par bouteille, ce qui est déjà énorme, mais parfois rien du tout sur les millésimes les plus catastrophiques.

Que les Premiers puissent pousser jusqu'à plusieurs… centaines d'euros de bénéfices nets à la bouteille, cela lui paraît surréaliste, certes, mais ce qu'il déplore, c'est que les Premiers fassent « sécession » et, quelque part, fragilisent l'équilibre de l'ensemble.

Pour appuyer son propos, il intercepte au vol la comptable du groupe qui passait par là et lui fait

88. Voir chapitre 4.

confirmer l'impensable : dorénavant, un quart des sommes dépensées pendant une campagne primeur le serait, selon cette professionnelle des données du marché, pour acheter les seuls Premiers !

Il ne peut donc que le constater : l'ancienne solidarité réunissant les Premiers, seconds – ou super-seconds – et tous les autres, y compris les marques réputées comme Lynch-Bages ou Palmer, eh bien, cette solidarité a explosé.

Déjà, des Premiers ont-ils voici quelques années profité du premier prétexte venu pour quitter l'Union des grands crus, l'autre grande organisation du système : contraindre les membres à ne pas faire déguster leurs derniers millésimes avant le 1er avril de l'année suivante. Les trois à être restés – Cheval Blanc, Yquem et Mouton – ont exigé un statut de « membre d'honneur » les exonérant de leurs obligations de présence ou de dégustation.

Car les Premiers ne veulent plus être « dégustés » aux côtés du commun de l'élite, mais seuls, pour eux-mêmes, généralement dans leurs propres murs.

Hubert de Boüard, récemment promu, a lui aussi exigé ce statut.

Mieux : comme le dénoncent en chœur l'ancien et le nouveau Grand Maître, Lafite, Latour et autres Margaux refusent dorénavant de livrer leurs vingt caisses réglementaires tous les deux ans comme il est de rigueur pour alimenter l'extraordinaire cave de la Commanderie. Ils préfèrent les stocker eux-mêmes et les expédier le jour même pour tel ou tel événement afin d'éviter que l'institution ne cède sur les marchés internationaux ces caisses valant de l'or afin de gérer avec plus de souplesse le fond de cave.

Pour rappel, vingt caisses de Lafite ou de Margaux 2010 équivalent dorénavant à bien plus de 200 000 euros sur les marchés internationaux.

Cette petite mesquinerie des plus grands arrange paradoxalement les affaires de la Commanderie, comme le confirme son Grand Maître Cruse quand la question lui est posée :

« Finalement, vu le prix atteint par ces caisses, cela nous coûte moins cher en assurance ! »

LATOUR PREND GARDE

Cette stratégie individualiste a été poussée à un degré jamais atteint par Château Latour, la propriété vedette de la famille Pinault, acquise dès 1993, comme chacun sait, par l'homme d'affaires François Pinault, propriété devenue depuis le symbole de la financiarisation des très grands crus.

À l'époque, ce millionnaire autodidacte, natif des Côtes-du-Nord[89], a fait fortune dans le papier et le bois. La somme qu'il injecte dans l'opération de rachat de Château Latour, environ 700 millions de francs[90], suscite l'incrédulité dans les milieux d'affaires. Ses représentants rient moins quand ils commencent à comprendre qu'un certain Albert Frère, la première fortune de Belgique, un intime du déjà puissant

89. Devenues les Côtes-d'Armor en 1990.
90. Environ 107 millions d'euros toutes taxes comprises.

Bernard Arnault, était également sur le coup, au nom de ce dernier, évidemment.

Il y a vingt ans, ces trois renifleurs de bonnes affaires voyaient bien quel destin attendait les crus classés de Bordeaux, et surtout les Premiers. Depuis, le Latour 2010 s'est vendu au-delà de la barre des 1 000 euros la bouteille aux primeurs 2011, sur le précieux millésime 2010. Quant au prix du foncier, il a été multiplié par huit au minimum, ce qui signifie que, si elle se vendait, cette propriété de 65 hectares constituerait l'opération la plus chère de l'histoire du vin.

Pinault le businessman, né en 1936, est évidemment en grande partie retiré des affaires familiales, orientées depuis des lustres vers le secteur du luxe, comme son vieil ennemi Arnault – le groupe Pinault-Printemps-Redoute, aujourd'hui dirigé par son fils François-Henri, a été rebaptisé Kering. Mais il continue à suivre personnellement les investissements consentis par Artemis, holding de ce petit empire dont une des filiales possède des vignes à Bordeaux, en Rhône nord, Bourgogne, jusqu'en Californie.

Et surtout, il conserve dans son viseur Château Latour, devenu la société la plus rentable de son empire : chaque année, son bras droit bordelais, Frédéric Engerer, présente à son patron des résultats mirobolants, fruits d'une stratégie finement élaborée. Elle a consisté à élever à son optimum historique la qualité du premier vin issu du terroir de ce cru connu depuis les Lumières.

Les mêmes causes générant les mêmes conséquences, Latour est devenu un label de luxe, 90 % de sa production est exportée, dont la moitié en Chine, pays où la contrefaçon de cette bouteille est dès lors un véritable fléau.

Mais François Pinault a réussi son pari : réinstaller Latour comme une légende de la table, comme à l'époque où Nicolas-Alexandre de Ségur, légendaire propriétaire, faisait déguster son vin à Louis XV.

Pourtant, à la mi-avril 2012, en pleine campagne des primeurs du millésime précédent, le 2011, Frédéric Engerer décroche son téléphone pour annoncer une nouvelle fracassante à quelques personnalités du milieu : pour Latour et son second vin Les Forts de Latour, cette campagne primeur sera la dernière !

Cette évolution majeure a été décidée en accord avec la famille Pinault, comme l'explique immédiatement Frédéric Engerer à ses proches :

« *C'est une décision de groupe, elle a été mûrement réfléchie. Dorénavant, nos vins seront mis sur le marché progressivement, quand ils seront prêts à boire.* »

Un courrier signé de la société civile du vignoble de Château Latour est ensuite officiellement adressé – un vendredi 13 ! – à tous les négociants détenant de précieuses « allocations » du fameux pauillac. Il leur est expliqué poliment mais fermement cette véritable révolution, le château précisant toutefois que celle-ci n'entrera en vigueur qu'à compter du millésime à venir, c'est-à-dire le 2012, cela afin de :

« [...] *laisser un an aux négociants pour s'organiser et ne pas être la cible de procès pour rupture déloyale de contrat. On pourra toujours venir déguster le vin au château pendant les primeurs, mais le vin ne sera plus mis en vente.* [...]

En revanche, il sera possible de déguster un millésime plus ancien qui, lui, sera en vente. »

Difficile de dire que l'homme du vin de François Pinault prenne des gants pour argumenter sur ce mini-séisme :

« *Le système des primeurs sert surtout aux revendeurs qui alimentent la spéculation : Château Latour est vendu et revendu, avec des conditions de stockages aléatoires, bien avant son apogée et il est impossible de garantir la qualité. Maintenant, le vin sera conservé au château. De plus, chaque bouteille sera munie du système Prooftag* [un système anticontrefaçon]. *Cette solution permet d'assurer de façon centralisée la traçabilité de chaque bouteille.* [...] *Je veux me rapprocher d'un système à la champenoise. Dom Pérignon vend actuellement son 2003 et personne ne trouve rien à redire. Château Latour est un vin de longue garde et il ne sert à rien de le vendre trop tôt. Nous le conserverons au château dans les meilleures conditions possibles. Nous avons investi spécifiquement dans un nouveau chai de stockage pour le garder*[91]. »

Devant l'incompréhension, voire la fureur des professionnels de la Place, le dirigeant ne recule pas et avance des arguments de bon sens : Latour est un très grand vin dont la vocation est de vieillir ; ce 2011, par exemple, ne sera pas bon à déguster avant 2020. En le stockant au château puis en le mettant eux-mêmes sur le marché des années plus tard, les dirigeants de Latour proposeront un grand vin à la conservation optimale, sans risque de contrefaçon, un fléau qui

91. Extraits du courrier daté du vendredi 13 avril 2012.

touche prioritairement les stars comme Latour, Lafite ou Pétrus.

Engerer va même se disperser un peu en parlant de choix « citoyen », et non financier, en clamant penser à sa clientèle « voyageant beaucoup », dépourvue de cave (!), et qui recherche des bouteilles prêtes à être dégustées immédiatement[92].

Les puissants négociants bordelais n'ont pas vraiment le temps de moquer l'argument légèrement déplacé du dirigeant de Latour car, pour eux, le coup est effectivement rude. Ils devinent bien la manœuvre initiée par le retraité le plus actif du grand business français : Pinault a décidé de faire une OPA sur les marges réalisées par la Place sur son grand cru vedette.

Une pratique qui lui a déjà permis de constituer sa fortune dans l'industrie du bois, se souviennent les plus anciennes personnalités des affaires.

Si François Pinault ne cède plus son Latour au négoce 200 euros en primeur, il le vendra quelques années plus tard le quadruple. Il a exigé de Frédéric Engerer que celui-ci pilote une stratégie de marque de luxe, avec contrôle absolu de l'image, absorption de tous les bénéfices spéculatifs, étouffement des velléités de contrefaçons, etc.

Artemis, c'est la grosse différence avec nombre de propriétés, a les moyens de stocker ses vins pendant des années sans les mettre en vente. Et puis, comme Bernard Arnault a accepté la stratégie de Pierre Lurton consistant, justement, à maximiser ses gains en

92. « Pourquoi Château Latour entre en dissidence », *La Tribune*, 19 avril 2012.

profitant de la force de frappe des primeurs bordelaises, alors, oui, Latour devait se distinguer de son rival en s'en extrayant.

Bien entendu, la Place de Bordeaux met immédiatement en œuvre des mesures de rétorsion. Des poids lourds du négoce vont se charger de clouer à un croc de boucher l'impertinent Frédéric Engerer.

Il s'agit d'abord de Patrick Bernard, puissant patron du plus gros distributeur de grands crus sur Internet, le groupe Millésima – sur lequel on est prié de n'acheter que par caisse ! Cet homme influent à la position familiale centrale – il est le cousin d'Olivier Bernard, patron actuel de l'Union des grands crus – annonce publiquement, non un boycott de Latour, mais un renoncement aux futures bouteilles livrables à vendre. En somme, quand Frédéric Engerer décidera de mettre un Latour mûr sur le marché, il ne faudra pas compter sur le leader web de la vente de grands crus bordelais.

L'avertissement est d'importance car le distributeur est un très gros poids lourd de la dispersion des grands crus auprès des particuliers. Il vend toutes les belles étiquettes de Bordeaux au prix fort avec Millésima, mais il est également actionnaire d'un des sites généralistes les plus populaires de France, Wine & Co., une structure qui a été montée avec la famille Bernard mais également, et c'est là que l'affaire se corse, avec le groupe LVMH, dirigé par l'ennemi intime de François Pinault, Bernard Arnault[93] !

93. À fin 2014, Patrick Bernard et Millésima se retirait du capital de Wine & Co.

Cela signifie donc rayer de la carte Château Latour dans le paysage de la vente par Internet.

Certes, Patrick Bernard n'est pas dupe. Il sait que, depuis des années, l'offensive a été minutieusement préparée, Latour ne proposant même plus la moitié de sa production annuelle sur les marchés primeurs. Mais il n'est pas question de laisser s'imposer un précédent. Frédéric Engerer dispose de certaines listes des clients Latour de ses négociants, il veut évidemment traiter en direct avec eux. Millésima va donc commencer par refuser de vendre les premiers lots de bouteilles prêtes à boire proposés par Latour[94].

Puis ce sera au tour de la beaucoup plus discrète famille Moueix, propriétaire, entre autres, de Pétrus et également de Duclot, une des plus grandes maisons de négoce, d'entrer en jeu en faisant également savoir que les prochaines « allocations » de Latour ne seront pas aussi bien écoulées que par le passé.

Jean-François Moueix, un des hommes les plus puissants de Bordeaux[95], n'est pas du genre à laisser évoluer le très rentable système des primeurs. Dix ans plus tôt, il a personnellement réduit à néant la tentative opérée par le nouveau venu Gérard Perse de vendre ses grands vins, notamment Pavie, en dehors de cette organisation cadenassée. Perse, boycotté par tous les revendeurs, a rendu les armes en moins d'un millésime.

Avec François Pinault, ce sera sans doute une autre affaire.

---

94. Latour 1995 et Les Forts de Latour 2005.
95. Voir chapitre 7.

CHAPITRE 4

LE CLAN DES WINEMAKERS

Un rockeur argentin dans les vignes de Pomerol – Pourquoi Michel Rolland monte à côté de son chauffeur dans sa Mercedes – La note Parker est une histoire de lait – La Bordeaux touch exportée aux quatre points cardinaux de la planète vin – Stéphane Derenoncourt et ses « châteaux » en Californie.

Son voyage, épuisant, aura duré un peu plus de vingt-quatre heures, mais pour rien au monde il n'aurait encore retardé son arrivée. Épaules larges et sourire contagieux, Marcelo Pelleriti, né en 1969, fait un peu plus que son âge avec ses cheveux longs de rocker, sa veste en cuir, ses bottes et sa barbe de six jours.

Dans son pays, l'Argentine, où Marcelo est une figure réputée, c'est le look indispensable pour qui espère séduire les beautés locales. Il ne dépareille d'ailleurs pas sur les scènes des différents concerts que ce vinificateur-guitariste donne pour célébrer vendanges et autres nouvelles cuvées.

Sur le vignoble de Pomerol, où ce technicien de la vigne se dépêche d'arriver, l'apparence détonne d'autant plus que l'individu est un parfait inconnu. En ce début du mois d'octobre 2014, le voilà débarquant en urgence à Château Le Gay, une des quinze étiquettes majeures de la zone.

Pomerol... un nom magique mais ce vignoble est un cas un peu particulier : à la fois véritable marque collective mondiale, symbole de l'excellence de la « rive droite » bordelaise, c'est-à-dire la zone de production autour de Saint-Émilion, mais aussi un plateau morne où les pires comme les meilleures étiquettes se mélangent.

Ici, les « châteaux », quand il y en a, n'auront jamais la magnificence de ceux de Pauillac ou du Sauternais. Il s'agit également d'un espace de production où plane l'ombre de la puissante autant que mystérieuse famille Moueix, sans le consentement de qui, racontent les autochtones, rien ne peut être entrepris en Pomerol[96].

Marcelo, lui, n'a cure des subtiles confrontations entre l'empire Pétrus, L'Évangile – propriété des Domaines Barons de Rothschild (Lafite) –, Lafleur ou Le Pin, autres crus mythiques alentour.

Lui, le vinificateur argentin, est venu ici pour faire du vin, et même de grands vins puisque, décidément, ce début d'automne 2014 est superbe en Bordelais. Dans quelques jours à peine, les merlots, brillants et juteux, seront prêts à être récoltés, puis viendront les cabernets sauvignons.

---

96. Voir chapitre 7.

Sur cette terre où le merlot est roi, il est vraiment plus que temps de se mettre au travail.

Depuis plus de dix ans, Marcelo Pelleriti est au service de la famille Péré-Vergé, une des branches nordistes des héritiers de la puissante cristallerie d'Arques. Feu Catherine Péré-Vergé, décédée un an et demi plus tôt[97], était venue à Pomerol à la fin des années quatre-vingt pour commencer à élever un petit empire des grands Pomerol, rachetant au fil du temps des marques comme Montviel, Le Gay ou le très exclusif La Violette.

Cette femme d'un caractère pour le moins tonitruant appartenait à cette génération d'industriels attirée, à la suite de François Pinault (Château Latour), par l'extraordinaire investissement qu'ont représenté certains très grands Bordeaux à partir des années quatre-vingt-dix.

C'est le cas de La Violette, un petit bijou de 3,21 hectares dont la réputation remonte au Second Empire et que Catherine Péré-Vergé avait racheté au nez et à la barbe des potentats locaux. Elle avait eu du flair : si son Le Gay, une marque très réputée, n'a pas vu son prix se consolider à la hausse[98] – comme le regrettent des dizaines de propriétaires de grands crus pour leurs vins –, le tarif de La Violette a explosé : moins de 20 euros au début des années deux mille en primeurs à 150 euros en 2012 comme en 2013, deux années de qualités pourtant très différentes.

---

97. En avril 2013.
98. 66 euros en 2006, 62 euros en 2011 (prix public HT).

Certes, même avec un La Violette aussi bien valorisé, la famille Péré-Vergé n'atteindra jamais la rentabilité « extraordinaire » des Premiers, qui, eux, jouent sur un effet de volume[99]. Mais, sur une bouteille, une fois les (faibles) coûts de production enlevés, une fois le (fort) remboursement d'acquisition des terres retranché, le bénéfice net est tout de même d'environ 45 euros par bouteille[100].

Et ce qui compte aussi énormément, rappelons-le, c'est l'investissement dans un capital foncier dont la cotation s'est véritablement envolée. Racheté pour l'équivalent de 2,1 millions d'euros l'hectare en 2006, La Violette pourrait être revendu le double aujourd'hui. Acquérir un très grand Pomerol, un vin dont les meilleurs hectares s'échangent – quand il y en a – plus de 4 millions d'euros actuellement, c'est donc un peu comme racheter un Picasso.

Un prix à comparer aux rachitiques 25 000 euros à débourser pour un simple hectare de bordeaux supérieur. La planète grand cru effectue décidément sa trajectoire à des années-lumière du monde des petits bordeaux…

Marcelo Pelleriti, qui est lui aussi chef d'entreprise, connaît ces ratios par cœur, mais il est avant tout un technicien de la vigne, alors sans même prendre ses quartiers, il se précipite vers le nouveau chai de vinification de Château Le Gay, où toutes les étiquettes des propriétés Péré-Vergé sont élaborées chaque année.

Dans la machinerie des grands crus modernes, le chai n'est pas qu'un simple bâtiment technique, c'est

99. Voir chapitre 3.
100. Estimation donnée par la société Péré-Vergé.

le cœur du réacteur. C'est là que le « grand vin » – c'est-à-dire le « premier vin », celui qui sera, si possible, vendu une fortune – est pensé et élaboré.

C'est là que le destin des raisins – ou plutôt des « baies », comme l'on doit dire dans le langage initié – est tracé. Là que les producteurs décident si la production de telle ou telle parcelle ira, pour celle-ci, dans les meilleures cuves, pour une autre, dans le « second vin », pour une troisième dans des assemblages de jus destinés à être revendus en vrac aux négociants des Chartrons, qui ne commercialisent pas tous de la belle étiquette.

Et ce chai de Le Gay, après un an de travaux lancés immédiatement après la vendange passée, est flambant neuf, ou plus précisément « révolutionnaire », terme cher à toute la caste bordelaise cherchant évidemment à justifier toute nouveauté en matière de procédé de production.

Sauf que celui-ci, exception notable, ne va pas en rajouter, mais plutôt en enlever.

Traditionnellement, les Bordelais récoltent leurs précieuses grappes avant de les vinifier en cuves de relative grande contenance, cuves pouvant indifféremment être en béton, en bois ou en acier, et ce pour une durée de plusieurs semaines.

C'est seulement par la suite, vers la fin novembre ou le début du mois de décembre, que les jus seront méticuleusement versés dans les fameux fûts bordelais traditionnels d'une contenance de 225 litres. Ils y resteront dix à vingt mois, parfois plus, pour y mûrir lentement. Ces « lots » seront un jour assemblés, réunis pour former l'assemblage d'une cuvée.

Dorénavant, à Le Gay, les cuves ont disparu. La récolte sera, dès le départ, vinifiée directement dans les fûts dans lesquels ils devront être patiemment élevés. Dans le Bordelais, terre d'innovations viticoles qui a toujours imposé ses expérimentations à la planète entière, le terme générique décrivant cette nouvelle pratique est venu naturellement à la bouche des acteurs du cru : on parle dorénavant de « microvinification ».

Aujourd'hui, c'est le nouveau maître des lieux qui accueille son directeur et complice du bout du monde : Henri Parent, né en 1969, fils de Catherine Péré-Vergé, patron des domaines depuis 2012 et le décès de la matriarche.

D'un geste amusé, il cale sa motocross électrique qu'il utilise pour parcourir ses terres, là où sa mère a fondé sa célébrité en utilisant un vélo.

Les innovations, ce grand héritier dégingandé aime cela. Si les expériences de microvinification deviennent courantes en Gironde, il n'est pas peu fier de celles qui vont s'imposer à long terme chez lui.

« L'objectif est bien de devenir les premiers grands crus bordelais 100 % microvinification. Cette année, nous allons démarrer avec 370 barriques neuves pour vinifier intégralement les quatre parcelles de La Violette, les vingt de Le Gay et les huit de Montviel… »

Marcelo a évidemment suivi le projet de près, d'autant que, dans son lointain pays, il est déjà un pratiquant convaincu de cette méthode encore expérimentale. La famille Péré-Vergé a aussi créé la Bodega Monteviejo, un grand domaine viticole sur la prestigieuse zone de Mendoza, le « Saint-Émilion argentin ».

Marcelo Pelleriti, qui en est le dirigeant, vinifie directement en barriques depuis plusieurs années une grande partie de la production locale, la production des cuvées de prestige, bien entendu, pas les milliers d'hectolitres de vins courants.

Il a d'ailleurs une idée assez précise des expérimentations à tester pour ses premiers pomerols « 100 % microvinifiés » :

« Nous allons tenter 85 % de raisins éraflés [sans la “rafle”, la matière végétale, les branches vertes reliant les baies les unes aux autres] *et 15 % de raisins avec leurs rafles. Chaque année, en fonction du millésime, ce rapport va évoluer. »*

Et puis, il y a quand même du nouveau, comme le lui fait remarquer Henri Parent : pendant la période de vinification, de « microvinification » donc, dorénavant, c'est-à-dire environ trente-cinq jours suivant la vendange, le chai sera automatiquement climatisé à 5 degrés, une réfrigération destinée à pouvoir se passer de « carboglace » (dioxyde de carbone cryogénisé sous forme de bâtonnets), une température nécessaire pour que les raisins mûrissent lentement dans leurs barriques et « échangent » naturellement avec le bois.

La dimension nébuleuse, voire « alchimique » de la confection des grands Bordeaux est volontairement entretenue par les propriétaires pour affirmer la suprématie de leurs savoir-faire.

Ceci n'est pas une nouveauté.

Henri Parent et Marcelo Pelleriti, aussi ouverts et étrangers au milieu traditionnel soient-ils, ont endossé *de facto* le costume des héritiers de ceux qui ont patiemment imaginé les secrets de la confection des grands vins deux siècles auparavant.

Si ceux-ci, par le passé, étaient bel et bien les commerçants européens installés aux Chartrons – les négociants –, ils sont devenus avec le temps les propriétaires des précieux terroirs à grands crus.

Marcelo précise donc à l'adresse du néophyte :

« Depuis longtemps Bordeaux a prouvé au monde qu'élever des vins dans du bois permettait de les arrondir, de leur conférer des tannins, de les grandir. Vinifier directement en fûts nous permet maintenant d'aller plus loin en augmentant la surface de jus en contact avec le bois. Cela génère une extraction des goûts plus lente et plus subtile. Le grand vin sera, normalement, plus onctueux et plus charmeur. »

Se passer d'une purée de glace carbonique permet aussi sans doute d'alléger l'addition dans l'esprit de celui qui s'acquitte du prix d'une telle bouteille !

L'air perpétuellement interrogatif et affairé, Henri Parent s'amuse de ces secrets d'alcôve qu'il n'a aucune réticence à dévoiler. S'il est de la même génération que Marcelo, il vient d'une famille où mille ouvriers produisaient de la cristallerie d'art dans des conditions difficiles, et il a lui-même goûté à toutes sortes d'aventures entrepreneuriales, comme l'énergie éolienne ou la restauration à thème.

Il n'est donc pas un simple héritier, il est venu succéder à sa mère avec une stratégie, non seulement qualitative, dont Marcelo est la cheville ouvrière, mais aussi financière :

« Si l'on prend l'exemple de La Violette, nous sommes maintenant sur la construction d'une marque de luxe, et cela

s'entend sur des années. Nous avons volontairement peu de négociants et travaillons avec eux pour qu'ils commandent chaque année du La Violette [au moment des ventes primeurs], *même quand le millésime n'est pas fameux et qu'il y aura moins d'argent à se faire dessus. Il faut savoir que les grands crus sont les seuls produits du monde du luxe où il est possible une année de passer de 100 à 200 euros pièce, puis de repasser à 100 l'année suivante…* »

Cette incertitude financière est largement contrebalancée par les bénéfices réalisés dans le Nouveau Monde, en Argentine, grâce à la propriété Monteviejo. Dans l'eldorado de Mendoza, les équipes de Marcelo produisent un nombre impressionnant de bouteilles, à moins que la grêle ne s'en mêle et ne ravage la vendange.

L'écosystème imaginé par feu Catherine Péré-Vergé, relancé par son fils Henri, une galaxie de crus plus ou moins prestigieux, dont la valeur est créée à Pomerol, les volumes générés à Mendoza, les uns compensant les autres en fonction des millésimes, eh bien, cet écosystème de production incarne une solution économique d'avenir pour des grands vins qui en cherchent encore.

Sans compter qu'à Mendoza, on vendange en mars, puis à Bordeaux, en septembre, ce qui facilite l'organisation des opérations.

Toutefois, dans ce « segment » du marché du luxe, comme disent maintenant les analystes financiers, il y a quelque chose qui joue énormément dans la fixation de la valeur : c'est la signature du vinificateur, du winemaker, qui participe à la détermination du prix.

Si La Violette crève les plafonds, si Le Gay est unanimement respecté, ce n'est pas seulement grâce à Marcelo Pelleriti, plus exactement c'est avant tout grâce à celui qui fut son maître, grâce au conseiller des vignobles Péré-Vergé : le très influent Michel Rolland.

Michel Rolland Imperator

Dans le petit monde des grands crus, le rituel semble remonter à la nuit des temps.

Tous les ans à la même époque, c'est-à-dire pendant la récolte des raisins ou la fabrication des cuvées, la Mercedes noire du maître des winemakers remonte plusieurs dizaines de fois par semaine les allées gravillonnées des châteaux les plus réputés : Le Pin, Hosanna ou L'Évangile à Pomerol ; Angélus, Ausone, Figeac, Valandraud ou Pavie à Saint-Émilion ; Lascombes, Pontet-Canet, Pape Clément ou Smith Haut-Lafitte en Médoc ou dans les Graves.

La liste des châteaux visités par le conseiller viticole le plus coté du monde est longue, bien que, pour être inscrit au programme, il faille débourser une somme souvent conséquente – plusieurs dizaines de milliers d'euros pour un seul millésime !

Assis à la droite de son chauffeur et lisant jusqu'au dernier moment ses notes, hélas sans cigare (un vice auquel il a dû renoncer), la star du « conseil en grands vins » se jette hors du véhicule, veste croisée bleu marine toujours ouverte, sourire un rien carnassier – ou gourmand, selon les points de vue –, et démarre ses investigations directement devant une série d'échantillons préparés spécialement à l'occasion de sa venue.

Concentré et plaisantant à chaque instant, Rolland, parmi moult conseils et autres recommandations stratégiques, vient vendre ce qu'il maîtrise le mieux et qui lui a conféré une aura, ce n'est pas exagéré, planétaire : l'art de l'assemblage.

Car un bordeaux, ou plutôt un grand bordeaux, c'est une addition, bien évidemment de plusieurs cépages, comme le merlot ou le cabernet sauvignon, plus rarement le cabernet franc ou le petit verdot, mais c'est surtout la réunion alchimique entre les fruits de plusieurs dizaines de parcelles, de mini-terroirs, en somme, où s'épanouissent les ceps, plants qui, pour compliquer encore un peu plus l'affaire, sont tous d'âges différents, voire réagissent différemment aux aléas climatiques.

Pour tous ces nouveaux investisseurs et autres capitaines d'industrie venus plonger dans l'océan des grands crus, Michel Rolland est une sorte d'amiral ; un « facilitateur » dont l'œil, le nez et le goût n'ont pas de prix.

Chez les Péré-Vergé, la situation est un peu particulière. Quand Michel Rolland débarque à Le Gay, il est un peu chez lui. Aujourd'hui, il est attendu à 14 heures. Il consacre en général une petite heure à ses clients mais, ici, il peut volontiers rester déjeuner « en famille ».

L'homme a depuis longtemps tissé des liens particuliers avec cette diablesse de bâtisseuse qu'était Catherine Péré-Vergé. Il a été subjugué par l'énergie déployée par cette indomptable pour se faire une place dans un milieu d'hommes, intriguant d'ailleurs en coulisses auprès de la poussiéreuse confrérie des

Hospitaliers de Pomerol – une sorte de « commanderie » locale réservée aux pomerols – pour qu'ils accueillent en leur sein son amie, première femme du genre à revêtir la robe au milieu de ces vieux barbons.

Il ne s'en souvient pas sans émotion :

« Catherine ? Je suis à peu près le seul qu'elle n'ait jamais osé engueuler ! »

Les rachats de Le Gay puis de La Violette, respectivement au nez et à la barbe de la famille Moueix – une performance rare ! – et de la famille Thienpont (Le Pin, une des légendes de Pomerol), la montée en gamme et les notes internationales recueillies auprès des grands critiques par ces deux étiquettes n'ont, bien sûr, pas été étrangers à l'influence de Michel Rolland « Imperator ».

Le Gay est même un lieu important dans la mythologie controversée de ce personnage incontournable : c'est devant ces cuves en inox, quand elles existaient encore, que le réalisateur Jonathan Nossiter est venu enregistrer des plans-séquences de Michel Rolland destinés au documentaire controversé *Mondovino*, des images qui, une fois montées, représentent, selon le vinificateur, une caricature de son travail et entraîneront des polémiques sans fin.

Heureusement, entre Michel Rolland et les Péré-Vergé, il y a beaucoup plus que cela, il y a l'Argentine.

Michel Rolland, fort de son portefeuille des plus prestigieux grands crus bordelais, est réclamé dans le monde entier pour suivre des propriétés candidates à la compétition internationale des grands vins.

Lui ou son équipe sont allés en Chine, en Californie, en Espagne, en Afrique du Sud, jusqu'en Inde. Chaque fois, le scénario est le même : un riche propriétaire, un vinificateur ambitieux, un groupe venant de racheter une belle propriété fait appel au winemaker « from Bordeaux » Michel Rolland afin que celui-ci leur sorte le meilleur vin possible.

Mais c'est bel et bien en Argentine, sur les terroirs d'altitude de Mendoza, qu'il a trouvé une de ses terres d'élection, tombant amoureux de terres à malbec ou à torrontés (sorte de chardonnay local), concluant un partenariat avec le gourou des cépages locaux, un certain Arnaldo Etchart.

Là-bas, au pays des pumas, il a également concrétisé son projet de cuvée mondiale d'inspiration bordelaise, le Clos de los Siete (le Clos des Sept), en référence aux sept investisseurs initiaux venus de Bordeaux et dont Catherine Péré-Vergé fut, certes la dernière arrivée, mais la première à bâtir une bodega dimensionnée pour produire son vin mais aussi lancer, en 2002, la production du Clos de los Siete[101].

C'est donc là-bas que leurs liens se sont approfondis, Rolland veillant à la régularité des vins siglés Monteviejo, et offrant à son amie bordelaise un disciple formé à son image : Marcelo Pelleriti, qui officie désormais aussi bien à Mendoza qu'à Pomerol.

Le personnage de Michel Rolland incarne une facette du pouvoir du mot « Bordeaux » dans la

---

101. Les « Bordelais » réunis par Michel Rolland dans ce projet étaient, notamment, les familles Dassault (Laurent Dassault), Rothschild (Benjamin de Rothschild, château Clarke) ou Borie (Jean-Eugène Borie, château Ducru-Beaucaillou).

compétition mondiale des grands vins : il est celui qui a montré au monde, ou plutôt au Nouveau Monde, que le choix de méthodes culturales et de techniques de vinification pouvait permettre de produire des grandes bouteilles faisant l'unanimité.

Le Nouveau Monde est ce groupe de pays de l'hémisphère Sud qui, du Chili à l'Afrique du Sud, ou de l'Argentine à l'Australie, se sont mis à produire de grandes quantités de vins agréables pour accompagner une demande mondiale en explosion depuis trente ans.

Nombre de domaines et propriétés ont donc fait appel à des winemakers, souvent bordelais, pour défricher le terrain et produire des cuvées à forte personnalité, avec parfois l'ambition d'imiter les grands crus français.

Ceux qui pouvaient se payer le meilleur d'entre eux, Michel Rolland, le faisaient au prix fort, sans hésiter[102].

Bien entendu, le « flying winemaker » Rolland n'est pas apparu par hasard – l'expression fut inventée par les clients américains de Rolland le figurant sautant d'un avion à l'autre pour divulguer son oracle de propriété en propriété dans le monde entier.

Le métier de consultant en grands vins a été inventé dans les années soixante-dix par le Bordelais Émile Peynaud, « père de l'œnologie moderne », personnage oublié aujourd'hui mais à l'influence déterminante[103]. Michel Rolland fut son élève mais c'est bien lui qui décida de sortir de son laboratoire de Pomerol

102. Selon Michel Rolland, certains de ses contrats « annuels » ont pu aller jusqu'à 120 000 euros.
103. Élève de Jean Ribéreau-Gayon (première figure bordelaise de cette « révolution œnologique »), Peynaud fut le premier à recommander de récolter des raisins plus mûrs et de vinifier des lots strictement séparés.

pour parcourir le monde et répandre la bonne nouvelle bordelaise.

À l'époque, dans les années quatre-vingt, les techniciens du Bordelais commencent à expérimenter de nouvelles pratiques culturales qui vont conférer aux grands Bordeaux un bond qualitatif justifiant, jusqu'à un certain point, l'envolée ultérieure des cours.

La « vendange en vert », par exemple, technique consistant à éliminer certaines grappes de raisin au moment de la véraison, une des astuces favorites des winemakers bordelais, sera un des symboles de cette « révolution de Saint-Émilion ».

Trente ans plus tard, l'influence du natif de Fronsac est toujours déterminante dans le petit milieu des grands vins. Il avait promis à son amie Catherine Péré-Vergé de lui décrocher une note de 100/100 au célèbre guide du critique Robert Parker ? Ce sera le cas juste avant le décès de celle-ci : 100/100 pour La Violette 2010 en janvier 2013, au moment de la « révision » de ses jugements pour ce millésime grandiose.

Rappelons que le dégustateur américain – ou des membres de son équipe –, aussi doué que controversé, attribue des notes très attendues chaque année au moment des dégustations primeurs du millésime précédent, mais que ces notes évoluent ensuite au fur et à mesure de l'élevage du vin, et même de sa garde en bouteilles, puisque l'équipe Parker les goûte le plus souvent possible.

Décrocher un 100/100 reste un moment d'exception pour un vinificateur, et même pour ceux qui ne portent pas Robert Parker dans leur cœur. Tout simplement parce qu'avec le temps et l'influence grandissante du dégustateur américain, ses notes sont devenues des échelles de prix : un 90/100 ou un peu plus confère au minimum à une bouteille un tarif de 30 à 40 dollars, un 93/100 ou un peu plus 50 à 100 dollars, avec un 95/100 ou un 96/100, on entre dans la catégorie de cuvées à plusieurs centaines de dollars, et à partir de 97/100, les prix peuvent monter à des niveaux stratosphériques.

Cette échelle de prix a joué un rôle considérable sur la fixation à la hausse des plus grands crus bordelais, comme ceux de la Napa Valley, d'ailleurs, Robert Parker vouant une passion de toujours aux vins d'assemblage de ces deux régions de production.

Ce pouvoir d'influence directe sur les prix a même été étudié à la fin des années deux mille par une très sérieuse revue anglo-saxonne, *New Political Economy*, qui en a conclu que les tarifs des grands crus bordelais variaient en moyenne de 33 %, à la hausse comme à la baisse, une fois les notes Parker publiées.

Et même si le maître, aujourd'hui semi-retraité, continue à attribuer sa fameuse note suprême de 100/100 de manière un peu dispendieuse[104], l'influence reste certaine.

Les deux châteaux en moyenne les mieux notés par Robert Parker entre 2003 et 2013 sont, ce n'est pas une surprise, deux des propriétés dont les prix se sont les plus envolés depuis deux décennies : Lafite, encore et toujours, mais aussi Ausone, « premier grand cru classé A » de Saint-Émilion[105].

---

104. Dix-sept 100/100 en 2004, cent treize en 2013 !

105. Calcul effectué par Michel Rolland. Rappelons que le Lafite 2010 a atteint le record de 1 252 euros la bouteille aux primeurs (mai 2011) et Ausone 1 459 euros (*idem*), deux vins notés 98/100 par Robert Parker.

La carrière de Robert Parker, né en 1947, la même année que Michel Rolland, est évidemment indissociable de la sienne. Les deux stars du vin se sont connues en juillet 1982, l'Américain étant venu frapper à la porte du jeune laborantin des vignes pour que celui-ci lui ouvre les portes de châteaux refusant au départ de faire déguster leurs cuvées à un Yankee inconnu.

S'ensuivront trente années de domination de la critique mondiale pendant lesquelles Robert Parker, élevé au lait et ayant horreur de l'acidité[106], imposera une certaine vision du goût que doivent développer, selon lui, les grands Pomerol et Médoc auxquels il voue un culte.

Ce modèle gustatif, c'est la puissance, une certaine opulence, des grands vins démonstratifs, des vins affichant une certaine concentration, une typologie de cuvée dont, justement, Michel Rolland aime à favoriser le développement, quand cela est possible, tient-il à préciser puisqu'on ne peut évidemment reproduire le même modèle partout dans tous les terroirs.

Le « pouvoir » du conseiller Rolland est donc controversé mais il s'étend tout de même au club des Premiers, puisque, non seulement il est attaché depuis des années au destin d'Ausone, mais également parce qu'il a accompagné la promotion des deux ambitieux Pavie et Angélus.

L'échec de Château Figeac à entrer dans le club très fermé des Premiers – lors de la révision du classement de 2012 – a d'ailleurs incité la famille Manoncourt,

106. « Le débat du siècle à Bordeaux », *La Revue du vin de France*, mai 2014.

propriétaire, à jouer la carte Rolland en le prenant comme consultant.

Michel Rolland est également le conseiller d'un autre personnage clé du Saint-Émilion des grands vins, Jean-Luc Thunevin, né en 1951, propriétaire de Valandraud, le premier « vin de garage » du cru, c'est-à-dire une cuvée de très haut niveau réalisée *ex nihilo* à partir de quelques hectares.

Depuis, Valandraud, une invention pure du début des années quatre-vingt-dix, s'est agrandi, est devenu un domaine de référence, et a accédé au rang de grand cru classé B dans le nouveau classement des vins de Saint-Émilion de 2012. Qu'il ait été parfois excellemment noté par Parker n'est évidemment pas étranger à cette carrière supersonique.

N'oublions pas la règle intrinsèque du business bordelais : un « Premier » se vendra déjà une fortune par rapport à un « second » ; celui-ci, un « deuxième grand cru classé » ou un « grand cru classé B », deux à trois fois plus cher qu'un simple « troisième » ou « quatrième grand cru classé » ; quant aux autres « grands crus », ils seront toujours bien mieux valorisés que les bordeaux d'appellation.

Le travail des winemakers bordelais, Michel Rolland en tête, est aussi, dans la mesure du possible, de faire basculer les uns au niveau des autres, les notes Parker étant des indicateurs de la carrière de ces vins.

Le plus étonnant dans ce système est sans doute que certains propriétaires clients de Michel Rolland deviennent eux-mêmes… conseillers en vinification.

Ainsi d'Hubert de Boüard, qui rémunère Michel Rolland pour le conseiller sur Angélus et a lui-même démarré une carrière de conseiller en vinification à partir de 2001. Une structure nommée Hubert de Boüard Consulting, dans laquelle il opère aux côtés de son fils Matthieu de Boüard, commercialise son savoir-faire auprès d'une grosse cinquantaine de crus girondins, dont plusieurs ont reçu une promotion au nouveau classement de 2012, comme Le Clos La Madeleine, Château de Ferrand ou Château de Pressac.

L'homme d'Angélus tient toutefois à préciser que ses prix restent bien inférieurs à ceux pratiqués par le maître Michel Rolland, qu'ils sont raisonnables puisque tous ses clients lui sont restés, et d'ailleurs que ces tarifs n'ont pas augmenté depuis le lancement de son activité[107].

Le courtier François Lévêque, également client d'Hubert de Boüard Consulting en tant que propriétaire du château de Chantegrive, lui est effectivement fidèle afin, dit-il, que la notoriété d'Angélus rejaillisse aussi sur son vin de Graves, cela fait partie du deal.

Jean-Luc Thunevin, le « trublion de Saint-Émilion » comme on l'a longtemps appelé, a lui aussi joué les disciples de Michel Rolland en conseillant, plus modestement, quelques propriétés comme le château La Dominique, ce voisin de Cheval Blanc qui se vend dix fois moins cher.

En réalité, pour développer son activité, considérant qu'il n'avait pas trop envie de voyager toute l'année, il a eu une autre idée : devenir lui aussi… négociant.

---

107. De 3 000 à 18 000 euros par propriété, selon Hubert de Boüard.

À l'assaut du Nouveau Monde

Bien évidemment, cela fait des lustres que le puissant Michel Rolland n'est plus en monopole sur le marché. En réalité, un petit groupe aussi discret qu'influent de « faiseurs de vins » a émergé depuis sur la scène bordelaise.

Ils sont une poignée, à l'image du professeur Denis Dubourdieu, né en 1948, virtuose des vins blancs, et qui assiste par exemple en toute discrétion Pierre Lurton sur les millésimes de Cheval Blanc ou Yquem. Ses recherches sur les défauts du vin l'ont fait connaître jusqu'au Japon, où on l'invite à venir éliminer ceux-ci.

Il y a aussi Éric Boissenot, né en 1970, conseiller du mythique Mouton-Rothschild et de nombre de grandes étiquettes prestigieuses de la rive gauche, issu d'une lignée réputée, puisque son père, Jacques, décédé en 2014, a réussi l'exploit de signer les vins de quatre des cinq Premiers du Médoc.

Et puis, il y a la star des années deux mille, Stéphane Derenoncourt, né en 1964, un nouveau venu issu des terres du Nord, c'est-à-dire de nulle part aux yeux du milieu. Il est devenu, à la force du poignet et malgré un caractère détonnant, un des winemakers les plus réputés des grands crus. Le seul à avoir été capable d'annoncer qu'il ne sortirait pas de 2013 sur un des vins qu'il avait en contrat[108] provoquant un tollé généralisé dans le monde feutré des grands Bordeaux, où tous sont soucieux d'alimenter le marché à tout prix. Comme son ancien mentor Michel Rolland, il vend ses conseils aux quatre points cardinaux de la planète vin,

108. Château Malescasse.

ayant même été jusqu'à recréer le premier vin syrien pour la famille Saadé.

Ce quatuor possède une influence énorme puisque, à eux quatre, ils cumulent cinq cents contrats de winemakers, dont quatre cents à Bordeaux.

On trouve aussi des vedettes discrètes, longtemps attachées à un cru mythique, qui, comme Jean-Claude Berrouet (ex-Pétrus, où il a laissé sa place à son fils Olivier) ou Patrick Léon (ex-Mouton-Rothschild), louent, pour des sommes respectables, leurs expériences à l'international.

Un winemaker bordelais ne s'est jamais aussi bien vendu, ils sont donc nombreux à « accepter » de jouer les œnologues volants, à l'image du décidément inévitable Hubert de Boüard, qui lui aussi développé une activité de conseil hors de nos frontières[109].

Ce véritable clan des winemakers propose généralement un package de solutions et conseils relativement similaires : choix des dates de vendanges et organisation des opérations, modification des encépagements, analyse des sols et des parcelles, conduite de l'élevage et, bien entendu, assemblage des différents « lots » de vins, l'acte le plus déterminant dans l'invention annuelle d'un grand vin, ou supposé tel.

En somme, tous vendent avec plus ou moins de talent les moyens de réduire l'incertitude imposée par Dame Nature sur la qualité finale des produits. Bien évidemment, ils ne sont jamais d'accord entre eux sur

109. Par exemple au profit du P-DG du groupe Renault, Carlos Ghosn, propriétaire dans son pays natal, au Liban, du domaine Ixsir.

la meilleure manière d'obtenir une belle expression du terroir.

Michel Rolland, peu interventionniste sauf à l'instant clé de l'assemblage, pratique qu'il a élevée au stade d'une science, vous fera obtenir un vin séducteur, explosif, puissant, bien rond dès sa prime jeunesse.

Stéphane Derenoncourt, qui exige dès le départ d'expertiser et de suivre méticuleusement tous les aspects d'une propriété, cherchera à imposer un vin d'élevage qui s'exprimera sur une durée plus longue dans le temps avec des caractères moins saillants.

Dans ce débat sans fin sur ce que devraient exprimer les grands vins bordelais du XXIe siècle, ils ne sont d'accord que sur une chose : c'est le « winemaking » à la bordelaise dont l'idée s'est imposée dans toutes les parcelles du monde où l'on envisage de développer des grands vins.

C'est aussi pour cela que les beaux millésimes de grands Bordeaux restent très recherchés par le milieu des collectionneurs de par le monde, confèrent les extraordinaires cotation des grands crus girondins du marché des enchères si on les compare avec le Cac 40 – les deux indices s'écartant progressivement depuis le début de la crise mondiale de 2007, à l'avantage des bordeaux, évidemment.

À tel point que les observateurs se sont toujours demandé si ce transfert de « savoir-faire » n'a pas été *in fine* préjudiciable à la compétitivité des vins français sur le marché mondial.

À cette idée un peu rétrograde, Michel Rolland se souvient d'une phrase prononcée devant lui par

Michel Delon, ancien propriétaire du mythique Léoville Las Cases :

« *Michel, on devrait vous payer pour que vous ne bougiez pas de Bordeaux !* »

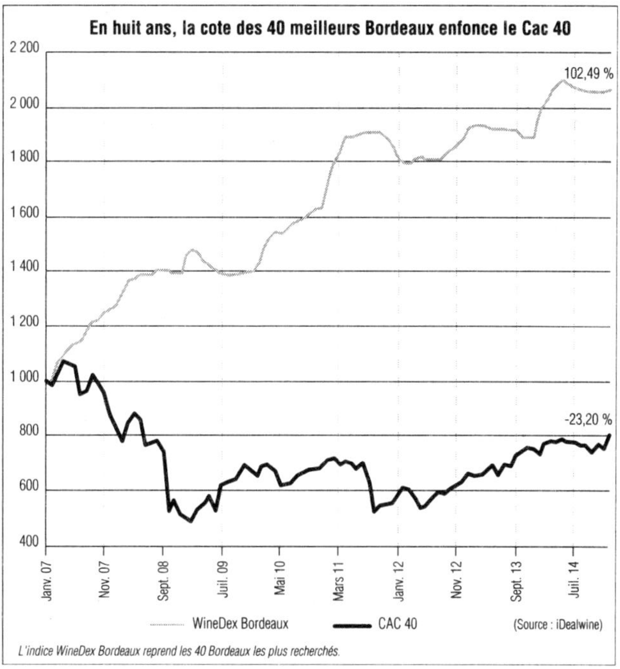

Quand il est parti à la conquête de la Californie avec dans ses bagages la science des nouveaux grands crus, Michel Rolland ne venait pas simplement monétiser celle-ci, mais exercer l'influence du mot « Bordeaux ».

Son premier contrat d'importance, il le décroche à la fin des années quatre-vingt avec la famille Newton, grâce à l'entremise d'un négociant des Chartrons franco-américain proche de Robert Parker, Jeffrey Davis.

Suha et Peter Newton possèdent alors un des coteaux de cabernet franc les plus prometteurs de la Napa Valley, mais leur vin ne répond pas à leurs exigences. Rolland viendra en Californie imposer un des remèdes les plus efficaces pour affiner un grand vin : baisser radicalement les rendements de la vigne.

Cette pratique consiste à réduire drastiquement le poids de raisins obtenu sur une parcelle, et donc le volume de vin à l'hectare[110]. Dans les grands crus bordelais, il est essentiel de pratiquer des rendements faibles afin d'espérer obtenir un jus bien concentré, et donc un vin possiblement excellent, avec un potentiel de garde, c'est-à-dire la capacité à vieillir longuement en cave.

Cette technique est devenue une norme absolue pour les grands vins californiens.

Rolland va alors travailler avec les plus ambitieux vignerons de l'État, les Bill Harlan, Tim Mondavi, Agustin Huneeus, Zelma Long, Bart et Daphne Araujo, Garen et Shari Staglin, etc., des inconnus en Europe, mais des stars dans leur pays, les États-Unis, qui est devenu en vingt ans le premier marché mondial du vin, la Californie étant désormais l'avant-poste de grands crus autochtones sur un modèle purement « bordelais ».

Robert Wilmers, un des plus grands banquiers américains, par ailleurs amoureux des grands crus

110. En France, le rendement moyen à l'hectare pour un grand cru tourne autour de 35 à 40 hectolitres par hectare. Yquem, de par la nature de son mode de production, possède le record du plus bas rendement : 20 hectolitres à l'hectare (soit un verre de vin par pied).

girondins et très bon connaisseur de ceux-ci[111], remarquait que Bordeaux était devenu une telle référence pour les Californiens que ceux-ci ont inventé l'expression « Bordeaux Blend » – ce qui signifie « assemblage à la bordelaise ».

Parallèlement, nombre de techniciens du vin venus de Bordeaux s'installent dans les vallées de la Napa ou de la Sonoma – la vallée cousine, plus montagneuse, mais non moins qualitative. Qu'une des stars du moment, créateur de la célèbre cuvée Métisse, consultant pour nombre des domaines les plus réputés, Philippe Melka, soit… un Bordelais installé depuis vingt ans en Californie n'est pas anodin.

Stéphane Derenoncourt a eu lui aussi le privilège d'une carrière américaine sous les sunlights en devenant le consultant « français » du réalisateur Francis Ford Coppola, aussi connu chez nous comme cinéaste qu'il l'est comme vigneron dans son pays d'origine.

Coppola, dirigeant de l'ambitieux domaine Inglenook, a non seulement débauché son directeur français de production chez Château Margaux, mais s'est payé Derenoncourt, le consultant le plus coté du moment, sur le conseil d'un certain François Pinault – l'homme d'affaires breton est un proche du réalisateur du *Parrain*, qu'il a fait entrer un temps au conseil d'administration de Château Latour.

Sur l'évolution du vignoble californien, Derenoncourt partage le diagnostic de son ancien mentor Michel Rolland : le potentiel des sols californiens est

111. Par ailleurs propriétaire de Château Haut-Bailly, voir chapitre 5.

exceptionnel, mais c'est une viticulture de standard bordelais qui, seule, permettra d'en tirer le meilleur.

Dès le milieu des années deux mille, il s'associe avec un de ses commanditaires californiens, la société Montesquieu[112], basée à San Diego, afin de mettre en valeur d'exceptionnels terroirs de semi-altitude de la Napa Valley.

Il crée là-bas le projet Derenoncourt California, son patronyme devenant une marque de vins yankees vinifiés par une référence des grands Bordeaux, c'est-à-dire lui-même.

En 2015, sa vision du développement du vignoble américain n'a pas varié :

« *Ici, historiquement, on produit des grands vins de style bordelais depuis un siècle. La Californie, comme d'ailleurs les nouveaux grands crus italiens, ce sont des modèles bordelais. Notre influence évolue d'ailleurs encore, cela se voit au nombre de winemakers français employés dans la région. Il y a aussi un nouveau basculement, de la notion de marque vers la notion de terroir, terroir au sens qu'il a chez nous.* »

Le consultant évoque un phénomène qui commence à prendre de l'ampleur sur les étiquettes de grands crus californiens : les noms de lieux, comme des identités de terroir, ont toujours existé, mais deviennent une norme qui évoque irrésistiblement nos chères appellations d'origine contrôlée (AOC).

---

112. Baptisée ainsi sans aucun doute en référence au vigneron que fut aussi le philosophe bordelais dans sa propriété de La Brède, les bénéfices tirés des vins de celle-ci finançant les écrits et la vie parisienne de celui-ci.

Le merlot de sa gamme provient d'ailleurs d'un terroir nommé Stagecoach, son cabernet sauvignon du lieu-dit Red Hill.

Signe de cette évolution, François Pinault, toujours lui et décidément encore très actif dans les grands vins, a décidé en 2013 de racheter[113] un de ces nouveaux grands crus californiens post-bordelais, Araujo Estate Winery, et de l'ajouter à sa collection de grands crus.

Il ne s'est pas passé des services de Michel Rolland, conseiller de ce petit bijou depuis vingt-quatre ans.

---

113. Pour 11,5 millions de dollars environ.

Chapitre 5

Le lobby attaque !

Quand Alain Juppé s'inspire d'une idée de la fille d'Édouard Leclerc – Une « Cité » abondée par le prince Robert de Luxembourg et des banquiers de New York – Pourquoi le puissant Philippe Castéja est attaché à sa statue paillarde de Bacchus – Quand la baronne Philippine de Rothschild engueulait le maire de Bordeaux – 1855 au tribunal – La mère de toutes les batailles : classer à l'Unesco le classement des classements !

En se jetant dans une bataille déjà sanglante pour la présidentielle de 2017, Alain Juppé, le maire de Bordeaux, sait que, quoiqu'il advienne, il pourra se réconforter avec le cadeau qu'il entend offrir à sa ville avant le terme de son troisième mandat.

Le Noël 2014-2015 approche et, déjà, le gros œuvre du « Louvre du vin » des Bordelais est en voie d'achèvement, à peine en retard sur son programme de bâti. La future « Cité des civilisations du vin », c'est son nom, va se dresser là, sur les bords de la Garonne, dans le quartier des Bassins à flot, près du nouveau pont Jacques-Chaban-Delmas, et prendre la forme d'un élégant anaconda cyclopéen de 55 mètres de haut doté de 14 000 mètres carrés de scénographie à la gloire des vins de Bordeaux, des grands crus, de tous les vins du monde même.

En mai 2016, année politique à hauts risques, le baron aquitain Juppé pourra donc venir se relaxer dans sa « Cité » et siroter un joli saint-émilion au septième étage des lieux avec vue à 360 degrés sur son fief, la Gironde.

C'est son ancienne adjointe à la mairie, la décidément très ambitieuse Sylvie Cazes, énergique petite sœur de Jean-Michel Cazes, qui a pris la tête du projet en devenant présidente du conseil d'administration de la Cité des civilisations du vin tout en abandonnant son siège à la mairie de Bordeaux. C'est elle qui fait visiter aux VIP et autres représentants de la presse locale et nationale le chantier dès qu'une demande survient ou qu'une avancée est visible, le tout avec son inépuisable débit vocal :

« *Au septième étage, il y aura un restaurant, avec une vue unique sur Bordeaux et le département. Nous aurons aussi un bar à vin. Nous ne savons pas encore qui va gérer l'intendance, il faut lancer l'appel d'offres. Ce que je peux vous dire, c'est qu'il n'y aura pas que des vins de Bordeaux, ça serait impossible, d'ailleurs, il y aura des vins du monde entier. Si le projet de départ était un lieu interactif consacré à notre vignoble, il est devenu un musée ambitieux des grandes civilisations du vin.* »

Et ce sera une grande victoire, car ce projet, le maire Alain Juppé aura mis vingt ans à le faire sortir de terre, au point d'y avoir même renoncé un temps devant l'indifférence polie du vignoble incarné par son avant-garde supposément éclairée des grands crus.

En réalité, l'idée de créer une animation muséographique ambitieuse pour raconter avec un regard moderne les vins de Bordeaux en revient à l'œnologue Hélène Levieux, une inconnue pour le grand public, mais fille d'une célébrité du capitalisme breton, le magnat des supermarchés Édouard Leclerc. Hélène Levieux, mariée à un ponte du réseau des supermarchés, première femme à avoir intégré le comité national de l'Inao, a proposé voici vingt ans au « jeune » maire Juppé de s'attaquer à un tel projet dès le début de son premier mandat.

Au début, l'idée paraissait étrange à l'énarque froid, éloigné des préoccupations de la table et de toute façon bien occupé par un poste de Premier ministre à Paris.

Une dissolution un rien hasardeuse va lui permettre de se replier sur ses terres de vins et de canards où il se dit que, après tout, un musée du vin à Bordeaux serait une première.

Las ! Il sera impossible à l'édile de trouver le moindre soutien d'importance, que ce soit auprès des puissants négociants ou propriétaires des grands crus ou au sein de l'influent Conseil interprofessionnel du vin de Bordeaux (CIVB), l'institution qui représente toute la filière.

L'austère politique commence pourtant à comprendre, en prenant la place de Jacques Chaban-Delmas

– maire pendant quarante-huit ans de la capitale du Sud-Ouest –, à quel point la table et le vin sont des référents dans l'électorat aquitain, et par-delà dans la France entière.

En quinze ans, l'énarque parisien est devenu un habitué des plus grandes réceptions du vignoble où il goûte consciencieusement à chaque grand cru lui étant présenté ; il ne manque plus aucune fête de la Fleur, cette réception mondiale de prestige où la place d'honneur lui est toujours réservée et son discours, dorénavant mâtiné d'une version anglaise destinée à la clientèle internationale, est systématiquement attendu comme les paroles d'un oracle par le milieu ; on a même entendu feue la baronne Philippine de Rothschild engueuler gentiment le maire de Bordeaux en public comme elle le faisait volontiers avec tous les personnages importants de son entourage, ce qui prouve définitivement que le père de l'UMP est bel et bien devenu un ami des belles bouteilles.

La politique municipale en matière de prévention de l'alcool au volant sur l'agglomération bordelaise commence d'ailleurs à être reconnue comme devenant avec le temps particulièrement tolérante à l'égard de ceux qui auraient un peu trop célébré le dieu Bacchus dans les chic dîners de la Commanderie comme à la sortie des fêtes populaires du type Bordeaux fête le vin.

Mais ceci est une autre histoire.

Créer un grand musée bordelais dédié au vin, l'idée, décidément, paraît de plus en plus séduisante à l'édile de Gironde. Les Leclerc – propriétaires de quelques châteaux en Gironde, mais pas dans le monde des grands crus – ont abandonné l'affaire. Le maire de Bordeaux, piètre amateur de vin au départ mais qui s'est rapidement converti aussi bien au délice des grands crus qu'à l'influence du secteur, reste un peu seul en piste.

Il faudra attendre le triomphe de sa troisième élection, en 2008, pour voir le concept ressurgir. Sa nouvelle conseillère municipale déléguée à la filière vitivinicole, encore et toujours, donc, Sylvie Cazes, se prend à en rediscuter avec le maire, qui lui répond, un peu sèchement :

« On a déjà essayé, les viticulteurs n'en veulent pas ! »

Mais dans La Mecque des grands crus, le contexte a rapidement changé, les temps sont à l'euphorie. 2005, après l'an 2000, a été un premier millésime ultra-spéculatif grâce auquel les trésoreries des châteaux et des négociants ont été largement abondées. L'immense marché chinois, en tout cas supposé tel, était sur le point de s'ouvrir, les émissaires de la Commanderie ou de l'Union étant en train de faire remplir les premiers carnets de commandes.

Un mot, surtout, est porteur d'avenir, de révolution touristique, de chiffre d'affaires encore et toujours en progression : ce nouveau mot magique, c'est « l'œnotourisme », un tourisme viticole consistant à faire venir dans les vignobles de nouveaux visiteurs, en l'occurrence un public à fort pouvoir d'achat pour ces grands crus, des bouteilles pour lesquelles celui-ci dépense déjà une petite fortune[114].

---

114. Voir chapitre 6.

En la matière, par rapport à la Californie ou la Nouvelle-Zélande, les poussiéreux châteaux bordelais sont plus qu'en retard, mais qui le sait ?

Une Cité des civilisations du vin pourrait faire exploser l'œnotourisme en Gironde, et particulièrement dans les grands crus, voilà un nouveau segment économique porteur.

De nouvelles approches sont faites au niveau du CIVB, où plusieurs noms vont accepter de s'engager à réfléchir à une « Cité » des vins de Bordeaux. Il s'agit cette fois de personnalités comme Bernard Farges, « patron » des Bordeaux et Bordeaux supérieurs, futur président du CIVB[115], ou de Jean-François Quenin, ancien dirigeant des magasins Darty, propriétaire de Château de Pressac, président du Conseil des vins de Saint-Émilion, une énième organisation qu'il dirige à la suite de l'un de ses proches, un certain Hubert de Boüard.

Parallèlement, le maire entre en campagne et parcourt en personne le vignoble pour convaincre du bien-fondé du projet.

Décidément, cette fois, tout le monde en veut.

Reste le plus compliqué : convaincre d'importants mécènes privés d'abonder un musée qui ne pourra être financé à 100 % par les pouvoirs publics en ces temps de disettes budgétaires. La crise généralisée dans laquelle commencent à s'engluer les économies européennes devient même le principal obstacle au financement d'un somptueux « Louvre du vin ».

115. À partir de juillet 2013.

Il faut en effet trouver entre 60 et 70 millions d'euros pour construire la Cité et lancer son fonctionnement.

Le problème c'est que, malgré l'influence du maire de Bordeaux, les dotations publiques cumulées, venues de la Ville, de la communauté urbaine, du département, de la région, de l'État, etc., ne pourront dépasser les 45 millions. Et encore est-ce beaucoup dans un vignoble de neuf mille exploitations, dont l'immense majorité vend l'équivalent de leurs bouteilles à 2 ou 4 euros, un monde qui est l'exact inverse de la planète grand cru.

C'est la face cachée du prestigieux vignoble bordelais : la plupart des vignerons bordelais peinent à joindre les deux bouts, quand ils n'ont pas été purement et simplement précipités dans la misère par cette globalisation du marché qui a si bien enrichi les grands crus[116]. Il est donc très difficile d'entraîner toute l'interprofession dans un projet de prestige de ce type, au risque d'être accusé de ne servir que les intérêts des plus riches.

Il faut donc trouver des mécènes privés, des poids lourds de la vigne qui mettent la main à la poche et entraînent tous les autres, tout en donnant un argument à l'institution qui représente aussi tous les « petits », le CIVB.

---

116. Selon la Fédération départementale des syndicats d'exploitants agricoles de Gironde, qui recense 7 000 viticulteurs : environ un quart d'entre eux réalisent moins de 10 000 euros de bénéfices par an ; 1 750 seraient en dessous du seuil de pauvreté et 200 auraient même demandé le RSA. Le CIVB mettra 5,5 millions d'euros dans la Cité.

Celui-ci peut, de son côté, dégager facilement quelques millions pour un tel projet sachant qu'il reçoit, comme tout organisme de ce type, un important financement de l'Union européenne[117].

Mais *quid* des autres ? Un casse-tête chinois, si l'on peut dire, car sur cette planète grand cru, justement, les plus riches sont aussi les plus individualistes, les Premiers ont adopté une stratégie de marques de luxe tournées vers les marchés internationaux tandis que les « riches » moins bien classés, les Bernard Magrez (Pape Clément), les Michel Reybier (Cos d'Estournel), les Frédéric Rouzaud (Pichon Longueville Comtesse), Bruno Borie (Ducru-Beaucaillou), Henri Lurton (Brane-Cantenac), Jean-Jacques Frey (La Lagune), etc., tous possèdent déjà leurs œuvres et ne manifestent pas franchement le désir de s'associer à l'océan de l'interprofession pour aller plus avant.

Et pourtant, le miracle aura bien lieu au début de l'année 2011 : les deux propriétaires de deux des plus grands vins du monde se déclarent prêts à donner l'exemple, et d'une manière qui sera loin d'être symbolique, puisqu'ils se disent d'accord pour verser plusieurs millions d'euros afin de donner vie à la Cité.

Le premier est un parfait inconnu du grand public, et il porte un titre fleurant bon l'Europe du Second Empire ayant sacré l'étiquette royale dont il gère le destin et qui lui rapporte une fortune chaque année : le prince Robert de Luxembourg, né en 1968, descendant indirect de la famille ducale du même nom, devenu par un jeu complexe d'alliances et de rachats

117. Environ 10 millions d'euros sur un budget total de 30 millions, soit un tiers. Le CIVB mettra 5,5 millions d'euros dans la Cité.

le gérant de ce cru qui fut autrefois un centre de la géopolitique napoléonienne puisque propriété du diplomate Talleyrand.

En décembre 2011, il est le premier à promettre de signer un (gros) chèque au nouveau Fonds de dotation pour le soutien de la Cité des civilisations du vin, rappelant à ce moment-là au passage qu'un tel engagement était par nature dévolu à son si prestigieux Premier :

« *Vers 1660, Haut-Brion a inventé le new french claret, qui n'est autre que l'ancêtre des grands vins rouges actuels. Au regard de l'histoire, nous sommes donc le berceau et le modèle des grands crus*[118]. »

Cette affirmation est beaucoup moins saugrenue qu'il n'y paraît : avant le XVIIIe siècle, les vins rouges colorés, denses, élevés longtemps et avec un potentiel de garde, n'existent pas. Haut-Brion sera en effet le premier des grands crus, même si cela agace prodigieusement ses concurrents de Château Latour ou Lafite-Rothschild.

Le second signera son chèque fin 2013, une somme d'ailleurs encore plus importante, et, fidèle à sa méthode, n'a pas eu besoin de développer de tels arguments, encore moins à se prévaloir publiquement de son engagement. L'individu est plus que très discret, nous avons déjà croisé son ombre sur l'écosystème grand cru : il s'agit d'un des hommes les plus influents de Bordeaux, Jean-François Moueix, l'homme de Pétrus et du groupe de négoce Duclot, qui, à la grande

118. Propos extraits de l'argumentation web des mécènes bâtisseurs d'honneur.

stupéfaction de ses intimes, s'est pris de passion pour la Cité des civilisations du vin. Il va même plus loin puisque ce personnage secret, féru d'art et qui y consacra par le passé ses études universitaires, est de toutes les visites VIP du chantier, notamment celles où les mécènes sont invités à venir constater la destinée des fonds investis. Son influence, qui est immense, rassure, mais lui est là pour les lignes architecturales du projet.

Jean-François Moueix, certes, ne gravera pas le nom de sa famille sur le marbre de l'un des espaces d'exposition du bâtiment, comme cela est proposé en priorité aux plus gros mécènes, en l'occurrence la catégorie « Bâtisseurs d'honneur[119] ».

Il n'est pas certain que les mécènes immédiatement suivants (« Grands Bâtisseurs[120] »), par exemple les familles Magrez, Bernard[121], Castel ou Rothschild (groupe Edmond de Rothschild), puissent bénéficier d'un tel traitement honorifique.

Mais cela importe peu, le mouvement est lancé, Robert de Luxembourg et Jean-François Moueix ont mis la main à la poche et ont véritablement donné vie à la Cité.

---

119. Ceux qui donnent plus de 1 million d'euros, c'est-à-dire les Moueix, Haut-Brion, plus deux banques (Banque populaire Aquitaine-Centre-Atlantique et Crédit agricole Aquitaine).

120. Entre 0,5 et 1 million d'euros.

121. Le Groupe Bernard est la holding où se retrouvent notamment les activités de négoce familiales (avec Millésima, dirigé par Patrick Bernard) et les activités de propriétés (Domaine de Chevalier, avec Olivier Bernard). Le frère de Patrick Bernard, Jean Bernard, dirige la holding familiale dont l'activité, extrêmement discrète, consiste à distiller une proportion énorme des alcools européens sur son site classé Seveso du Bec d'Ambès.

À leur suite, les potentats locaux du calibre d'Hubert de Boüard – *via* la Jurade de Saint-Émilion, l'organisation dont il est le premier élu – ou Olivier Bernard – *via* l'Union – vont battre le rappel des troupes et, si l'on y ajoute les négociants, les courtiers, quelques hôteliers et même les banquiers de tout ce petit monde, la somme nécessaire, environ 19 millions d'euros, était déjà acquise début 2015.

Comme de bien entendu, le contexte fiscal français, très incitatif pour les entreprises, a joué un rôle définitif dans la composition de ce *pool* de mécènes en apparence très généreux. En clair, financer la Cité des civilisations du vin leur permettait de défiscaliser une partie des bénéfices réalisés au sortir de millésimes fastes et, même si ces gains sont beaucoup plus rares aujourd'hui, c'est autant d'argent qui n'a pas été prélevé par le fisc.

Prenons le cas de la famille Bernard (Olivier Bernard, du Domaine de Chevalier, et Patrick Bernard, de Millésima), soumise exactement au même régime que les autres et qui a été une des premières à montrer l'exemple : mécène « Grands Bâtisseurs », elle a versé au minimum 500 000 euros, mais cela ne lui coûtera en réalité que 100 000 euros par an pendant deux ans grâce aux vertus de la loi Aillagon[122].

La naissance d'une Cité des grands vins tant voulue par le maire avec le soutien, aussi tardif soit-il, de la Bordeaux Connection, est donc dorénavant inéluctable. D'autant que les têtes pensantes du projet ont

---

122. Votée le 1er août 2003, celle-ci permet aux entreprises de bénéficier d'une réduction d'impôts sur les sociétés équivalente à 60 % de la somme donnée en faveur d'actions de mécénat. La somme peut être étalée sur plusieurs années.

réussi à doubler ce dispositif d'une captation de fonds plutôt performante avec la création d'une fondation américaine jumelle, *The American Friends of the Center for Wine and Civilization*[123], chargée de récolter *a minima*, pour commencer, deux millions supplémentaires.

L'organisation a reçu en 2014 son statut officiel reconnu par l'administration Obama et garantissant que les futurs donateurs pourraient bénéficier eux aussi d'exemptions fiscales. Nul doute que l'objectif sera atteint en une seule soirée de « charité » dont les Américains ont le secret[124]. *The American Friends* a été montée et dirigée par un des plus influents banquiers et financiers de la côte est, Robert Wilmers[125], un francophile amoureux des grands vins bordelais, propriétaire de Haut-Bailly (Pessac-Léognan), ainsi que par l'avocat George Sape[126], un des anciens maîtres de la Commanderie de New York[127].

L'argent, donc, ne sera pas un problème, et cela ne tombe pas trop mal puisque les inévitables dépassements de budget chiffrent finalement début 2015 l'édifice à quelque 80 millions d'euros.

Qu'il en faille une dizaine supplémentaire pour faire fonctionner l'ensemble est une question qui a bien évidemment été abordée puisque l'institution a prévu d'être capable d'attirer un petit demi-million de visiteurs par saison.

---

123. « Les Amis américains du Centre des vins et des civilisations ».
124. La première a été fixée aux Nations unies, à New York, le 30 avril 2015 !
125. Président de la M&T Bank Corporation.
126. Associé du cabinet Epstein Becker & Green.
127. Voir chapitre 1.

Beaucoup de locaux se demandent toutefois si cela sera possible et, quand bien même, si cela suffira pour assurer un avenir au site.

Mais, après tout, la plupart des électeurs d'Alain Juppé en connaissent le chemin : il se trouve sur la route du quartier de l'ancien emplacement de la fourrière municipale où tout Bordelais a, un jour ou l'autre, retrouvé sa voiture.

Castéja, Bacchus et le classement des classements

Si le Louvre du vin sera bel et bien l'événement régional de l'année 2016 pour Alain Juppé et le vignoble, c'est aussi grâce à l'influence d'une figure du négoce bordelais, un homme de l'ombre qui fréquente assidûment les rues des Chartrons, les rangs de vignes, les couloirs de l'Inao à Paris, la mairie de Bordeaux, etc.

Philippe Castéja, né en 1949, cumule tellement de casquettes, mandats, responsabilités et autres fonctions qu'il pourrait être sénateur.

Avec son éternel look de marchand de vin anglais, costume gris, cravate rouge, pochette fleurie (il ne lui manque que les bretelles) et son crâne dégarni, Philippe Castéja est d'abord le descendant d'une puissante lignée de négociants des Chartrons. Il préside la société familiale Borie Castéja Animation Participations (BCAP), qui est à la fois un poids lourd du négoce des grands crus et des vins courants[128] et le propriétaire d'un portefeuille de plusieurs crus

128. Sociétés Borie-Manoux, Grands Vins de Gironde (GVG) et Drouets Frères (dans la Loire).

classés dont le plus connu est Lynch-Moussas, à Pauillac[129].

Surtout, Philippe Castéja exerce ses ministères dans nombre d'institutions où son avis sur les vins et surtout les grands vins pèse, depuis le Conseil interprofessionnel du vin de Bordeaux (dont il est membre du bureau), en passant par le Syndicat des négociants en vin et spiritueux de la Gironde (qu'il a présidé) ou la Fédération des exportateurs de vins et spiritueux (FEVS, où il représente la région Bordeaux).

Il est aussi membre de l'Académie du vin de Bordeaux (depuis 1998), conseiller du commerce extérieur de la France (1984) et, plus exotique, vice-consul honoraire d'Autriche[130], et pas seulement pour son allemand qu'il manie avec une dextérité certaine.

S'il lui reste un peu de temps, car la liste de ses attributions est longue, il peut aussi assumer ses fonctions de trésorier de l'Union des maisons de Bordeaux (UMB) – rappelons qu'il s'agit du lobby des grands négociants des Chartrons, il ne peut effectivement pas ne pas y être… –, ou alors filer à Paris exercer ses rôles d'administrateur de la Sopexa[131] ou, très important, de membre du comité national de l'Inao, un poste qu'il occupe depuis 1987.

---

129. Également Beau Site à Saint-Estèphe ou Domaine de l'Église à Pomerol, entre autres.
130. *Who's Who international vins et spiritueux*, Éd. Lafitte-Hébrard, 2013, 4e éd.
131. Groupe marketing international, alimentaire, vin et art de vivre.

Cette recension pourrait durer longtemps[132], mais il est un siège auquel il tient plus que tout et sur lequel il est fermement assis depuis quinze ans, c'est celui de président du « Conseil », c'est-à-dire du Conseil des grands crus classés en 1855.

Cette organisation est le lobby armé et assumé des crus du Médoc (et du Sauternais) classés cette année-là à la demande de l'empereur Napoléon III. Quatre-vingt-huit châteaux, pas un de plus, qui appartiennent pour l'éternité au « classement de 1855 », cinq niveaux de crus solidement implantés dans l'esprit des amateurs, même si tout autant critiqués par d'autres[133].

Rencontrer celui qui a apporté un soutien décisif au projet de la Cité des civilisations du vin exige de pénétrer dans les antiques bureaux de la non moins ancestrale société Borie-Manoux, sur une avenue animée des Chartrons.

Dans un hall d'entrée de marbre poussiéreux, une reproduction en plâtre coloriée et ravagée par le temps du dieu Bacchus, divinité du vin et de la fête, semble s'amuser de ce que le visiteur va voir ici.

Philippe Castéja est là en un instant, dans sa tenue et sa pose habituelle. Il arbore le sourire aimable du fin politique exercé à l'influence.

Tout le Bordeaux des initiés, en ce moment, ne parle que de lui, car il vient d'opérer le rachat de l'un de ses concurrents les plus importants : la maison Mähler-Besse, un spécialiste des grandes étiquettes,

132. Il est aussi administrateur de banque (CIC Sud-Ouest), gérant d'autres sociétés (Antoine Subileau), membre du très sélect Union Club de Bordeaux, etc.

133. Voir chapitre 8.

dont les réserves de grands millésimes de légende, les 1928, 1929, 1945, 1947, 1959, 1961 et autres 1982, sont connus jusqu'à Londres et Hong Kong.

Cette OPA dope considérablement l'activité grands crus dans le groupe familial Castéja, preuve supplémentaire que ce segment est devenu incontournable sur le marché des bordeaux.

Justifier cette opération, qui fait de lui le quatrième négociant de la Place (dans les grands vins), se résume à une réponse comminatoire :

« Nous ne sommes pas une entreprise de philanthropie, figurez-vous ! »

Sur le sujet moins sensible de la mise sur orbite de la Cité des civilisations du vin, il admet immédiatement avoir contribué à mobiliser les forces conjuguées des crus classés du Médoc ainsi que des Premiers pour en faciliter l'opération.

Si sa mise personnelle de mécène est faible[134], l'institution qu'il incarne est beaucoup plus efficace pour convaincre et entraîner les troupes derrière lui.

Une façon de dire que le rôle de ce fin politique est différent, peut-être plus important encore qu'apporteur de fonds. Et que de toute façon le Conseil est un lobby travaillant avec un très faible budget, situation qu'il va décrire à son visiteur avec un sourire faussement gêné en ouvrant les poches tout aussi faussement vides de sa veste :

« Nous sommes des lobbyistes, nous travaillons sans argent… »

---

134. Borie-Manoux est « Mécène Bâtisseur », moins de 250 000 euros de dons.

Effectivement, quand on regarde le nombre de grands crus classés du Médoc dans la cinquantaine de sociétés ayant accepté de devenir mécènes de la Cité, il est évident que l'influence du « sénateur » Castéja a joué.

En réalité, un sujet bien plus stratégique occupe les journées et les soirées de cette figure du milieu, et il y a jeté toutes ses forces de lobbyiste : obtenir le classement au Patrimoine mondial de l'Unesco du… classement de 1855 !

Cet ambitieux projet consiste à obtenir d'ici à 2018 au plus tard l'inscription d'un « Classement des vins de Bordeaux en 1855 » au « patrimoine culturel immatériel » de l'organisation internationale.

L'idée lui trottait dans la tête depuis un bon moment mais est devenue une sorte de conviction en observant la réussite du « repas gastronomique des Français », pratique gravée dans le marbre en 2010 à l'inventaire de l'Unesco avec le soutien appuyé de l'Élysée et de son locataire de l'époque, Nicolas Sarkozy, pourtant peu réputé pour ses excès de table.

Cette fois-ci, Philippe Castéja est allé quérir la bénédiction du maire Alain Juppé – qui n'en demandait pas tant – et a constitué un groupe d'experts pour lancer le processus. Il affirme que tous les crus classés concernés sont, pour une fois, d'accord, et qu'un « classement du classement » rejaillira positivement sur tous les autres classements des grands crus bordelais, sous-entendant que ceux-ci en auraient bien besoin[135].

135. Voir chapitre 8.

À l'énoncé de cette nouvelle épopée, le président Castéja se montrerait presque lyrique :

« *Le Classement de 1855, le monde entier nous l'envie, il est à part, il est vivant, il faut le protéger, protéger l'idée qu'il incarne. C'est quelque chose qui a de l'influence tous les jours. N'oublions jamais que ce sont les crus classés, les premiers innovateurs du vignoble, que ce soit en matière de techniques, en matière d'architecture, de recherche pure. Les premiers systèmes de thermorégulation dans les vins, ils ont été expérimentés chez les crus classés. Les crus classés sont des références et, dans le monde d'aujourd'hui, un monde de vitesse, les amateurs ont besoin de ces référents.* »

Les mauvaises langues, et il y en a, affirment déjà à Bordeaux que ce calendrier ne doit rien au hasard, puisque l'homme de BCAP a déjà prévu auprès du Grand Maître Emmanuel Cruse d'être puissance invitante à l'occasion de la fête de la Fleur 2019, événement d'une importance telle qu'il doit être pensé plusieurs années à l'avance.

Lynch-Moussas, cru longtemps oublié, connaît effectivement une renaissance auprès des dégustateurs et des amateurs qu'il conviendrait de célébrer en accueillant la plus prestigieuse des réceptions, l'occasion également d'arroser les soixante-dix ans du maître des lieux avec une maestria certaine.

Si ce planning joue évidemment en faveur du projet, celui-ci fut toutefois également pensé en réaction à un véritable traumatisme vécu par les grands vins labellisés « 1855 » et, plus largement, par l'ensemble des grands crus bordelais : il s'agit de l'affaire 1855.com.

Voici vingt ans, en 1995, un jeune entrepreneur du nom d'Emeric Sauty de Chalon ambitionne de devenir le distributeur de grands vins le plus chic de France, un « Hermès » des crus classés, en profitant des possibilités nouvelles offertes par la vente à distance sur le Web. Sans aucun doute enivré par les perspectives de cette première vague de la « nouvelle économie », le néocaviste dépose à l'institut des marques[136] un logo dans lequel est inscrit le chiffre « 1855 ».

L'astuce est très limite mais elle va fonctionner, puisque, au sein du Conseil des grands crus classés, personne ne s'aperçoit de rien. Le président de l'époque, Bruno Prats, père de Jean-Guillaume Prats, était pourtant aux aguets et avait même été capable de faire interdire à l'autre bout du monde, en Argentine, l'utilisation de la mention « cru classé » sur des séries de bouteilles de malbec.

C'est un des rôles centraux du Conseil que celui de protéger les précieuses mentions du classement, qui possèdent un poids commercial sur toutes les tables de la planète.

Toutefois le monde d'Internet est *terra incognita* pour l'industrie des grands crus bordelais, et la famille Prats est déjà bien occupée avec un sujet beaucoup plus douloureux : la vente du joyau Cos d'Estournel.

Le logo 1855.com passera inaperçu pendant des années.

Au tournant des années deux mille, 1855.com est devenu le leader de la vente sur Internet de grands

136. Institut national de la propriété industrielle (INPI).

crus, essentiellement bordelais. Emeric Sauty de Chalon charme à la fois les journalistes, les dégustateurs, les investisseurs, et édifie sa propre légende : il aurait hérité, jeune homme, d'une cave de mille bouteilles léguées par son père, un déclencheur pour sa passion des crus classés, dont on sait aujourd'hui qu'il s'agit d'une fable.

Mais, à l'époque, le fondateur de 1855.com a séduit tout le vignoble, depuis la famille Cathiard (Smith Haut-Lafitte[137]) jusqu'à Bernard Magrez en passant par les Cazes. Les Bordelais, *via* le négoce, lui livrent leurs grands vins, notamment en « primeur », ce système permettant de les acheter à l'avance moins cher puisqu'ils sont encore à l'élevage dans les chais.

Toutefois, dès 2003, de premières plaintes apparaissent, des clients paient leurs vins acquis, justement, en primeurs mais ne seront jamais livrés. Les plaintes vont se développer de manière exponentielle pendant dix ans, mais le milieu des grands crus tarde à réagir.

Car l'on dit de Sauty de Chalon qu'il est protégé, et il l'est d'une certaine manière puisque l'un de ses actionnaires de référence n'est autre que le gendre de Liliane Bettencourt, première fortune de France, dont on se souvient qu'elle n'a pas réussi à mettre un orteil en Bordelais, Bernard Arnault lui ayant coupé l'herbe sous le pied à Cheval Blanc[138].

Jean-Pierre Meyers, époux de Françoise Bettencourt-Meyers (fille de Liliane Bettencourt), a donc servi, à son corps défendant ou non, de brevet

137. Voir chapitre 6.
138. Lors du rachat de Cheval Blanc en 1998.

d'honorabilité et de réserve financière pour 1855.com jusqu'en 2012, année au cours de laquelle, devant l'ampleur des scandales, il est bien tardivement sorti du capital.

Peut-être a-t-il mis un peu trop longtemps à comprendre que l'objectif secret d'Emeric Sauty de Chalon était inatteignable : celui-ci voulait ni plus ni moins mettre à bas le système de prix des grands vins généré par l'organisation de la Place de Bordeaux rassemblant propriétaires, courtiers, négociants et expéditeurs[139].

Pour lui, il s'agissait d'une « entente », dont il fallait briser le monopole.

Fin 2014 et début 2015, la galaxie 1855.com finira par exploser, croulant sous le poids des protestations de ses milliers de clients non livrés et de la justice qui finira par placer l'ensemble du groupe en liquidation judiciaire, même si l'agonie annoncée de celui-ci aura duré bien plus longtemps qu'imaginé[140].

Depuis quinze ans, les crus classés et leurs distributeurs, affligés, observent un spectacle sur lequel ils n'ont pas réellement eu de prise, même si, pour

139. Lire à ce sujet et pour les développements juridiques de l'affaire : « 1855, la pyramide de Ponzi du vin » (*Les Échos* du 17 mars 2014) ainsi que tous les articles écrits pour *La Revue du vin de France* par le journaliste Jérôme Baudouin.

140. Dès avril 2012, le tribunal d'instance d'Arcachon condamne le site à livrer ses vins en retard sous peine d'astreintes ; en juillet 2013, le stock de vin de 1855.com est saisi par la justice et revendu aux enchères ; un premier redressement judiciaire interviendra à la fin de cette même année. Finalement, en février 2015, l'Autorité des marché financiers (AMF) requiert 200 000 euros d'amende à l'encontre de la société et 150 000 euros d'amende à l'encontre de son fondateur.

certains, ils se sont fait avoir, et portent donc une part de responsabilité.

Philippe Castéja, soudain un peu las, indique toutefois que l'organisation s'est portée partie civile dans les multiples dossiers ayant trait à l'affaire 1855.com.

Il espère qu'en 2019, année de ses soixante-dix ans, de sa fête de la Fleur, d'un éventuel classement du classement à l'Unesco, tout ceci ne sera plus qu'un mauvais souvenir…

Le contrefacteur sonne toujours deux fois

Si le scandale « 1855.com » est un cas d'ampleur heureusement unique, le Conseil des grands crus classés doit évidemment rester aux aguets devant les multiples tentatives d'appropriation de ses mentions historiques, tentatives jugées préjudiciables à la réputation et au potentiel marketing de ses grands Médoc (et Sauternes, même si les enjeux financiers y sont, malheureusement pour eux, bien moindres).

Les cas traités sont presque risibles, et font pourtant l'objet de mises en demeure, de négociations énergiques, voire de procédures, qui, pour la plupart, aboutiront à l'interdiction espérée.

Il y a ce monbazillac décidé à s'autoproclamer « premier cru classé », retiré des rayonnages par les pouvoirs publics à la demande du Conseil ; ou ce « Grand Kru » macédonien pour lequel il a fallu en appeler au droit européen ; voire une « Vodka Premier Cru » dont la carrière internationale a été écourtée sur injonction des Bordelais.

Même un amusant « Petit cru mal classé » apposé par un importateur belge sur l'étiquette d'une petite cuvée n'a pas vraiment fait rire les juristes rémunérés par Philippe Castéja et vu son promoteur recevoir un courrier comminatoire depuis Bordeaux.

Un des derniers dossiers en date est une affaire beaucoup plus sérieuse puisqu'elle met en scène une marque de vin chinois nouvellement déposée, « Grand Cru Classé Saga », et qui devait être commercialisée en Chine en s'appropriant à la fois le label « grand cru classé » et une marque, Saga, déjà déposés par la puissante société Domaines Barons de Rothschild pour, justement, partir à la conquête de ce grand marché asiatique.

Rappelons que cette société de la famille Rothschild exploite le célèbre Château Lafite – ainsi que ses non moins célèbres Carruades de Lafite – mais que la contrefaçon de ces prestigieux labels, une falsification à très grande échelle, est un véritable fléau gâchant un peu la fête.

Les Rothschild de Lafite se sont donc associés au Conseil pour déposer une plainte auprès de l'institut des marques chinois et, finalement, parvenir à bloquer la distribution des « Grands Crus Classés Saga » avant de récupérer l'utilisation de la marque sur le continent asiatique.

Comme plusieurs des très grandes étiquettes, la famille propriétaire de Lafite, Mouton et autres L'Évangile traque les contrefacteurs de ces bouteilles hors de prix. Mais c'est à un continent qu'elle s'attaque car, en devenant des produits de luxe, les grands crus les plus cotés sont devenus des cibles de choix.

Un chiffre terrorise le milieu : 20 % des vins cotés commercialisés dans le monde seraient contrefaits, selon une des rares études existant sur le sujet[141].

Les experts des ventes aux enchères de grands crus anciens le répètent depuis des années : que ce soit en Asie, en Europe ou en Amérique, seuls les professionnels sont capables de détecter une bouteille d'un noble millésime qui aura été contrefaite, par exemple rebouchée dans son contenant d'origine (la bouteille avec son étiquette authentique) avec un jus différent (souvent issu de la même appellation, donc parfois « proche »).

En clair, toutes les grandes années avant les « millésimes du siècle », 2009 et 2010, sont susceptibles, pour une grande partie d'entre elles, d'avoir été faussées car les systèmes de protection *a minima* n'étaient alors pas généralisés.

Et encore, jusqu'à 2015, aucun système parfait n'avait été inventé.

Le plus précieux des grands Bordeaux, Pétrus, une bouteille pouvant valoir des milliers d'euros, n'a-t-il pas été doté d'une dizaine de systèmes « invisibles » différents, c'est-à-dire repérables uniquement par les professionnels qui les manipulent, sans parvenir à aucun résultat parfaitement satisfaisant ?

Le désarroi est tel que la famille Moueix, propriétaire du plus coté des grands crus, a décidé d'expérimenter sur le prochain millésime 2015 des systèmes « visibles », notamment une puce électronique rendant sa bouteille identifiable par la technologie RFID[142].

---

141. « La contrefaçon sur le marché des vins et spiritueux », Éric Przyswa (Selinko, mai 2014).
142. *Radio-frequency identification* : ondes radios.

Tous les Premiers, les bordeaux les plus chers, sont évidemment prioritairement touchés. Une « légende urbaine » du business ne disait-elle pas, partout en Asie, avant le krach, qu'il se vendait annuellement en Chine plus de Lafite contrefaites que de Lafite originales ?

À Pauillac, on prie les observateurs de ne pas croire un mot de ces fariboles.

En 2013, le scandale mondial de l'affaire Rudy Kurniawan a pourtant prouvé que le marché des grands millésimes contrefaits était gigantesque à l'échelle de la planète. Ce faussaire international a reproduit dans son atelier « d'artiste », et pendant des années, les bouteilles françaises les plus précieuses, essentiellement les plus grands bordeaux et bourgogne, les écoulant dans de prestigieuses ventes aux enchères longtemps avant que quiconque s'aperçoive de la supercherie. Cet Indonésien jugé particulièrement doué pour la dégustation avait une méthode redoutable : il faisait goûter aux experts des ventes, aux collectionneurs, journalistes, vignerons, de vraies grandes bouteilles, offertes lors de repas somptueux, avant de vendre des versions contrefaites par la suite à l'occasion de ventes aux enchères.

Le monde des grands crus est donc traumatisé par cette remise en cause de son ADN, c'est-à-dire l'authenticité de ses produits.

Le discret Philippe Castéja a dû organiser des partenariats entre l'Inao – dont il est vice-président – et la Direction générale de la concurrence, de la consommation et de la répression des fraudes (DGCCRF), pour susciter des signalements réciproques entre les deux institutions.

Le Conseil a même été jusqu'à travailler avec les douanes chinoises.

Dans un pareil contexte, la logique de la protection des grandes marques bordelaises fragilisées amène parfois leurs dirigeants à s'attaquer à des proies plus fragiles.

Nous appellerons cela un dommage collatéral.

En 2013, les Lafite de Pauillac obtiennent en justice l'interdiction d'un château-lafite… de l'appellation Fronton, à 200 kilomètres de leurs terres, un petit vin vendu environ 5 euros mais qui s'écoulait également en Chine et avait été repéré par les limiers du groupe Domaines Barons de Rothschild (DBR).

En 2011, c'est avec un autre homonyme qu'ils parviennent à un accord, un château-lafitte première côte de Bordeaux, qui a subi cinq années d'une procédure pour faute d'avoir porté un double « tt » pouvant, prétendent les avocats de DBR, « troubler » l'image de la société auprès du consommateur.

Leurs cousins de Mouton ne sont pas en reste, puisque les avocats de Baron Philippe de Rothschild (BPDR) ont adressé en 2013 une mise en demeure exigeant 410 000 euros de dommages et intérêts pour usurpation et parasitisme de marque à un certain… Laurent Mouton, vigneron à Givry (sud de la Bourgogne), qui avait pourtant légèrement modifié le nom de sa société afin de ne pas subir les assauts juridiques des avocats de la firme bordelaise.

Depuis le procès historique entre Mouton Rothschild et les champagnes Alfred de Rothschild[143], les

---

143. 1986.

procédures de ce type se multiplient et les équipes d'avocats de la famille Rothschild ont ouvert des dizaines de dossiers.

Alfred de Rothschild, négociant champenois, a été attaqué en justice pour finalement se voir imposer de payer une redevance annuelle pour avoir le droit d'utiliser… son propre nom.

En réalité, les Rothschild ne sont pas les seuls à vouloir faire place nette autour de leur étiquette historique. Voici quinze ans, Frédéric Engerer, directeur de Château Latour, et ses équipes de juristes ont réussi à contraindre le modeste Château La Tour Gayet, un cru des côtes de Blaye, à changer de nom et à verser une amende.

Bien entendu, le Château Latour à Pomerol – c'est son véritable nom – n'aura, lui, jamais de procès de la part du Latour de François Pinault : le Latour de Pomerol est exploité depuis un demi-siècle par les Établissements Jean-Pierre Moueix, du nom de l'intouchable de Pétrus.

Les grands vins ne sont pas toujours impitoyables entre eux.

D'ailleurs, Philippe Castéja, dont le Lynch-Moussas ne sera jamais confronté en justice à Lynch-Bages, a un autre dossier majeur en tête, un dossier plus qu'explosif.

En 2015, il dit regretter de devoir s'occuper du cas des cosmétiques Caudalie, une success-story bordelaise aux accents sympathiques puisque sa fondatrice a réussi à fonder un petit empire de la beauté en pariant sur les effets bénéfiques des polyphénols, ces molécules anti-âge surconcentrées dans, notamment, la peau des baies de raisin.

Le Conseil des grands crus classés entend s'attaquer au cas de la société Caudalie puisque l'une de ses collections de soins a été joliment baptisée « Premier cru » et sert à écouler des flacons ou des tubes dont les tarifs n'ont rien à envier aux grands crus classés, ces soins anti-âge pouvant atteindre les 90 euros pièce.

Seulement voilà, la fondatrice de Caudalie, Mathilde Cathiard, est la fille aînée de Florence et Daniel Cathiard, des figures des grands vins de Bordeaux, propriétaires de Smith Haut-Lafitte, pionniers de l'œnotourisme[144], et c'est avec les raisins de ses propres parents qu'elle a démarré son activité.

Florence Cathiard est par ailleurs une figure centrale[145] de cette nouvelle activité, l'œnotourisme, dont le ministre des Affaires étrangères lui-même, Laurent Fabius, également en charge du portefeuille du tourisme, a décidé de faire une priorité dans sa stratégie de reconquête des visiteurs étrangers.

Cela ne semble pas émouvoir particulièrement Philippe Castéja.

---

144. Voir chapitre 6.
145. Elle préside le Conseil supérieur de l'œnotourisme depuis mai 2014.

Chapitre 6

Œnotourisme mon amour

Où l'on constate que Michel vient vous chercher en Rolls à la gare Saint-Jean de Bordeaux et que le selfie n'est pas loin – Quand Montaigne et La Boétie faisaient chambre à part à La Tour Carnet – Faire son propre Pape Clément et repartir avec, c'est recommandé – La Diva a oublié ses bijoux mais il s'agit de Natalie Dessay, alors Soutard attendra – Pourquoi l'héritier Miailhe farfouille-t-il dans l'abri antiatomique familial de Margaux ?

La descente du train, dans l'antique gare Saint-Jean de Bordeaux fleurant bon la glorieuse époque de la vapeur, se fera toujours vers la droite, en arrivant de Paris. Avec la métamorphose de la cité opérée par l'équipe d'Alain Juppé, plus aucun véhicule polluant ne peut prétendre voler la vedette à l'élégant tramway électrique qui accueille l'arrivant, un symbole du renouveau de la capitale girondine.

En réalité, il y a quelques exceptions : aujourd'hui par exemple, une superbe Rolls-Royce Phantom noire, lustrée de frais, attend son maître plantée sur le terre-plein piétonnier devant la sortie droite de l'édifice.

Et son maître, c'est vous.

Michel, filiforme et droit chauffeur en livrée, vous le fait comprendre immédiatement en prenant vos bagages et en ouvrant la porte arrière gauche pour vous laisser pénétrer dans la voiture, ce qui déclenche quelques photographies de voyageurs se demandant encore quelle célébrité vous pourriez bien être.

Il glisse en aparté :

« Je ne balade pas n'importe qui. »

Mais il ne faut pas s'y tromper : en réalité, Michel Le Hegarat n'est pas un simple chauffeur de voiture de luxe. Il est l'homme de confiance, le bras droit, le porteur des clés et des codes de l'un des hommes les plus puissants de Bordeaux : Bernard Magrez, né en 1936, ancien vendeur d'alcool issu du monde du petit négoce, devenu à la force de son (épouvantable) caractère le propriétaire de l'un des portefeuilles de grands vins les plus fournis au monde, avec plusieurs grands crus classés à Bordeaux, plus une myriade de cuvées fines s'épanouissant aux quatre coins de la planète où l'on imite les grandes étiquettes à la bordelaise.

L'école Michel Rolland, en somme.

Le septuagénaire est avant tout un commerçant intransigeant, plutôt doué puisqu'il a bâti une véritable fortune, et doté d'une légère teinte mégalomaniaque, n'hésitant pas à se parer du qualificatif de « compositeur de grands crus », un slogan que les amateurs retrouveront sur les étiquettes de ses flacons comme sur les publicités maison.

À l'âge où l'on consacre ses loisirs à la pêche, lui n'arrête jamais de se remettre en cause. Il est ainsi allé récemment analyser l'intérêt d'être le premier en France à utiliser... des drones pour scanner depuis le ciel la vigueur de ses vignes avant d'opérer les sacro-saintes vendanges. L'engin qu'il a tenu à acquérir pour le compte de sa société, il l'a baptisé *Vers l'Excellence,* devant des sous-traitants un peu interloqués.

Quoi que l'on pense du personnage, la réalité est difficile à nier : l'individu s'acharne à produire de très beaux bordeaux, certes de style international, et d'aucuns auront du mal à y échapper un jour, car il sait les vendre et ne laissera jamais passer une occasion de vider ses stocks.

Son grand cru vedette est par exemple Pape Clément, un joyau, un de plus, mais de Pessac-Léognan cette fois-ci (région des Graves, jouxtant Bordeaux), dont l'aimable légende veut qu'il ait été créé et développé par le pape Clément V, le premier des papes d'Avignon[146], au tout début du XIVe siècle. Il ne fait aucun doute que le négociant bordelais a demandé à ses commerciaux responsables de la zone Italie d'aller le proposer à l'intendance du Vatican !

L'inaltérable, et parfois franchement peu aimable, Magrez fait partie de cette espèce de vendeur en voie de disparition dont la geste devrait être narrée dans les écoles de commerce. Tous les circuits de distribution jouent un rôle dans sa mécanique de commercialisation, à commencer par les grandes capitales occidentales où il estime que les élites fortunées se doivent de consommer

146. Bertrand de Goth, celui qui accepta d'envoyer les Templiers au bûcher.

ses grands crus « *made in* Bordeaux », ainsi que toute la palette de vins venus du monde entier mais aux codes bordelais assumés – de Londres à Paris en passant par San Francisco, Tokyo, Berlin, São Paulo, etc., ces réservoirs à clients aisés, il en a identifié une bonne vingtaine.

Même la puissante et décriée grande distribution française trouve grâce à ses yeux. Pour lui, ce n'est pas un secret honteux : quand le millésime est fade et que des stocks restent sur les bras de négociants trop conscients que le vignoble produit bien trop de « grands vins », eh bien, les propriétaires, Bernard Magrez comme beaucoup d'autres, n'hésitent pas à pousser leurs distributeurs à écouler la camelote chez les Leclerc, Carrefour et autres Intermarchés lors des fameuses mais un peu tristes « foires aux vins ».

Pour soutenir un peu ses 2012, « un millésime de fruit », comme l'on dit poliment dans le Sud-Ouest, le maître de Pape Clément n'a-t-il pas fait apprêter son jet personnel pour aller, en compagnie de son courtier préféré, un certain François Lévêque, assurer une présence à la soirée inaugurale de la foire aux vins vedette de l'hypermarché Leclerc de Levallois-Perret fin septembre 2014[147] ?

Flanqué du non moins inaltérable et sensible à l'influence des grands vins de Gironde, Patrick Balkany, le maire de Levallois en personne, Magrez n'a délégué

147. Cette soirée a eu lieu le 29 septembre 2014. Il s'agit des « soirées inaugurales » données la veille de l'ouverture des foires au vin des grandes enseignes. Sur invitation uniquement, celles-ci permettent aux clients privilégiés des magasins concernés de faire le plein d'affaires respectables, c'est-à-dire de « grandes étiquettes », avant que plusieurs semaines de vente n'écoulent le tout-venant.

à quiconque ce soir-là la tâche de verser ses vins dans le verre des clients fidèles, souvent venus parce que le patronyme du « compositeur de grands crus » apparaissait sur le programme.

Le supermarché Leclerc de Levallois est bien connu des amateurs franciliens pour proposer les grands crus bordelais par centaines de références ; entre du La Tour Carnet 2012 ou du Pontet-Canet 2007, les bouteilles se sont effectivement arrachées.

Ainsi va Bernard Magrez. Il vend ses étiquettes aux princes, mais n'hésitera jamais à écouler une partie de sa marchandise dans le *hard discount* si un surstock apparaît dans ses comptes, comme il l'a encore fait en 2014 avec quelques 2007 que les distributeurs habituels avaient tendance à déserter[148].

Les apparences sont toutefois trompeuses, car notre personnage est aussi très en avance sur son milieu en matière de réflexion sur l'évolution du marché des grands vins. Il a compris avant beaucoup d'autres que le XXIe siècle serait celui où l'on exploiterait non seulement la vente des précieuses bouteilles, mais aussi tous les univers pouvant avoir un rapport direct ou même indirect avec celles-ci.

Ce grand gaillard qui ne prendra jamais sa retraite et assurre vouloir mourir sur scène, toujours tiré à quatre épingles et à l'accent rocailleux, ressasse cette conviction sans doute plus clairement que bien des propriétaires de nobles Margaux ou Saint-Émilion : un grand vin, ce n'est pas seulement une boisson d'exception, c'est aussi une idée ; et comme les spiritueux, le spirituel peut se vendre très cher.

148. Chez Lidl, notamment.

Entre mille initiatives pour exploiter sa moisson annuelle de très grands crus – Pape Clément, donc, mais aussi Fombrauge à Saint-Émilion, La Tour Carnet en Haut-Médoc, Clos Haut Peyraguey à Sauternes… –, il a donc fait dessiner par les membres de ses équipes marketing les contours d'une offre d'œnotourisme de luxe, un parcours d'excellence pour les clients très aisés, deux ou trois jours d'un rêve calibré au pays des très jolis bordeaux.

L'œnotourisme, voilà le nouveau mot magique dans le monde feutré des grandes propriétés. Avec tout de même quelques décennies de retard sur leurs cousins californiens ou néozélandais, les Bordelais ont commencé à ouvrir leurs châteaux dans les années deux mille, s'apercevant qu'une demande existait pour « vivre » les grands crus, et non plus seulement les déguster le dimanche à la maison ou au restaurant.

Les pionniers du genre sont les membres de la famille Cathiard, anciens actionnaires des magasins Go Sport, venus eux aussi en Pessac-Léognan réaliser une nouvelle carrière dans les grands crus. Ils ne se sont pas contentés, dans les années quatre-vingt-dix, de reprendre et relancer sur des critères qualitatifs internationaux le Château Smith Haut-Lafitte. Ils ont créé autour de leur label bachique un véritable écosystème touristique qui a fait leur réputation dans le monde entier, avec des propositions multifacettes : soins du corps, spa, détente, gastronomie, hôtellerie, tout est imaginable à Smith Haut-Lafitte. Daniel et Florence Cathiard ont déposé le concept, plutôt comique au départ, mais qui s'est réellement imposé de « vinothérapie », une cure de soins à base de produits du raisin ou du vin par laquelle ne jurent que les riches visiteurs européens.

Qui ne s'est jamais fait enduire de sauce de pépins de cabernet, puis scellé d'un film plastique alimentaire et mis à rôtir quarante minutes ne peut comprendre les bienfaits d'un tel traitement...

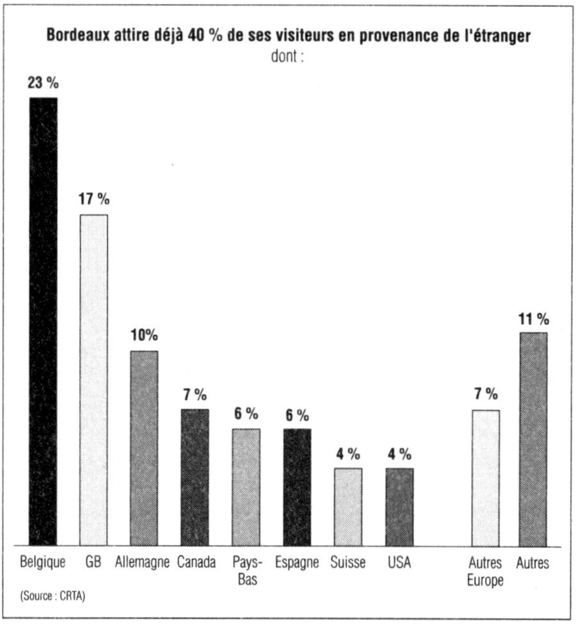

Mais ne rions pas trop longtemps car ce mot magique a été récupéré par un certain Laurent Fabius, ministre des Affaires étrangères, également en charge du tourisme[149]. Pour doper l'influence française sur ce secteur et engranger encore plus de devises, le Quai d'Orsay a officiellement déclaré fin 2014 l'œnotou-

149. Ministre des Affaires étrangères et du Développement international.

risme comme un des cinq « pôles d'excellence » devant renouveler l'image de notre pays aux yeux du monde.

Il y a donc du travail.

Dans la version Bernard Magrez, ce tourisme viticole va prendre une déclinaison luxueuse, forcément exceptionnelle, fatalement très onéreuse pour qui ne calcule pas, non par mépris, mais parce que d'autres – dont c'est le métier – comptent pour eux.

La filiale Luxury Wine Tourism du groupe Bernard Magrez – emprunter à la langue de Shakespeare s'est avéré obligatoire – propose donc à quelques Chinois, beaucoup d'Américains, des Brésiliens, certains Européens (mais très rarement des Français...) d'acheter à la carte un mini-séjour incroyable pour lequel ils s'acquitteront de plusieurs milliers d'euros minimum par personne.

Ce sont ces couples – ou ces familles, mais jamais nombreuses – que Michel vient précautionneusement réceptionner deux ou trois fois par mois, au maximum, afin de leur faire profiter, entre deux activités, de la douceur ouatée de la seule Phantom immatriculée dans le Sud-Ouest.

Ce jour-là, donc, la Rolls s'ébranle et se dirige directement vers l'héliport de Bordeaux-Mérignac, où l'hélicoptère maison – baptisé *La Tour Carnet* ! – est parqué en permanence. Le temps de se laver les mains et d'admirer la vitrine recensant les quarante propriétés Magrez de part le monde, dont, au cas où on l'aurait oublié, « quatre grands crus classés pour le seul vignoble bordelais[150] », et l'on est élevé à 250 mètres

150. Bientôt quarante-deux propriétés puisque Bernard Magrez désirait acquérir deux nouveaux domaines en Espagne courant 2015.

de hauteur pour filer à 230 kilomètres-heure vers Saint-Émilion.

En plein mois de novembre, le vignoble bordelais vu du ciel prend des allures décharnées – les vendanges sont déjà loin, les précieux jus fermentent en cuves ou dorment déjà dans les chais –, mais la lumière rasante du milieu de l'après-midi sur la jonction de la Dordogne et de la Gironde est un spectacle à la hauteur de la prestation proposée.

Alain, le pilote en tenue de commandant de bord, conduit l'engin d'un genou et explique au visiteur à l'aide d'un iPad et en se retournant vers lui l'entrelacs des villages et des appellations, dans lequel n'importe quel néophyte se perd en quelques minutes.

À peine le temps de s'émerveiller qu'il faut déjà atterrir à Fombrauge et entamer la visite de cette jolie chartreuse du XVIIe siècle, goûter les inévitables grands vins maison, admirer les vignes ou les ruches du domaine – avoir son miel est très en vogue dans tous les grands châteaux –, voire avaler une visite éclair du mini-musée de l'Âge de fer constitué avec les découvertes faites lors de travaux sur un arpent de vignes.

La curiosité locale est un squelette d'adolescent préhistorique d'une douzaine d'années que l'équipe du château évite, dit-elle, de montrer aux Américains.

C'est alors qu'une belle jeune femme aux jambes frissonnantes sous le vent d'automne s'avance d'un pas énergique : voici Claire Ballarin, née en 1969, la « madame œnotourisme » du groupe, qui résume son affaire avec concision :

« Dès le départ, M. Magrez imaginait une offre sur les trois grands châteaux du groupe, Fombrauge, La Tour Carnet et Pape Clément. L'idée, c'est de dire que vous allez y vivre quelques heures comme si vous en étiez le propriétaire. »

C'est cette jeune personne qui est directement chargée de gérer les exigences et autres caprices des riches de ce monde décidés à tenter l'aventure Magrez en Bordelais. Pour 5 000, 10 000, jusqu'à 15 000 euros le mini-séjour, la Luxury Wine Tourism est capable, dit-elle, de s'adapter à pratiquement tous les désirs. Comme celle de ce financier hollandais qui, dans quelques jours, va venir demander la main de sa belle sur le toit de Pape Clément, qu'il va falloir aménager en jardin enchanté à fleurir le matin même, perspective qui ne semble pas vraiment faire peur à l'organisatrice :

« Vous savez, on pourrait même les marier s'ils le désiraient. Il y a une chapelle consacrée sous le château, il suffirait d'y faire venir un prêtre… »

Très vite, Claire Ballarin jongle avec son téléphone en urgence : au bout de sept ans de bons et loyaux services – une performance auprès du maître de Pape Clément –, elle a été nommée directrice commerciale de la Grande Maison, le nouvel hôtel de luxe agrémenté d'une table gastronomique signée du célèbre Joël Robuchon, et l'ouverture, prévue mi-décembre, approche à grands pas. Bernard Magrez et son vieux complice Robuchon visent tout simplement à donner à Bordeaux son premier restaurant trois étoiles. Une prestation supplémentaire avec repas sur mesure qui sera évidemment proposée aux voyageurs de la Luxury Wine Tourism à compter de 2015.

C'est déjà le moment de repartir en hélicoptère en direction de Saint-Laurent-Médoc, sur l'autre rive de la Garonne, un trajet au jour déclinant au-dessus du département et de l'Océan, effectué en une petite vingtaine de minutes là où, à cette heure de pointe, une heure et demie est indispensable pour le commun des amateurs circulant en voiture.

La Tour Carnet : Bernard Magrez a eu voici quelques années le coup de foudre pour cette authentique forteresse médiévale qui fut la propriété de la belle-famille de Michel de Montaigne. Le fameux philosophe effectua de très nombreux séjours dans cette demeure impressionnante où il pouvait se considérer comme chez lui. Des éditions précieuses des *Essais* ainsi que des armures chinées aux enchères par le maître des lieux (Bernard Magrez, pas Michel de Montaigne) agrémentent donc le séjour de ceux qui choisiraient d'y dormir, préférant ce style Moyen Âge au caractère Lumières de Fombrauge.

Ici, nos amis touristes aux poches profondes seront initiés aux subtilités des coulisses de l'histoire de France, comme avec la visite de cette chambre de La Boétie, l'ami et confident de Montaigne qui prenait ses quartiers de l'autre côté du couloir dans un ensemble aujourd'hui redécoré de robinets en forme de cygnes et de scènes de guerres boisées inspirées, paraît-il, de la chambre d'Isabeau de Bavière.

Ces détails fastidieux, les riches visiteurs gorgés de vins Magrez ont sans doute un peu de mal à les digérer.

Certainement seront-ils plus investis dans l'activité suivante, puisque celle-ci consiste à gagner l'épicentre de l'empire, le château Pape Clément (toujours en hélicoptère, puis d'un dernier coup de Rolls), pour venir y confectionner son propre vin et y prendre ses quartiers pour la nuit.

Le jeune et dynamique Pierre nous attend de pied ferme au comptoir de la boutique souvenir du complexe. Ancien sous-traitant, ce jeune entrepreneur a vu son concept « B-Winemaker » racheté par le groupe Magrez, et c'est donc maintenant en salarié dévoué à la cause qu'il se charge de délivrer auprès de la clientèle internationale une promesse, certes un rien exagérée :

« Je vais vous faire créer le vin de vos rêves. »

Armé d'une bouteille constituée à 100 % de merlot et d'une seconde bouteille à 100 % de cabernet sauvignon, il va nous faire deviner notre assemblage préféré afin que l'on reparte avec notre version personnelle, étiquetée et dûment signée, du Clémentin de Pape Clément, c'est-à-dire le deuxième vin du domaine.

Aussi simplifié soit-il, l'exercice est intéressant pour les amateurs peu au fait des subtilités de l'art de l'assemblage qui fonde la réputation des bordeaux : dosant d'office cinq verres, le jeune entrepreneur démontre que le premier est de type pomerol (90 % de merlot, 10 % de cabernet sauvignon), le deuxième saint-émilion (75 % merlot), le troisième grave (50 %), le quatrième margaux (60 % de cabernet sauvignon), le dernier pauillac (90 % de cabernet sauvignon).

Quand votre tour viendra, vous saurez enfin quel type de grand vin vous aimez – ce qui vaut aussi pour n'importe quel petit bordeaux, les assemblages s'y réalisant exactement de la même façon.

Le jeune démonstrateur reconnaît que l'atelier est tout de même difficile à mener avec des Russes déjà totalement imbibés au champagne à leur descente de l'avion, une saynète que les équipes Magrez admettent vivre parfois.

C'est déjà l'heure de gagner le saint des saints, les murs de Pape Clément, un édifice élégant totalement rebâti au XIXe siècle, un domaine que Bernard Magrez a commencé à racheter, non pas dans les années quatre-vingt comme le veut l'histoire officielle, mais dès le début des années soixante-dix en vertu de ses liens avec la famille Montagne, les anciens propriétaires[151].

Aux portes de Bordeaux, et malgré le léger ronronnement de la circulation de début de soirée, l'endroit est devenu un petit havre de paix. Ici, le jardin à la française se découvrant depuis l'entrée présente une collection d'oliviers séculaires – l'un d'entre eux s'affiche comme ayant plus de mille ans ! Là, une petite équipe de paons semble guetter l'intrusion des visiteurs, leurs criaillements nocturnes ayant été, nous dit-on, un problème vital voici quelques mois.

Encore sur la gauche, un magnifique pavillon à la verrière Eiffel racheté en Alsace a été planté là et illumine la fin du jour. À l'intérieur, une table a été dressée pour recevoir une batterie d'échantillons de vins qu'un dégustateur directorial est en train d'analyser et de commenter devant une paire de techniciens de la vigne. Dans un instant, l'individu en sortira rapidement pour regagner sa Mercedes et poursuivre sa tournée automnale : il s'agit de Michel Rolland, le célèbre

151. Bernard Magrez a racheté sa première participation (3,5 %) de Pape Clément en 1970.

consultant, très proche de Bernard Magrez, et artisan du renouveau de Pape Clément.

C'est au moment de passer la porte du château que les visiteurs fortunés peuvent croiser Bernard Magrez, qui tient toujours son bureau ici. Dîner avec lui contraindrait à rallonger un peu la facture, mais une simple rencontre est offerte de bon cœur par la maison. Il salue de loin son ami Rolland et vous prie de lui laisser cinq minutes pour régler une bisbille urgente ayant trait à l'ouverture du restaurant de son cher Robuchon :

« *Vous comprenez, monsieur, Joël* [Robuchon] *est la seule star qui travaille sans attaché de presse, alors nos gens de la communication ne sont pas assez vigilants…* »

Revenu à lui et vers nous quelques instants plus tard, le vieil entrepreneur n'est pas peu fier de faire visiter la salle de réception où ses invités du bout du monde verront un ancien chef étoilé salarié à demeure leur servir un dîner somptueux agrémenté des meilleures étiquettes maison.

Ici, la grande table matelassée a été dressée à la française avec une argenterie chinée par Céline, la propre fille de Bernard Magrez, dont le rôle est de veiller discrètement à la bonne marche du groupe même si son père continue à être mis systématiquement en avant.

L'explication est assez simple : Russes, Chinois, Américains, tous viennent vivre une expérience bordelaise mais surtout rencontrer l'homme dont le visage frappe toutes ces bouteilles dont ils sont fanatiques.

À y regarder de plus près, l'image du négociant est partout, dans toutes les pièces : photographies de lui avec ses amis, dont Gérard Depardieu[152], ou avec ses enfants, Cécile, donc, mais aussi Philippe, responsable des ventes pour le groupe, qui ont fini par s'imposer comme héritiers de leur père[153].

L'homme n'a pas vraiment de problème avec ce véritable culte de la personnalité.

« Nos visiteurs sont parfois étonnés de me croiser ici, mais quelque part ils viennent aussi pour moi. Tout ce que nous avons fait ici, c'est une réponse très haut de gamme à une demande qui est apparue voici une décennie : le vin est devenu statutaire, si vous prouvez que vous maîtrisez le vin, vous flattez votre ego et vous démontrez un certain respect pour celui qui vous reçoit et vous le sert. »

Au départ, le projet d'une filiale œnotouristique était un investissement en termes d'image, mais aujourd'hui la structure gagne de l'argent[154], démontrant l'étonnante capacité de l'individu à monétiser ses initiatives.

Sa prochaine idée paraît pourtant totalement irréalisable, même si, avant les fêtes 2014-2015, le projet complet était encore à l'amendement sur son bureau : imaginer une offre à... 250 000 euros pour ultra-riche comprenant un programme légèrement délirant, en tout cas sur le papier : tournée des trois étoiles Robuchon en Europe à bord d'un jet ; réalisation de son grand cru personnel sous la direction de Michel Rolland en personne ; confection de sa propre carafe à

152. Avec qui il est en affaires.
153. Depuis 2010, Cécile Daquin et Philippe Magrez coprésident le directoire du groupe.
154. 500 000 euros nets en 2014 (ventes directes de la cave comprises).

vin directement à la cristallerie Baccarat, en Meurthe-et-Moselle ; création d'une peinture ou d'une sculpture personnalisée à l'Institut Bernard-Magrez, la fondation culturelle du groupe, etc.

Bien entendu, nous n'en sommes à ce moment-là qu'au stade du brainstorming, même si se fixer des limites semble ne pas être le genre du personnage :

> « *Mais bien sûr que cela peut marcher ! Quand Cartier fait une montre à 400 000 euros, celui qui peut se la payer va l'acquérir pour avoir une émotion exceptionnelle. Nous pouvons faire pareil avec le vin. À un très riche, nous pouvons créer le souvenir de sa vie. Nous concernant, il nous suffit d'un seul de ces clients par an.* »

Bernard Magrez s'arrête un instant pour réfléchir tout haut au nom qu'il va donner à ce programme, un projet qu'il souhaite concrétiser dès 2015 :

> « *Ce sera peut-être Rêve, ou Mon seul rêve…* »

Brusquement, il repart passer un coup de fil urgent pour dénouer un de ces multiples imbroglios où seule sa voix connue de tous saura s'imposer. Comme récemment, quand un petit groupe de fidèles et très riches clients russes lui a demandé de visiter… Pétrus, quand bien même ceux-ci se régalaient de vodka et de champagne, mais ne buvaient pas de vin rouge !

Impossible, *a priori*, la famille propriétaire, les Moueix, figure parmi les personnalités les plus secrètes de Bordeaux et jamais Jean-François Moueix, à la tête du plus célèbre des bordeaux, n'ouvre la porte de son joyau au premier venu[155].

---

155. Voir chapitre 7.

Imperturbable, Bernard Magrez a pourtant pris son téléphone et a appelé Jean-François Moueix. Les Russes ont eu leur visite au sein de l'inexpugnable Pétrus.

Les soudards aux portes de Soutard ?

Déjà une demi-heure de retard et toujours rien.

Pourtant, une assemblée de plusieurs centaines de mélomanes s'est assise à l'heure dite dans le grand chai aménagé en salle de concert classique d'un énième château historique de Saint-Émilion : Soutard.

Un des organisateurs de la manifestation, chenu autant que préventivement exalté, se lève enfin pour donner des nouvelles de la star la plus attendue du jour : oui, elle sera bien là, elle est en retard ; elle est retournée à l'hôtel car elle a oublié ses bijoux ; et une diva ne peut pas chanter sans ses bijoux, quand bien même l'« Air des bijoux » ne serait pas au programme.

Natalie Dessay apparaît enfin, célèbre cantatrice née à Lyon mais ayant grandi à Bordeaux, et donc familière de ce chai aux senteurs boisées dans lequel elle va se produire. Dans une robe argentée, les cheveux strictement tirés, la gestuelle forcément expressive et les fameux joyaux bien en place, elle va interpréter, pour la plus grande joie des *aficionados*, certains chefs-d'œuvre de Gustave Fauré ou de Claude Debussy.

Soirée charmante dans cette très belle propriété du XVIIIe siècle, où le Tout-Saint-Émilion est venu applaudir la star, représentation qui évidemment s'achèvera par une dégustation calibrée des meilleurs millésimes récents ou plus anciens de ce grand cru classé dont on annonce le renouveau, thématique récurrente dans le monde des grands Bordeaux quand ceux-ci viennent à changer d'époque, c'est-à-dire de propriétaire.

Château Soutard n'est pas une marque célèbre parmi les grands Bordeaux et la présence d'une affiche lyrique aussi impressionnante en ses murs a été un événement en 2014. Ce Saint-Émilion grand cru et ses 29 hectares[156] possède toutefois, semble-t-il, un potentiel certain, puisqu'il a été racheté en 2006 au prix fort par un puissant conglomérat mutualiste n'ayant pas encore pris le temps de travailler la dénomination de sa nébuleuse raison sociale : AG2R La Mondiale.

Les dirigeants de ce groupe financier ne vouaient pas un culte particulier aux arômes de cassis de Soutard dont les premiers pichets étaient versés sous Louis XVI. En réalité, l'initiative résultait d'une diversification financière très courante depuis quelques années, tous les groupes bancaires, mutualistes et autres établissements d'assurance ayant fondu sur les grands vins pour investir dans des biens relativement sûrs les énormes avoirs en leur possession.

En vertu de son pouvoir commercial sur les marchés internationaux et du nombre d'opportunités possibles, c'est évidemment le Bordeaux des grands crus qui est devenu leur chasse gardée, rien de comparable en Bourgogne ou en Champagne, et encore moins dans les autres vignobles.

---

156. En réalité, Soutard représentait 22 hectares au moment du rachat. Les vignes d'une autre propriété voisine rachetée en 2009, Cadet-Piola, ont été fondues dans Soutard. C'est l'un des privilèges des grands crus que « d'adapter » les surfaces de vignes alimentant leurs marques (voir chapitre 8).

Il faut distinguer ce mouvement des batailles feutrées que se livrent les magnats du capitalisme français pour emporter les étiquettes de tout premier rang, à l'image des François Pinault et autres Bernard Arnault.

Ici, des groupes comme le Crédit agricole, la MACSF, Generali, Axa, Allianz, BPCE (Banque populaire-Caisse d'Épargne), Groupama, Macif, Maif, Société Générale, etc., sont venus dans le Sud-Ouest racheter des étiquettes postulant systématiquement à la catégorie des grands crus, quand bien même la rentabilité de ces châteaux si hétérogènes n'est en rien garantie, comme nous l'avons démontré.

Les marques concernées sont connues, parfois très réputées, avec une prédilection pour la rive gauche, et nous en avons déjà croisé un certain nombre : Lascombes (Margaux), d'Agassac (Haut-Médoc), Cantemerle (Haut-Médoc), Pichon Longueville Baron (Pauillac), Rayne Vigneau (Sauternes), Meyney (Saint-Estèphe), Calon-Ségur (Saint-Estèphe), Dauzac (Margaux), Bastor-Lamontagne (Sauternes)...

La liste est interminable : ces seuls « zinzins » français – raccourci sémantique pour « les investisseurs institutionnels » – seraient à la tête d'un patrimoine de 2 400 hectares minimum et estimé à 1,4 milliard d'euros, encore une fois pour l'essentiel à Bordeaux[157].

Pour certains, il a même été nécessaire de créer une filiale dédiée à ce portefeuille de grands vins bordelais toujours plus fourni. Claude Bébéar, un des patrons les plus puissants, en son temps, du capitalisme hexagonal, père de la multinationale Axa, n'a-t-il pas fondé Axa Millésimes, fort de huit belles étiquettes, à Bordeaux et à l'étranger ?

157. *La Revue du vin de France*, juillet-août 2013, p. 36.

Depuis, la première banque des Français, le Crédit agricole, n'a franchement pas fait plus original en baptisant sa filiale CA Grands Crus, tout comme le nouveau propriétaire de Soutard, qui a fait enregistrer la mention La Mondiale Grands Crus.

Il s'est donc passé ici, à Soutard, ce qu'il s'est passé un peu partout en Gironde : apprenant que certains membres de la famille des Ligneris, les propriétaires, accepteraient de céder leurs parts, des émissaires d'AG2R La Mondiale ont proposé un gros chèque indexé sur l'explosion récente du prix du foncier à Saint-Émilion, une somme devant laquelle il est évidemment très difficile de rester insensible.

Pourtant, Soutard était dirigé par un personnage très en vue dans le décor du Libournais, François des Ligneris, né en 1949, véritable figure rebelle de Saint-Émilion, et qui est devenu depuis l'aubergiste le plus en vue de l'appellation avec son établissement *L'Envers du décor*, lieu tellement ensorcelant que même les ennemis de cet irréductible pourfendeur de l'uniformisation du goût viennent y déjeuner.

Des Ligneris, râblé et véritable pile électrique sur pied, est en effet connu localement pour son long et désespéré combat contre la constitution d'un vignoble de marques mondiales fortes, rentables et valorisées, le Bordeaux du XXIe siècle, en somme. La Bordeaux Connection le désespère un peu…

Les cuvées que ce poète, diplômé en architecture, continue à inventer dans son petit domaine bio des marges de l'Entre-deux-Mers, comme autrefois en Corbières, portent hier comme aujourd'hui les doux noms d'Arazim, du Prince Sarment, Sempiternam, etc.

Comme on l'aura compris, l'individu est d'une espèce à part. Il cite saint Augustin tout en lançant ses propres labels qualitatifs pour jauger des vins ou des mets servis à sa table, qui se doit d'être toujours généreuse. C'est un poète, et cela se lit dans son regard comme sur ses posters anti-Parker ou sur les ardoises disséminées un peu partout dans les recoins de son repaire ; ainsi de l'une des dernières en date :

« Faites comme nous, adhérez à l'Amicale des bons vivants. Nous restons à votre disposition pour tout renseignement. C'est gratuit ! (l'adhésion et les renseignements) »

Face à l'océan de liquidités ayant submergé le vignoble des grands crus, le vigneron consciencieux aura tenu une bonne quinzaine d'années, mais quand les plénipotentiaires du groupe La Mondiale sont venus le trouver, lui et ses sœurs, il a bien fallu qu'il cède, comme bien des chefs de famille avant lui, à commencer par le plus connu d'entre eux : Michel Rolland[158].

Fort heureusement, celui à qui l'on a confié la mission de créer le Soutard des temps nouveaux n'est pas un simple gestionnaire en cravate, même si les apparences peuvent être trompeuses, et il ne manque pas d'idées.

Bertrand de Villaines[159], né en 1953, a du respect pour les des Ligneris, ne serait-ce que parce qu'ils partagent la même extraction aristocratique. Ancien du monde du négoce[160], il est bien décidé à opérer une montée

158. Voir chapitre 4.
159. Aucun lien familial avec son presque homonyme Aubert de Villaine (domaine de la Romanée-Conti, en Bourgogne).
160. Maison Calvet.

en gamme de la qualité du vin, afin d'en faire un premier grand cru classé B – l'objectif initial d'en faire un « A », édicté dans la frénésie de l'après-rachat, mais irréalisable à moyen terme, a été abandonné.

Comme Bernard Magrez et bien d'autres, Bertrand de Villaines a une vision pragmatique de ce marché si particulier des grands crus : la clé est de trouver le bon prix d'équilibre pour vendre un maximum de vin avant qu'il ne soit mis en bouteilles ; et pour ce qui reste, en général les années faiblardes, il ne faut pas hésiter à solliciter la grande distribution, qui ne sera que trop heureuse d'aligner d'aussi beaux produits d'appel, fussent-ils des 2007 ou des 2013.

Et en matière d'œnotourisme, là aussi le nouveau dirigeant de Soutard imagine que le grand cru n'est pas le seul argument de vente, il faut aussi compter avec tout ce qui contribue à fonder son histoire et sa légitimité, c'est-à-dire les vignes, et donc les paysages, les bâtiments d'exploitation, le château ainsi que ses dépendances, et évidemment son assise historique.

Et puis, il ne voudrait surtout pas que l'on dise que les financiers ont avalé tout cru le noble château des Ligneris, il ne supporterait pas qu'il se chuchote que les soudards ont pris Soutard.

Désireux d'entretenir d'excellentes relations avec l'ancien maître François des Ligneris, Bertrand de Villaines s'est d'ailleurs rapproché des membres de sa famille, dont la propre mère de François, pour leur racheter leurs anciens millésimes de Soutard afin de réapprovisionner les caves du château et être capable de conserver, voire de restaurer sa mémoire bachique.

Alors, en 2010, à son arrivée à Saint-Émilion, le nouveau gérant du château a eu une idée pour le moins originale : faire en partie renaître la propriété telle qu'elle pouvait se présenter aux yeux des amateurs au temps... de Louis XV, sans se passer du confort sanitaire contemporain, bien entendu.

Comme tous les nouveaux investisseurs, AG2R La Mondiale a accepté de payer le prix fort pour un beau château, mais également d'allouer des fonds très importants à son renouveau[161]. Bertrand de Villaines les a aussi convaincus de ne pas jouer la carte habituelle des grandes signatures d'architectes contemporains, mais au contraire de financer un projet original, puisque Soutard est supposé retrouver son esprit d'antan.

L'argument, présenté devant le conseil d'administration, était d'une simplicité biblique et consistait en une sorte de voyage dans le temps :

> « *Notre légitimité, elle réside dans le style* XVIII*e ! C'est dans cette direction que nous devons aller ; nous allons donc redonner de la vie au château, mais ce sera une vie* XVIII*e.* »

Quatre ans plus tard, alors que le triomphe de la diva Natalie Dessay le fait courir un peu partout, le nouveau régent des lieux s'enflamme un instant face à un succès qu'il juge irrésistiblement en marche :

> « *Nous avons commencé à faire le buzz. La preuve : j'ai vendu tout le 2013 ! Robert Parker n'a-t-il pas écrit cette année que le château se réveillait enfin ?* »

---

161. Entre 15 et 20 millions prévus pour la totalité des travaux sur la propriété, toujours en cours au moment de la parution de ce livre.

S'il a écoulé tout son 2013, c'est un exploit digne de Cagliostro : Bordeaux n'a en effet vendu, début 2015, qu'un quart de ses vins sur ce millésime maudit !

Mais passons, car le sujet, c'est la nouvelle identité de Soutard. Les équipes ont commencé par constituer un parcours œnologico-sensoriel menant le visiteur des nouveaux arpents de vigne jusqu'aux nouveaux chais savamment éclairés et creusés dans la roche-mère.

Hôtesses en uniforme, magasins estampillés Soutard vendant des bouteilles souvenirs frappées du logo maison, visites organisées toute la sainte journée… le Saint-Émilion grand cru commence à ressembler à ces grands vins américains de la Napa Valley où tourisme et vinification consomment un mariage de circonstance.

Le château propose d'ailleurs, en sus de la visite classique, une palette de formules rarement vues en Bordelais : « Vigneron d'un jour », où le visiteur paie pour participer une après-midi aux travaux de la propriété ; visite pour enfants « à partir de quatre ans » ; pique-nique ou cours de cuisine, etc.

La soirée mettant Natalie Dessay en vedette était l'apothéose de deux années de tourisme bachique ayant vu jusqu'à dix-huit mille visiteurs franchir les portes du château. Une performance plus qu'honorable, et qui a contraint à opérer quelques réglages cocasses dans l'entreprise, comme cette décision de changer les verres à dégustation destinés aux touristes, de jolis Riedel, dont la forme un peu haute incitait les équipes à verser un peu trop de noble Soutard dans leurs verres.

On ne badine pas avec l'argent des sociétaires de La Mondiale !

Foin de ces détails vulgaires, la véritable renaissance de Soutard est attendue pour 2015, avec l'avènement d'un petit paradis d'époque Lumières, qui, l'espèrent ses concepteurs, pourrait charmer les amoureux de la nature, de l'histoire, bien entendu des grands vins, et constituer un public encore plus nombreux et dépensier au profit de la comptabilité maison.

De fait, Bertrand de Villaines, qui fait référence à ses racines « paysannes », a décidé d'équiper Soutard de deux superbes percheron de six ans, deux montures qui le matin travailleront aux champs, et l'après-midi baladeront les heureux visiteurs en calèche autour du château. Leur écurie sera implantée sur une propriété voisine et gérée par un palefrenier à qui l'on souhaite de ne pas avoir à porter une perruque Louis XV.

Au château, toutes les boiseries ont été déposées et seront restaurées pour contribuer à redonner à l'édifice un lustre moins aristocratique que bourgeois-agricole du Siècle des lumières. Bertrand de Villaines a été jusqu'à exiger la restauration du four à pain et du « bouilloux » d'époque – ce dernier ustensile n'est autre que l'ancêtre de nos machines à laver modernes. Des services de table de style Ancien Régime ont été commandés dans deux fabriques de Limoges et Lunéville et l'antique basse-cour verra à nouveau s'ébattre poules, canards et cochons, animaux avec lesquels les enfants seront incités à jouer, à moins que l'heure ne soit venue pour les premiers d'être sacrifiés à la table des invités.

Tout ceci nous éloigne joyeusement des projets pharaoniques développés avec frénésie un peu partout dans le vignoble, et cela quand bien même les années fastes, donc la trésorerie disponible, s'éloignent furieusement. Comme ce cyclopéen parallélépipède vitré devant coiffer Pédesclaux, le Pauillac d'un énième magnat des grands bordeaux, Jacky Lorenzetti (créateur du réseau immobilier Foncia et président du club de rugby Racing Metro 92), ayant confié à un certain Emmanuel Cruse la gestion du cru et la responsabilité de l'inaugurer, là aussi pour les primeurs 2015.

À ceci près que Bertrand de Villaines a obtenu l'autorisation de dépenser une somme assez proche de celle du projet Wilmotte, réputé dépasser allègrement les 20 millions d'euros.

Mais tout le monde n'a pas les moyens d'une firme d'assurance.

Cent ans de Siran dans l'abri antiatomique

Après quinze années passées aux Philippines, dans leur tentaculaire et humide capitale Manille, Édouard Miailhe, né en 1968, a ressenti un besoin de France, et particulièrement de Bordelais. Ce grand gaillard bonhomme et énergique incarne la cinquième génération d'une famille de Margaux ayant développé Château Siran depuis l'honorable date de 1859, une performance au regard de la multiplicité des droits de mutation acquittés dans les grands crus depuis trente ans. Dans la première moitié du XIXe siècle, Siran fut le joyau des Toulouse-Lautrec, à une époque où son plus célèbre représentant, le peintre Henri de Toulouse-Lautrec, n'était pas encore né.

Les affaires des Miailhe, dans le papier-monnaie ou l'immobilier – là aussi une veille histoire de famille en Asie –, y ont longtemps retenu ce bientôt quinqua, contraint de suivre la croissance où elle se trouve. Il n'a pas mis longtemps à convaincre son épouse et ses quatre enfants qu'il était toutefois temps de songer au retour en Médoc, comme il le raconte à la mi-janvier 2015, à l'instant où il reprend ses marques dans la demeure de famille agrandie comme une villa romaine :

« Je me sentais dans l'obligation de nous imposer un retour en France. C'est un pays qui ne va pas bien, mais c'est aussi, on a tendance à l'oublier, un pays magnifique. Bordeaux est un nom magique et Siran une passion. »

Le voilà débarquant dans un pays traumatisé par les attentats terroristes du début du mois, mais devant régler une première urgence avant de filer aux États-Unis pour accompagner une délégation de l'Union des grands crus, dont Siran est membre.

Il s'agit d'organiser une dégustation d'exception pour des journalistes spécialisés devant arriver dans les jours à venir : cent années de Siran à tester, cent bouteilles de 1914 à 2014, pour lesquelles il va falloir déterminer ce qu'elles ont encore dans le ventre.

Dans le monde des grands Bordeaux, de telles « verticales » au château sont exceptionnelles – ce terme du métier désigne une série de millésimes descendants sur une durée plus ou moins longue, parvenir à un siècle est une performance.

Seules les rares familles propriétaires de leurs grands crus depuis plus d'un siècle peuvent prétendre organiser un tel événement, véritable traceur de crus d'exception aspirant à traverser le temps.

Encore faut-il bien veiller à mettre systématiquement des bouteilles de côté, et Édouard Miailhe a la chance d'être le rejeton d'un vigneron prévoyant, à tel point d'ailleurs qu'il va extirper cette après-midi ses précieux flacons de la cave la plus étonnante qui soit : un abri antiatomique !

Alain Miailhe, son père, l'a fait ériger en 1979 sous le bâtiment principal, non par peur d'une attaque venue de Moscou, mais en prévention d'un éventuel accident nucléaire survenant à la proche centrale du Blayais. Aujourd'hui, la lourde porte blindée menant à ce sanctuaire garde une œnothèque de 25 000 flacons, dont cette collection séculaire de Siran qu'il va falloir sacrifier.

Quand il reviendra des États-Unis, l'héritier devra toutefois réfléchir, comme à peu près tout Bordeaux, à une question plus complexe : à quel prix sortir lors de la campagne primeur 2015 du millésime 2014, que d'aucuns commencent à qualifier d'apparemment tout à fait honorable après trois années difficiles – n'avons-nous pas vu dans ce qui précède qu'il était de toute façon insensé pour un Bordelais de déclarer un millésime moyen ?

Siran est un cas un peu particulier puisque la marque est connue des initiés, mais n'appartient pas au top 50 des grandes étiquettes, malgré une qualité avérée.

L'explication réside dans l'histoire de la propriété : juste avant que les Miailhe ne rachètent ce Margaux, voici un peu plus d'un siècle et demi, les Toulouse-Lautrec, famille légitimiste et donc favorable à une restauration monarchique concurrente de celle des Bonaparte, refusèrent de présenter leur margaux au classement des courtiers de 1855, classement réalisé, rappelons-le, à la demande de l'empereur Napoléon III.

Tout en ayant le niveau des grands crus classés en 1855, Siran n'appartient donc pas *stricto sensu* à cette élite, et en conséquence vend ses vins à des prix que l'on peut aisément qualifier de raisonnables, c'est-à-dire qu'ils ne sont pas démesurément décorrélés du prix de production à la bouteille.

Quand les années sont fastes, c'est-à-dire quand il y a du bon vin et une demande pour l'écouler, Siran va gagner un peu d'argent, mais quand ces conditions ne sont pas réunies, ce sera plus difficile, et la propriété peut même se retrouver en déficit.

Édouard Miailhe, qui gère le château à la suite de son père depuis 2007, ne peut donc guère augmenter ses prix à volonté, et il figure parmi les rares ayant tranché pour une baisse franche entre 2010 d'un côté et 2012 et 2013 de l'autre, son Siran ne dépassant pas les 20 euros chez un caviste actuellement[162].

Il existe une bonne raison à cela :

« *Moi, j'habitais en Asie, et j'ai donc vu en direct les dégâts causés par les prix pratiqués, beaucoup trop élevés sur les 2010 et les 2011. Cette spéculation a fait fuir nombre de distributeurs face aux vins de Bordeaux.* »

À partir du printemps 2015, la famille Miailhe prévoit donc de se laisser cette fois la liberté d'augmenter

---

162. Prix de départ hors taxes 2010 : 14,50 euros. Prix de départ hors taxes 2012 et 2013 : 11,50 euros. Soit une baisse, effectivement conséquente, de 20 %.

légèrement ses prix, d'autant qu'un projet à forte visibilité est en pleine émergence et pourrait contribuer à doper encore la réputation du château.

Siran fut un pionnier totalement oublié de l'œnotourisme bordelais à une époque où le mot n'existait pas encore : dans les années quatre-vingt, Alain Miailhe a ouvert le château sept jours sur sept, proposant la visite d'un modeste musée viticole et une dégustation au chai à tout visiteur passant dans les parages. Un cas rarissime à l'époque, les château bordelais étant par tradition claquemurés comme des monastères.

Avant son retour d'Asie, son fils avait déjà décidé de relancer sous une forme contemporaine cette proposition œnotouristique, qui n'avait jamais été vraiment encouragée, précise-t-il, par le monde du négoce – celui-ci prétend toujours devoir distribuer en exclusivité les grands vins, les châteaux devant se concentrer sur la production.

Des travaux démarrés en 2011, la dernière tranche doit s'achever en mars 2015 et offrir aux visiteurs le clou d'une visite organisée pour recevoir, à terme, jusqu'à dix mille personnes par saison : une terrasse surélevée avec vue sur le vignoble, un élégant verre de Siran en main.

Il n'en faut parfois pas plus pour goûter à la magie des grands Bordeaux, même si ce type d'expérience reste encore isolé dans le Médoc des grands châteaux.

Maintenant, la singularité du parcours classique – comprenant la visite des vignes et des chais, l'histoire du château, une dégustation des vins et un passage au magasin – réside dans un étonnant Chai des collections où la famille a rassemblé trois cents objets d'art ou reliques archéologiques ayant un rapport plus ou moins proche avec l'univers du vin, l'objectif final étant de mettre en lumière le couple formé par l'art et le vin, une des grandes tendances du moment dans le monde toujours feutré des grands crus.

L'origine de ce mariage inattendu entre le monde de l'art et la sphère des grands crus remonte toutefois à bientôt un siècle, quand le baron Philippe de Rothschild, en même temps qu'il invente la mise en bouteilles au château, invite l'artiste cubiste Jean Carlu à orner d'un dessin d'art la première étiquette chic des temps contemporains.

À Siran, l'initiative est modeste, mais sincère : dans une ambiance sombre et épurée, avec vue sur les précieuses barriques de vieillissement, l'amateur admirera tonnelets en porcelaine, assiettes Vieillard, amphores dégagées des rives de la Gironde et même quelques Bacchus colorés et paillards qui plairaient certainement à Philippe Castéja, président du Conseil des grands crus classés en 1855.

Un bref moment de grâce pouvant paraître modeste comparé aux expérimentations menées dans les empires Magrez, Cathiard (Smith Haut-Lafitte) ou Soutard, mais simplement calibré sur les prétentions de l'un de ces grands crus se battant sans le statut de star.

Édouard Miailhe a visité moult fois la Napa Valley, un vignoble californien fort réputé et où toute *winery* – propriété viticole dans le langage autochtone –, aussi petite soit-elle, se doit de développer des activités d'accueil au bénéfice du visiteur et, si possible, de la comptabilité de l'entreprise.

Pour le gérant de Siran, cette activité représente encore un gain en matière d'image, mais pas des bénéfices à inscrire à son bilan.

Il se sent encore un peu seul dans le Médoc, bien que son voisin, Château Dauzac, un Margaux classé « cinquième » – car lui appartient bien au fameux classement de 1855 –, ait justement entrepris de grands travaux de rénovation comprenant une nouvelle proposition touristique axée sur un ambitieux parcours extérieur unique en Bordelais et devant être ouvert au public à l'occasion de la prochaine saison 2015.

La nouvelle direction de Dauzac disposait d'une enveloppe de plus de 6 millions d'euros pour relancer ce énième grand cru un peu oublié. À l'occasion des primeurs 2015, le Margaux veut frapper un grand coup avec une nouveauté unique en Bordelais : d'étonnantes fenêtres transparentes en verre alternant avec les douelles en bois sur les cuves de vinification, ce qui permet, dans une certaine mesure, de suivre en direct l'évolution des jus.

Doit-on préciser que Dauzac a été intégralement racheté en 2014[163] par un puissant groupe mutualiste, la Maif ?

---

163. Avec la reprise de la part des vignobles André Lurton (42 %). La Maif était déjà l'actionnaire principal de Dauzac.

Chapitre 7

Les Parrains 1 et 2

De la difficulté de dénicher le plus iconique des grands vins – Où il est important de bien observer qui se rend aux enterrements les plus courus de Bordeaux – La nouvelle Pétrus 2015, citadelle inviolable ? – Pourquoi le meilleur ami des potentats africains ne passe en Gironde que le lundi matin – Prêter son vignoble à l'ami Magrez, cela rend bien des services – Quand les neveux Castel veulent leur part des grands crus.

Après les fêtes de fin d'année, il ne se passe rien dans le vignoble, même les tailleurs de vigne se reposent et n'entreront que progressivement en jeu.

Tailler les branches des ceps en raccourcissant celles qui sont usées, et cela avec différents types de taille, reste nécessaire, même pour des pieds qui donneront des jus pesant quelques centaines d'euros les 75 cl, cela est quelque part rassurant.

Flâner dans ce morne paysage est alors l'occasion de s'approcher du plus célèbre des grands Bordeaux actuels, c'est-à-dire, et de loin, le plus intouchable, le plus cher : Pétrus, un pomerol dont la première particularité est bien de s'appeler ainsi, Pétrus, sans mention « château ».

Mais attention : longtemps, le bordeaux de tous les superlatifs a désespéré les amateurs venus rôder autour, à défaut d'obtenir un rendez-vous que, de toute façon, le « château » n'accorde jamais, ou alors à de très rares exceptions.

Venir à Pétrus, ce fut longtemps passer sans la remarquer devant une modeste bâtisse de deux étages aux volets verdâtres, autrefois turquoise, perdue aux confins du plateau de Pomerol dans une mer de vignes où nul panneau n'indiquait jamais la direction recherchée.

Pétrus, le grand cru le plus célèbre, le plus coté, le plus onéreux de Gironde, parfois du monde, n'a pas de château, pas véritablement d'adresse ; inutile de dire qu'il n'est toujours pas doté du moindre site Internet et que si vous dénichez un fil Twitter à son nom, il s'agira forcément d'un homonyme.

Cela étant, il est vrai que cette propriété est une énigme. Considéré comme un « Premier », Pétrus n'appartient pourtant à aucun classement actuel et ne possède pas l'habituelle phalange de courtiers veillant sur ses mises en marché. C'est sans doute le vin dont on parle le plus au monde, mais aucune agence de communication ni aucune responsable de presse n'a jamais été invité à organiser sa prise de parole – ceci expliquant peut-être cela ?

Aujourd'hui, les temps ont – légèrement – changé, et vous trouverez votre chemin en demandant à l'autochtone de vous indiquer l'emplacement exact d'un bâtiment ayant été récemment reconstruit, toujours avec une certaine modestie mais avec – enfin ! – la mention « Pétrus » ornant sa façade.

Voici quelques mois, en 2014, ce domaine qui n'est toujours pas dans l'annuaire a achevé trois ans de travaux pour une modernisation plus que nécessaire de ses installations mais dont la modestie tranche singulièrement avec l'argent versé pour se payer une des 30 000 bouteilles produites ici chaque année.

Car si Pétrus est le plus célèbre des bordeaux, il est aussi devenu un symbole de la spéculation folle ayant frappé les grands crus bordelais, partiellement au profit de propriétaires ne pouvant évidemment se plaindre de voir un tel flux monétaire abonder leur trésorerie.

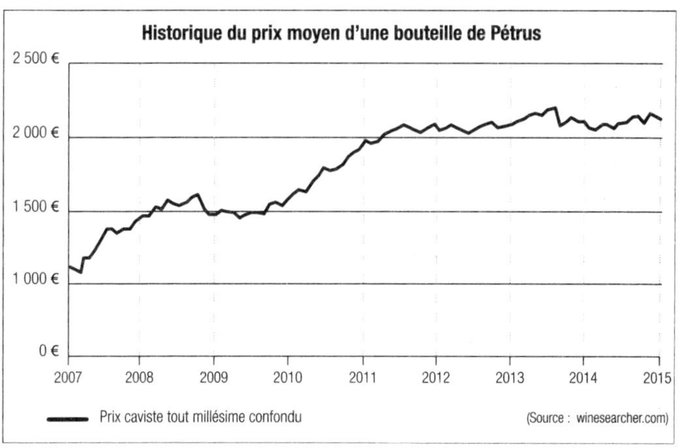

Selon un indicateur international en vigueur[164], le prix moyen d'une bouteille de Pétrus chez un reven-

164. « France's Top 50 Most Expensive Wines », Wine-searcher.com, 1er janvier 2015.

deur – début 2015 et tous millésimes confondus – est dorénavant de 2 742 dollars (2 371 euros), ce qui en fait, ce n'est pas une surprise, le plus coté des bordeaux et un des quinze vins les plus chers du monde toutes catégories confondues derrière des raretés bourguignonnes.

Mais lors de ventes aux enchères asiatiques où les esprits s'échauffent facilement, le prix d'une seule bouteille s'envole littéralement, un peu comme celui d'œuvres d'art. En 2013, un Pétrus 1947, millésime certes légendaire, était ainsi adjugé plus de 13 000 euros pièce[165].

Mais, en 2014, une caisse de Pétrus 1982, autre année mythique, crevait le plafond à 46 550 euros[166]. Et encore s'agissait-il de contenants classiques de 75 cl, car quand des bouteilles de collection de format plus important sont présentées sur le marché, il n'y a alors plus aucune limite à la spéculation.

Le monde des grands vins raffole de ces double magnum[167], jéroboam[168] et autres nabuchodonosor[169] permettant d'écouler à prix d'or des grands crus de collection, pratiquement sur mesure, au profit de clients richissimes dont l'appétit n'a d'égal que la fortune. Les marques mondiales que sont devenues Lafite, Mouton,

165. Vente Acker Merrall & Condit des 22 et 23 mars 2013 à Hong Kong. Cette seule bouteille a été adjugée 118 080 dollars de Hong Kong très exactement. Trois double magnums de Pétrus 1990 ont également été cédés 590 400 dollars de Hong Kong, soit 65 883 euros. Toutes conversions au 17 janvier 2015.

166. Toujours à Hong Kong.

167. 3 litres, soit l'équivalent de quatre bouteilles.

168. 5 litres, soit six bouteilles et les deux tiers d'une septième.

169. 15 litres, vingt bouteilles.

Angélus ou Cos d'Estournel et toutes les autres réservent à chaque millésime quelques litres de précieux jus pour confectionner des bouteilles géantes vendues à des tarifs que d'aucuns jugeront indécents à leurs meilleurs clients aux liquidités insondables.

Quand il était encore à la tête de Cos d'Estournel, courant 2012, Jean-Guillaume Prats n'hésitait pas à emmener le visiteur dans le saint des saints du château afin d'admirer un produit rarissime en préparation pour l'Asie : une bouteille géante de 27 litres[170] du premier vin de Cos d'Estournel dans le millésime 2010, soit l'équivalent de trente-six bouteilles d'un cru cédé en primeur au même moment 281 euros pièce.

L'acheteur n'était autre que le fameux Henry Tang, le maître de Hong Kong, contributeur enthousiaste d'une folie des grands Bordeaux en Asie depuis la mégalopole, une bouteille de collection destinée à l'une de ses caves privées et qui lui aura coûté 15 000 euros tout rond.

Ceci, toutefois, est le prix du neuf. Une impériale[171] de Pétrus, toujours dans le superbe millésime 1982, a ainsi été extirpée récemment d'une cave et cédée à un riche asiatique en pleine folie des grands Bordeaux pour la somme stratosphérique de 81 307 euros[172].

Des bouteilles de vin au prix d'automobiles ou de petits appartements, il y a vraiment de quoi se poser des questions sur le sens de telles cotations.

---

170. Contenance n'existant pas dans la nomenclature traditionnelle. On lui a donné récemment le nom de « primat » (27 litres, trente-six bouteilles).

171. 6 litres, soit huit bouteilles.

172. 94 000 dollars américains de l'époque. Toujours Hong Kong.

Et si l'on revient maintenant devant la grille d'entrée de Pétrus, il est difficile de croire à de tels tarifs. Un petit bâtiment refait à neuf en belle pierre blonde aquitaine, une anonyme grille en fer forgé, une petite cour gravillonnée, et puis très exactement 11,4 hectares, de merlot pour l'essentiel[173], dont la modeste surface se confond avec l'océan de ceps formant le plateau de Pomerol.

Le nom des propriétaires de Pétrus est bien connu dans la région, il s'agit de la famille Moueix, mais elle est tellement secrète que l'on en sait évidemment beaucoup moins sur ceux qui, précisément, règnent sur ce petit empire, l'une des cent plus grosses fortunes français actuelles[174].

Pétrus est la propriété de Jean-François Moueix, né en 1945, fils aîné de Jean-Pierre Moueix, décédé en 2003, un entrepreneur corrézien aussi discret que talentueux, à l'origine de la prospérité familiale, et dont on peut dire qu'il forgea le mythe Pétrus.

Jean-François Moueix, tout aussi discret et féru d'art que le fut la figure paternelle, a fait des études d'histoire de l'art mais est entré dès 1970 dans les affaires en rejoignant la puissante maison Duclot, un groupe de négoce possédant depuis peu[175] l'exclusivité de la

173. Et une petite quantité de cabernet franc (Pétrus en comporte un peu parfois, mais généralement c'est du 100 % merlot).
174. Selon le classement 2014 du magazine *Capital*, la famille Moueix est 82e fortune professionnelle française avec 570 millions d'euros. Le classement du magazine *Challenges* les classe moins haut mais distingue les deux branches de la famille, celle de Jean-François Moueix (156e, 350 millions d'euros) et celle de son frère Christian (224e, 250 millions d'euros). Voir plus loin.
175. 2013.

distribution de Pétrus, et également acteur de poids dans la bataille des grands crus puisque son stock est l'un des plus importants de Bordeaux avec 4 millions de bouteilles.

Aujourd'hui, Jean-François Moueix est le propriétaire et président d'une discrète holding familiale, Videlot – raison sociale tirée du nom de la demeure historique de son père, Jean-Pierre Moueix –, enregistrée à Paris, où il dispose d'élégants bureaux, avenue de la Grande-Armée, avec une vue magnifique sur l'Arc de Triomphe.

Pendant longtemps, ce n'est pas lui mais son frère, Christian Moueix, né en 1946, qui a été perçu comme l'homme de Pétrus, puisqu'il en était l'exploitant, celui qui dirigeait sa vinification tous les ans, et qui le distribuait à travers l'autre société familiale, les Établissements Jean-Pierre Moueix, fondés en 1937, quai du Priourat, dans la capitale du Libournais[176].

L'histoire est complexe puisque, si Pétrus a été « partagé » entre ses deux fils par Jean-Pierre Moueix, l'aîné n'est devenu complètement propriétaire du fameux vin qu'à l'issue d'un très long chemin, achevé voici une quinzaine d'années à peine, peu de temps avant la disparition du chef de famille.

C'est l'immense paradoxe de Pétrus : personne, au-delà de Libourne, ne connaissait ce cru avant la dernière guerre, quand ses concurrents Premiers, les Latour, Lafite, Haut-Brion ou Cheval Blanc avaient bâti leur réputation depuis les temps de l'Ancien Régime.

176. Christian Moueix a exploité Pétrus jusqu'en 2008, et donc distribué jusqu'en 2012.

À l'origine, une hôtelière visionnaire de Libourne, Edmonde Loubat (dite Tante Lou), gérante d'une confortable auberge faisant face à la gare de la capitale du Libournais, va prendre, en 1925, des parts de ce petit vignoble à la réputation naissante et constater progressivement que le vin tiré y est véritablement extraordinaire.

À l'époque, les analyses de sols n'existent évidemment pas et c'est bien plus tard que les spécialistes constateront que le succès de ce vin jugé sublime réside en un sous-sol unique constitué d'une précieuse « argile bleue », alchimie d'un cru intelligemment baptisé du nom du premier apôtre du Christ.

Si, par modestie, et parce qu'elle était très croyante, Edmonde Loubat fit supprimer la mention « château » à Pétrus, elle croyait fermement à son potentiel et allait se battre pour en devenir intégralement propriétaire à la Libération.

Dès lors, le combat de sa vie fut de faire reconnaître Pétrus au-delà de la rive droite, du Médoc et de ses « châteaux », et lui conférer un statut de concurrent des grands Bordeaux traditionnels. Son coup de maître, en 1947, fut de réussir à faire servir son cher Pétrus lors du déjeuner royal de mariage d'Elizabeth II, future reine d'Angleterre, cérémonie où, exploit encore plus étonnant, cette modeste roturière fut invitée en tant qu'ambassadrice d'un vin ayant ensorcelé la famille royale.

Mais pour parvenir jusqu'à Windsor, il a bien fallu vendre Pétrus. C'est là qu'intervient l'immense talent d'un Jean-Pierre Moueix, associé avec Tante Lou comme distributeur, dont la famille, modeste elle aussi, venue de Corrèze, a démarré dans le vin avant la guerre.

L'individu est un personnage hors norme, car c'est un marchand de vin visionnaire, et il voit avec trente ans d'avance que la rive droite pourra un jour devenir l'égale de la rive gauche, Pétrus en tête. Un exploit pour un vin ne pouvant revendiquer aucune antériorité, ni histoire, puisque sa mémoire, même récente, s'est perdue à jamais, l'ancienne propriétaire n'ayant même pas pris soin de conserver un embryon d'œnothèque[177].

Jean-Pierre Moueix va donc prendre en main d'une manière très active la commercialisation de Pétrus après-guerre, créant notamment un réseau de fidèles aux États-Unis, jusqu'à ce qu'un certain John Kennedy, qui était aussi un noceur invétéré, serve allègrement à ses amis ce pomerol dont il déclara qu'il était son préféré.

Edmonde Loubat meurt deux ans avant le président américain, et Jean-Pierre Moueix tient dans sa ligne de mire ce cru exceptionnel dont il a constaté le potentiel sur les marchés internationaux. Avec les années, la famille négociante de Libourne a acquis plusieurs châteaux de renom, depuis Fonroque dans les années trente jusqu'à Belair-Monange ou Providence en passant par Trotanoy, Hosanna, La Fleur-Pétrus, etc.[178],

177. Comme le remarque Christian Millau (*Le Petit Roman du vin*, Éditions du Rocher, 2010), on sait seulement que Pétrus s'appelait Pétrus-Arnaud, du nom de la famille propriétaire depuis le XVIIIe siècle, et c'est à peu près tout.
178. Jean-Pierre Moueix est aussi allé créer en Californie le domaine Dominus, dont la gestion fut confiée à son fils Christian.

la stratégie Moueix ayant généralement consisté, quand cela était possible, à racheter les perles que les établissements familiaux distribuaient ou exploitaient.

Pétrus serait bien évidemment la perle d'un tel catalogue, mais le fondateur de la maison Moueix est un peu dépité quand lui est lu le testament d'Edmonde Loubat, celle-ci lui léguant... 1 % de Pétrus pour services rendus, la majorité des parts – 52 % – revenant à sa nièce, Lily Lacoste, le solde à un autre neveu. Bien entendu, la déjà très puissante famille de négociants va s'empresser de se porter acquéreur des actions de ces deux héritiers Pétrus, à ce détail près que Lily Lacoste n'en cède que la nue-propriété, conservant l'usufruit du château.

En trente années, sous le commandement des Moueix, et d'abord de Christian Moueix, Pétrus va traverser les années de crise, la décennie soixante-dix – la bouteille se vendait moins de 50 francs en primeur ! –, jusqu'à devenir une légende et le bordeaux le plus inatteignable du marché.

Les Moueix devront attendre 2001 pour récupérer l'intégralité de la propriété de Pétrus. Une transaction a été signée au mois de mars de cette année-là dans le secret d'un cabinet de notaire à la suite d'imbroglios judiciaires ayant en partie mis en cause la famille, l'affaire s'étant réglée entre initiés sur la base d'un fort dédommagement plus un grand nombre de bouteilles[179], péripétie parallèle au procès retentissant

179. 9 millions d'euros et 1 200 bouteilles de Pétrus. Voir : « Histoire de famille autour de l'héritière des vignes de Pétrus », par Franck Johannès, *Le Monde*, 28 mars 2005.

concernant la supposée dépossession de l'héritière Pétrus.

Une histoire légale chaotique, donc, qui ne doit toutefois pas faire oublier que Jean-Pierre, Jean-François et Christian Moueix sont bel et bien à l'origine de l'extraordinaire montée en puissance du cru, montée en puissance commerciale, mais aussi qualitative.

Dès les années soixante, ils donnent en effet au vin un père vinificateur, un winemaker surdoué qui consacrera à ce vin quarante-cinq années de son talent : il s'agit de Jean-Claude Berrouet, grande figure bordelaise, qui saura imprimer un style jugé sans faille sur ce vin devenu recherché dans le monde entier, voire imposer des innovations œnologiques, puisque, à en croire la presse spécialisée anglaise, Pétrus connut des « vendanges en vert » dès 1973[180]. C'est Jean-Claude Berrouet qui a véritablement dessiné un style Pétrus distinct des pomerols voisins avec, par exemple, des raisins jamais récoltés trop mûrs, comme il est d'usage généralement aujourd'hui pour les grands crus.

Fin 2007, Jean-Claude Berrouet a passé le bâton de maréchal à son fils Olivier, qui aujourd'hui commande au destin du goût de Pétrus, un goût paraît-il plus charmeur, mais qui n'a jamais été aussi élitiste[181].

---

180. « *Decanter Man of the Year: Christian Moueix of Chateau* [sic] *Pétrus* », Decanter.com, 11 avril 2008. Rappelons que cette technique consiste à supprimer un certain nombre de grappes de raisin pour favoriser la concentration des grappes voisines et qu'elle a été popularisée par le laboratoire de Michel Rolland (voir chapitre 4).
181. Certaines précisions figurant dans ce chapitre nous ont été fournies par Olivier Berrouet.

Dura Moueix, sed Moueix

Jean-François Moueix, l'héritier Pétrus, le fils aîné, est toutefois beaucoup plus que le simple ange gardien d'un vin autrefois inconnu devenu une icône mondiale. En réalité, ce personnage d'une discrétion telle qu'elle pourrait en paraître inquiétante possède le plus grand carnet d'adresses de Gironde, quand bien même sa propre « biographie » dans le *Who's Who* du vin tient-elle en deux lignes[182].

Comme l'a écrit l'un des seuls journalistes à l'avoir côtoyé régulièrement dans un des très rares dossiers consacrés à la famille[183], le fils aîné de Jean-Pierre Moueix appelle par leur prénom la plupart des propriétaires de grands vins de la rive droite, mais aussi beaucoup de grands patrons du capitalisme hexagonal, nombre d'acteurs de la Place de Bordeaux n'hésitant pas à qualifier cette figure familiale – avec beaucoup de prudence, bien entendu – de « parrain » des grands vins de Bordeaux[184].

Qualifiant un personnage que l'on vient consulter pour recueillir conseils ou bénédictions, le terme est loin d'être exagéré, et, de fait, Jean-François Moueix, joueur dans l'âme, aimant régulièrement lancer des paris avec ses proches ou ses visiteurs, n'est pas étranger à nombre de transactions ayant retourné le terreau des affaires girondines ces dernières années.

---

182. *Who's Who International vins et spiritueux, op. cit.*
183. Jacques Dupont, « Voyage au cœur du mythe Pétrus », *Le Point*, 24 avril 2014.
184. *Ibid.*

À son ami Martin Bouygues, il a ainsi donné la possibilité de racheter voici moins de dix ans Montrose, un grand Saint-Estèphe que la famille symbole du BTP connaissait intimement puisqu'il s'agissait du vin de table préféré du patriarche Francis Bouygues.

Quand un autre de ses proches, Jean-Claude Rouzaud, propriétaire des grands champagnes Roederer, fut désireux de s'implanter en Bordelais, Jean-François Moueix l'aida à acquérir Château de Pez, puis racheta avec lui une maison de négoce[185].

Par la suite, au moment où ces mêmes Rouzaud emportèrent au nez et à la barbe des héritiers Hermès le prestigieux Pichon Longueville Comtesse de Lalande – à Pauillac, faisant face à son non moins prestigieux voisin Pichon Longueville Baron –, et ce pour une somme rarement atteinte en Bordelais, il est difficile de ne pas y voir l'influence de la discrète famille Moueix et de son actuel chef.

Cet entregent se double d'ailleurs souvent d'un engagement plus profond, puisque Jean-François Moueix n'hésite pas à investir lui-même en compagnie des acteurs qu'il recommande, comme il l'a fait auprès des Bouygues en devenant actionnaire minoritaire de Montrose.

Son dernier fait d'armes remonte à 2012, alors que tout le Bordeaux des grands vins a remarqué, l'année précédente, sa présence, rare en de telles circonstances, à l'enterrement de Denise Capbern-Gasqueton, propriétaire de Calon-Ségur, énième légende des

185. Maison Descaves, où la nouvelle directrice générale de Duclot, Ariane Khaida, fit ses premières armes.

grands vins de Saint-Estèphe, réputée pour le cœur ornant ses dignes étiquettes.

Avant l'été, la propriété était revendue pour une somme très importante à une compagnie d'assurance, une de plus[186], désireuse d'investir dans l'économie bordelaise mais venue avant tout avec l'appui et le conseil de Jean-François Moueix, qui deviendra là aussi actionnaire minoritaire du domaine, ainsi que d'une seconde propriété, Château Capbern-Gasqueton.

Le propriétaire de Pétrus possède donc le carnet d'adresses le plus complet du Bordeaux des grands crus, et sa proximité de longue date avec le critique international Robert Parker ajoute encore à son influence.

Autant dire que ceux qui ont tenté de marcher sur les plates-bandes de la plus puissante famille de Pomerol avaient intérêt à avoir du répondant. Gérard Perse, l'homme de Pavie, personnage venu de la grande distribution pour ériger un petit empire à Saint-Émilion, a un temps songé à s'implanter sur Pomerol en faisant, dès 2003, une proposition de rachat sur Petit Village, jolie propriété voisine de La Conseillante ou Le Pin.

Perse est un innovateur, mais il est pressé, et le prix qu'il propose à l'époque est jugé bien trop élevé, ce qui provoque une levée de boucliers dans laquelle est perçue immédiatement l'influence de Jean-François Moueix, désireux, paraît-il, d'interdire l'entrée à Pomerol à cet étranger dont l'emballement pourrait survaloriser les terres, et donc coûter de l'argent à tout le monde[187].

---

186. Suravenir Assurances, filiale du Crédit Mutuel Arkéa.
187. La proposition de Gérard Perse valorisait l'hectare à 3 millions d'euros. Quinze ans plus tard, les hectares de grands pomerols ne se négocient pas à moins.

Le maître de Pavie n'a pas pu réunir les fonds nécessaires – il fallait bien s'adresser aux banques locales – et a dû abandonner son projet.

Dura Moueix, sed Moueix !

Il faudra la hargne de Catherine Péré-Vergé, cette femme de tête, très proche de Michel Rolland, entrée par la petite porte à Pomerol avec Montviel, pour réussir l'exploit de ne pas laisser le temps à Jean-François Moueix de racheter Le Gay, un beau château que la famille Moueix exploitait et distribuait à 100 % et qui avait donc vocation à rejoindre le portefeuille Duclot ou des Établissements Jean-Pierre Moueix.

Mais, à l'été 2002, en plein week-end du 15 août, elle va signer la vente avec les héritiers de Château Le Gay sans discuter le prix et alors que tout le monde est en vacances[188] !

Jean-François et Christian Moueix n'ont jamais vraiment apprécié cette catégorie d'intrus venus faire fortune sur le discret terroir de Pomerol, leur chasse gardée, et n'ont jamais accueilli leurs voisins pour déguster le fameux Pétrus. Catherine Péré-Vergé n'hésitera pas à leur rendre la pareille en racontant publiquement, à l'occasion d'un discours d'adieu, comment les propriétaires de La Fleur-Pétrus, ses voisins Moueix, faisaient sécher leurs précieux arpents de vigne un peu trop humides d'une manière aussi

188. Et à la condition de laisser l'autre vedette La Fleur à la famille vendeuse.

spectaculaire qu'inattendue : en faisant passer au ralenti un hélicoptère à quelques mètres des vignes[189].

Il faut bien dire que la discrétion absolue de la famille et son emprise sur Pomerol suscitent d'inévitables jalousies : en une génération, les Moueix sont devenus exploitants ou propriétaires de vingt-quatre châteaux à Pomerol, et pèsent jusqu'à la moitié du négoce des volumes de cette prestigieuse appellation[190].

L'image renvoyée est, certes, floue, et s'ils peuvent apparaître comme totalement mutiques dans le monde des grands vins, les Moueix père et fils se montrent plus diserts quant à l'autre sujet de prédilection familial : l'art.

Dès les années trente, Jean-Pierre Moueix commence à collectionner de grandes signatures de l'art, classique puis contemporain, dont un article spécialisé tentera de dresser la liste, énumération comprenant des artistes comme Maurice Utrillo, Raoul Dufy, Roger de La Fresnaye, Henri Laurens, Edgar Degas ou, plus contemporain, André Derain, André Lhote, Mark Rothko, et même un Francis Bacon qui aurait été, selon la même référence, réglé à l'artiste en… bouteilles de Pétrus[191].

---

189. Discours de Catherine Péré-Vergé le 2 avril 2011 à Le Gay. Sécher ses vignes à l'hélicoptère semble une méthode peu orthodoxe prisée des Premiers, puisque Mouton-Rothschild y aurait eu recours dès 1987 (voir *Voyage au pays des ultra-riches*, Aymeric Mantoux, Flammarion, 2010, p. 102).
190. « Histoire de famille autour de l'héritière des vignes de Pétrus », Franck Johannès, *op. cit.*
191. « L'homme qui aimait Pétrus et Bacon », par Harry Bellet, *Le Monde*, 12 mai 2008.

Ce statut de collectionneur privé de référence sur le marché de l'art vaudra à l'homme de Pétrus, fait rare pour un Français, une nécrologie dans le *New York Times* au lendemain de sa disparition en 2003, à quatre-vingt-dix ans. Jean-Pierre Moueix était aussi connu comme mécène, notamment du musée d'Art contemporain de Bordeaux et du Centre Georges-Pompidou, à Paris.

Aujourd'hui c'est donc Jean-François, son aîné, dont il a fait le propriétaire de Pétrus, qui incarne cette passion familiale, passion intacte, comme le montre son engagement pour la Cité des civilisations du vin[192].

Le commerce, il y a pris sa part, bien entendu, courant le client pour Duclot dans les sombres années soixante-dix, parcourant les États-Unis pour relancer Pétrus dans les années quatre-vingt, s'ouvrant aux ventes de détail pendant la décennie suivante, avec des concepts tels qu'un grand magasin des vins à Bordeaux (L'Intendant), un département luxe grands crus aux Galeries Lafayette parisiennes (la Bordeaux-thèque), et même, plus récemment, un e-caviste (Chateaunet.com).

Cet intouchable a aussi vécu ses moments d'humilité, quand par exemple il arpentait le Japon pour parfaire la légende de Pétrus, mais où les autochtones ne pouvant, dans leur langue, prononcer facilement le terme « Moueix », il leur faisait énoncer « Moulinex », pour qu'ils se souviennent au moins en partie du nom de la famille !

---

192. Voir chapitre 5.

Le temps a fait son œuvre, et aujourd'hui, même le « parrain » de Bordeaux s'est en partie lassé du vignoble le plus influent du monde. Depuis une dizaine d'années, Jean-François Moueix partage son temps entre la Gironde et Paris, sur la très chic avenue de la Grande-Armée, où il continue à tenir ses affaires personnelles et les activités financières de la holding Videlot.

En 2011, à soixante-six ans à peine, il a légué ses fonctions de dirigeant de Duclot à son fils Jean, qui recevra ensuite la direction générale de la holding Videlot en 2014 alors qu'il n'est qu'un jeune trentenaire, mais finalement de l'âge où son père a reçu Duclot et Pétrus des mains de Jean-Pierre Moueix.

L'apparition de Jean Moueix, né en 1986, sur la scène bordelaise a étonné plus d'un amateur de belles bouteilles, en tout cas parmi les rares qui s'en sont aperçus. Le jour où il reçoit un premier prix interprofessionnel à l'hiver 2013, il débarque à Paris dans les salons du palace Le Bristol en jean, barbe de trois jours et cheveux longs[193]. Contrairement à son père, il ne refuse pas *a priori* le contact avec les médias, même s'il raconte vouloir épouser la tradition d'extrême discrétion familiale tout en se montrant un minimum ouvert. Son premier fait d'armes commercial va d'ailleurs faire parler de lui, et il tranche singulièrement avec le poids des prix fous auxquels sont assujettis les rares derniers amateurs français de Pétrus : en 2012, Jean Moueix lance l'opération « Carte sur table » où, *via* une énième structure de négoce de la famille, il

193. « Les Hommes de l'année 2013 », catégorie Coup de cœur, *La Revue du vin de France*.

fait livrer des milliers de grands crus, dont Pétrus, à une quinzaine de restaurants parisiens réputés avec obligation pour ceux-ci de les distribuer à prix raisonnables pendant le mois de décembre – prière de ne pas dire à « prix cassé » !

Le tarif des grands Bordeaux au restaurant est un des casse-tête majeurs de la Place à compter des années deux mille et de la flambée des prix : les belles tables françaises finançant généralement la gastronomie avec le vin en appliquant des coefficients multiplicateurs délirants sur le prix des bouteilles, les grands crus de Bordeaux commencent à déserter les meilleures adresses parisiennes, en raison de prix n'ayant plus rien de commun avec la réalité. Un des plus célèbres sommeliers de France et du monde, Gérard Margeon, monsieur vin d'Alain Ducasse et de sa galaxie de restaurants étoilés, ne fut-il pas le premier à dénoncer la superinflation des grands crus aboutissant à leur disparition des cartes des vins ?

En imposant des tarifs divisés par quatre ou cinq par rapport à l'étiquette d'un caviste de luxe, l'héritier Moueix parvient à proposer sur quelques tables des Pétrus, Lafite, Figeac, Pape Clément et autres Lynch-Bages à des prix allant d'une centaine d'euros jusqu'à un peu plus de 500 euros, ce qui reste une somme non négligeable, mais a pour effet de faire redescendre un peu sur terre ces étiquettes aux tarifs fous et dont la vocation devrait être, comme l'assène l'héritier Pétrus, d'être bue plutôt que revendue aux enchères à Hong Kong.

Le jeune homme hérite toutefois aussi d'une situation inextricable car, si les Moueix affirment en privé ne pas avoir cédé aux sirènes chinoises et avoir préservé une clientèle équilibrée entre les trois continents, les prix de Pétrus enfoncent maintenant allègrement ceux des premiers crus classés du Médoc, ce qui peut représenter une victoire posthume pour le besogneux Corrézien Jean-Pierre Moueix.

Certes, la famille distribue son joyau de manière raisonnée, *via* une société dédiée[194], en une seule tranche de vente primeur, à ceux des passionnés qui en ont les moyens. Les 30 000 bouteilles quittent Pomerol chaque année aux alentours du début de l'été pour des sommes encore, si l'on peut dire, relativement raisonnables au regard de la passion commerciale qu'elles suscitent : le très spéculatif 2010 était ainsi proposé aux heureux élus allocataires de Pétrus pour la somme de 690 euros hors taxes ; quant au faiblard 2012, mais qui, chez Pétrus, peut tout de même prendre des accents rendant hystériques les amateurs, il était mis en vente 390 euros hors taxes seulement[195]. Il s'agit bien du prix public auquel peuvent être approvisionnés les fidèles à partir des distributeurs de l'empire Moueix – comme les enseignes Duclot ou Châteaunet –, c'est-à-dire réellement moins cher que des Cheval Blanc, Lafite et autres Ausone.

Mais pour une bouteille de vin coûtant une trentaine d'euros à produire, cela représente tout de même quelques confortables bénéfices valant bien ceux de ses cousins du très élitiste monde des Premiers. Car n'oublions pas que les Moueix sont les producteurs de Pétrus et de toutes leurs propriétés, mais

194. Clés distribution, créée en 2008, également sise avenue de la Grande-Armée, fournisseur des cavistes et restaurants allocataires de Pétrus.
195. Données fournies par Pétrus.

qu'ils sont aussi leurs propres négociants, et se passent bien entendu de l'intermédiation – et des taxes – du moindre courtier. Le bénéfice par bouteille engrangé par la société familiale est donc stratosphérique : plus de 300 euros sur le 2012, le double sur le 2010, encore une fois si l'on ne tient pas compte des investissements exceptionnels de la société[196].

Jean Moueix a partagé deux années le bureau de son père pour apprendre les rudiments de gestion de cet empire liquide et, depuis 2014, se consacre plus particulièrement à Pétrus.

Il a fort à faire, par exemple en matière de lutte contre la contrefaçon de ce célèbre pomerol car il est évident que ce fléau touche d'autant plus les très grands vins qu'ils sont très chers.

Les Moueix dépensent une véritable fortune en systèmes de protection – rappelons que la petite dizaine de protections invisibles présentent sur les bouteilles leur coûte une dizaine d'euros par unité, soit une bonne partie du coût brut de production !

Jean-François et Jean Moueix sont même allés jusqu'à investir dans une des multiples start-up bordelaises surfant sur la digitalisation de la production et de la commercialisation des grandes marques : Qual'ID, lancée par un ancien des fonds d'investissements américains et qui a développé une solution réellement

196. Voir chapitre 3. Si Pétrus vend pour 20,7 millions d'euros de son 2010 et que celui-ci lui aura coûté 900 000 euros à produire, le bénéfice théorique par bouteille est de 660 euros. Encore une fois, il ne s'agit que d'une « idée » de ce bénéfice, les sociétés intégrant, ou non, à leurs calculs des amortissements divers ou des frais et autres investissements exceptionnels.

novatrice en matière de lutte anticontrefaçon puisque utilisant une protection sans contact fondée sur une identification à radiofréquence[197].

Le millésime 2015 devait voir l'avènement d'une nouvelle sécurité inviolable, une sécurité dématérialisée, pour le bordeaux le plus cher au monde, et donc la fin d'un fléau voyant… des bouteilles vides de Pétrus revendues sur des sites de e-commerce au profit d'un remplissage évidemment illégal.

Pourvu que les hackers ne s'intéressent pas trop tôt à Pétrus !

Jean Moueix, le nouvel héritier Pétrus, connaît par cœur ces enjeux, mais n'en oublie pas moins la vie parisienne, à laquelle il est attaché depuis la fin de ses études.

Il appartient étonnamment au petit cercle de jeunes entrepreneurs ayant ambitionné de redonner récemment vie à Castel, le mythique club des nuits de la capitale. Jean Moueix fait partie des seize investisseurs qui ont rouvert les portes de cet établissement réservé à ses membres et s'est occupé personnellement de recruter le sommelier des lieux en publiant une annonce sur… Facebook.

On y sert du Pétrus, mais rien à voir avec l'autre Castel, de Bordeaux, celui-là.

Un papy flingueur à Saint-Émilion

Chez le plus fameux des Pomerol, comme n'importe laquelle des cinquante ou cent étiquettes du Libournais

197. Technologie RFID.

candidates au marché des primeurs – encore une fois cela dépend de la qualité du millésime –, l'événement se prépare méticuleusement à partir de la fin janvier.

Pétrus est évidemment en tête de cette élite, organisant sa propre dégustation du millésime en cours d'élevage dans ses murs, au château et nulle part ailleurs, en l'occurrence un 2014 dans lequel les Bordelais fondent beaucoup d'espoir après trois années difficiles.

Pour parler simplement, beaucoup de propriétaires espèrent pouvoir augmenter leurs prix, les augmenter légèrement, bien entendu, mais les augmenter tout de même.

Ils n'ont décidément rien compris, diraient les courtiers de la Place.

Pétrus n'a pas vraiment ces problèmes de déstockage, et, dans un silence monacal, quelques dizaines de privilégiés convoqués sur rendez-vous viendront un jour de la première semaine d'avril 2015 déguster le breuvage sacré, tandis qu'un même rituel aura lieu chez les Latour, Pavie, Lafite, Haut-Brion, chacun des neufs Premiers, et chez toutes les autres marques internationales qui comptent.

La deuxième vague de l'élite se réunira autour d'une dégustation collective, à l'image de celle organisée par la puissante Union des grands crus, toujours présidée en 2015 par Olivier Bernard, l'homme du Domaine de Chevalier. Des châteaux « hôtes » ouvriront leurs portes aux professionnels, comme Dauzac pour l'appellation Margaux, Lynch-Moussas pour Pauillac ou Saint-Estèphe, Petit Village pour Pomerol, etc.

Chaque cru ou personnalité désirant doper sa notoriété se doit toutefois d'organiser aussi ses petits rendez-vous à l'usage des professionnels ou des journalistes, des rendez-vous plaisirs, bien entendu.

Gérard Perse, l'homme de Pavie, offre un dîner généralement somptueux dans son Hostellerie de Plaisance, la grande table de la ville, où les cuvées excellemment notées par Robert Parker se succèdent, mais où le maître des lieux est aussi capable de faire servir d'antiques et exceptionnels 1929 chinés sur les marchés internationaux.

Dans un genre très différent, le consultant international Stéphane Derenoncourt préfère réunir les quatre-vingts propriétés qu'il conseille dans les murs d'un château ami et proposer des grands crus mais aussi des *outsiders* à la dégustation.

Parfois, une propriété endormie se réveille et marque sa renaissance – en général à l'occasion d'un rachat – par une petite réception destinée à marquer les esprits.

Cette année, et après un raout d'essai en 2014, c'est un grand cru qui n'est pas encore « classé », fraîchement sorti de la naphtaline, qui va redonner rendez-vous au milieu autorisé pour un rafraîchissant pique-nique de milieu de journée, avec quelques entorses calculées destinées à faire gentiment jaser : rosés de Provence à l'apéritif et grands crus jeunes de Saint-Émilion servis à la régalade dans les différentes pièces de ce château de poche refait à neuf.

Nous sommes à Montlabert, propriété d'un groupe qui, soit dit en passant, pourrait se permettre beaucoup mieux, puisqu'il s'agit, ni plus ni moins, de notre grande multinationale française du vin : Castel, numéro un en Europe, numéro trois sur le marché mondial, avec le colossal chiffre d'affaires de 1,2 milliard de ventes dans des vins dont, certes, les grands crus sont réputés absents, et dont les labels fleurent plutôt bon la France des années soixante-dix et quatre-vingt : Vieux Pape, Malesan, Baron de Lestac, etc., ce que l'on nomme des vins de marque, en somme, c'est-à-dire l'exact inverse d'un « château », d'un cru revendiquant une unité de lieu à travers un terroir bien identifié.

Mais nous sommes en 2015, et si le groupe Castel n'a jamais été aussi puissant, sa vision a changé, il épouse dorénavant la grande tendance à l'amélioration de la qualité, le désir de boire « moins mais mieux » qui touchent toutes les strates des consommateurs de bouchon. La multinationale pèse toujours ses pratiquement 700 millions de cols produits à l'année, mais s'est subrepticement lancée voici peu de temps dans le monde impitoyable des grands crus. Montlabert a justement vocation à devenir un des centres névralgiques de cette nouvelle activité exigeant un travail conséquent en matière d'image, surtout quand le nouveau propriétaire se nomme Castel.

Montlabert est une belle bâtisse de maître du XVIIe siècle dont le prestigieux voisinage – Cheval Blanc et Figeac – laisse supposer un terroir prometteur. Philippe Castel, un des membres de la famille Castel aux manettes du groupe, est chargé de gérer ce nouveau département « domaines et châteaux » et est littéralement tombé en pâmoison devant la longue allée de chênes-lièges et les magnolias centenaires qui ceinturent la propriété.

Pour en faire l'épicentre chic d'un groupe Castel du XXIe siècle, le nouveau propriétaire, comme n'importe lequel de ses homologues, a mis des moyens d'envergure, par exemple recruter un certain Hubert de Boüard en tant que consultant de la propriété, ce qui va évidemment conférer à celle-ci de la visibilité, et laisser supposer un standard de goût élevé.

Philippe Castel a surtout dans les tuyaux un projet de création d'un nouveau chai, comme tout bon grand cru se doit d'en avoir, l'idée d'un bâtiment ambitieux revisité par une signature du design : il ne s'agit pas d'une superstar internationale du calibre de Jean-Michel Wilmotte ou Philippe Starck, deux têtes d'affiche qui feront l'actualité en 2015 avec Pédesclaux (Pauillac) et Les Carmes Haut-Brion (Pessac-Léognan), mais d'un professionnel à la renommée certaine en matière de design moderne : Patrick Jouin, à qui l'on doit des créations aussi variées que les Vélib' parisiens ou la rénovation de l'abbaye de Fontevraud.

Le problème, nous l'avons déjà évoqué, c'est que l'ancienne municipalité s'est finalement rebellée contre la floraison de projets architecturaux jugés, sans doute avec beaucoup d'exagération, « pornographiques », et les ambitions de la famille Castel couplées avec celles de l'artiste Patrick Jouin.

Le projet du designer a donc été ajourné, la signature du permis de construire remise à plus tard, et même l'emplacement du nouveau navire amiral Montlabert redéfini.

Mais cette fois nous y sommes : Philippe Castel doit annoncer en cette première semaine d'avril le lancement des travaux, avec pour objectif d'être à quai pour les vendanges 2016.

Au moment de l'apéritif, le rosé de Provence va pouvoir couler à flots, une incongruité bien accueillie par les invités des primeurs, parfois lassés de se tacher les dents aux épais tanins des vins nouveaux, tout grands Bordeaux soient-ils.

Et pourtant, derrière ce joyeux scénario champêtre, se dissimule sans doute, très loin d'ici, toujours à l'abri des regards, celui qui est considéré comme l'homme le plus puissant du vin français depuis plusieurs décennies, et qui ne passe jamais très longtemps dans les rangs de vignes de Bordeaux, où il est pourtant né voici fort longtemps.

Un homme qui s'est donc décidé, tardivement, à concourir lui aussi dans cette compétition des marques de grands Bordeaux, sans jamais toutefois vouloir appartenir à ce milieu auquel il ne reconnaît aucune légitimité.

Un « parrain » par opposition, donc.

Ce personnage est le milliardaire le plus secret de France, il s'appelle Pierre Castel, né en 1926 – et donc presque nonagénaire ! –, dirige toujours son empire d'une main de fer et a réussi l'exploit d'émarger à la sixième place des grandes fortunes françaises sans que le grand public ne sache qui il est ni ce qu'il représente[198], avec pourtant un pactole évalué à 8 milliards d'euros.

L'individu, en apparence, ne déparerait pas dans un long-métrage caricaturant les capitaines d'industrie

198. Dans le classement 2013 du magazine *Challenges.*

à la prospérité apatride. Il fut le premier grand patron français à s'exiler en Suisse pour des raisons « fiscales » un beau matin de mai 1981, n'ayant d'ailleurs jamais caché sa détestation des idées défendues par les socialistes français.

Quant à sa succession, le sujet est sur la table depuis au moins aussi longtemps que son exceptionnelle longévité pose question, et selon un baron de l'empire, elle est organisée depuis une trentaine d'années[199], l'existence d'une mystérieuse « Fondation » sise à Gibraltar devant recevoir et gérer l'héritage au moment idoine n'ayant jamais été démenti alors qu'il s'agit du plus gros serpent de mer concernant le groupe depuis des années.

La réalité du personnage est plus pragmatique : il est devenu en un demi-siècle, à force de quadriller le terrain, le leader français du vin, le vin courant, celui que les Français achètent en grande surface, et où le mot Bordeaux, de fait, est dominant[200].

Issu d'une famille très pauvre, enfant à l'époque où Raymond Poincaré était président du Conseil, adolescent avant la guerre, ce battant s'est hissé petit à petit en commercialisant quelques dames-jeannes après le conflit, allant jusqu'à dominer les vins de table débordant de tous les supermarchés naissant dans la France de De Gaulle, et ce avec une marque iconique bien éloignée de nos précieux grands crus actuels : Castelvin !

---

199. Alain Castel, un autre de ses neveux, responsable de la branche vin.
200. En France, 87 % des volumes de vin sont vendus en grande surface. Bordeaux pèse 28 % des volumes de ce marché (source : synthèse FranceAgrimer, juin 2014).

Un personnage insaisissable, toutefois, que ce Jésus Sebastian Castel – son véritable état civil, Pierre étant son prénom de baptême –, né dans le village reculé de Berson (Gironde), dans une famille de réfugiés espagnols. Absent des médias depuis un demi-siècle, cet énergique personnage petit et râblé, à l'accent proprement incompréhensible, est l'exact inverse des portraits de grands patrons français remplissant les pages des journaux.

On ne lui connaît aucune passion, à l'exception du ski alpin ; ni aucun vice, à part peut-être quelques verres de... Pétrus, vin qu'il dit affectionner et qu'il serait de toute façon difficile de trouver un peu court.

Certes, il peut lui arriver de passer un week-end en châtelain dans une des propriétés historiques que les Castel ont tout de même rachetées voici fort longtemps. Comme Château d'Arcins, dans le Médoc, gérée par une de ses sœurs, Christiane, à moins qu'il ne rende visite à un de ses neveux, Philippe par exemple, l'homme de Montlabert, qui est aussi propriétaire de La Maqueline, dans le sud de la région, domaine transformé en un véritable ranch et où il est difficile d'ignorer la passion locale pour le cheval.

Ces propriétés sont à un coup de voiture de Blanquefort, siège du groupe Castel, où le grand patron a toujours un bureau et évacue parfois un peu de paperasse le lundi matin.

Mais sa vraie vie est ailleurs : il y a évidemment sa résidence personnelle à Genève, sur les bords du lac Léman, mais aussi les bureaux parisiens d'une société dont personne n'a jamais entendu parler, ceux des Brasseries et Glacières Internationales (BGI), et pour cause : il s'agit d'une très importante entreprise camerounaise.

Car le véritable secret de Pierre Castel, c'est l'Afrique. Là est la source véritable de sa prospérité entrepreneuriale, ainsi qu'une authentique passion d'homme, et aussi la raison pour laquelle il a engagé le groupe vers ces grands Bordeaux qu'il méprisait tant.

Le « monsieur Afrique » à la conquête de Beychevelle

Pierre Castel et ses frères ont en réalité démarré leurs petites affaires de négoce de « gros rouge » dès 1949 à destination de quelques comptoirs vers ce qui s'appelait encore l'Empire français. On se procurait un peu de bordeaux générique, on le faisait parvenir aux expatriés d'Afrique, ou alors on le vendait dans les épiceries du Sud-Ouest, voilà comment Castel a démarré.

Bien des années plus tard, à la fin des années soixante, dans un bar de Libreville, l'encore jeune entrepreneur bordelais va se voir confier la tâche de créer une brasserie de bière par un certain Omar Bongo, à l'époque jeune secrétaire général de la présidence. Le début d'une aventure entrepreneuriale africaine d'autant plus animée que Pierre Castel va tomber amoureux du continent noir et tisser des liens étroits avec tous les présidents en exercice d'Afrique – dictateurs ou non, à commencer par les potentats francophones.

Cela va lui permettre de casser les rotules de tous ses concurrents potentiels – c'est une expression, bien entendu –, c'est-à-dire les commerçants libanais, les chinois, et même les trafiquants en tout genre, tous attirés par l'immense marché naissant des boissons gazeuses alcoolisées d'Alger au Cap.

De fait, Pierre Castel va vivre une vie d'aventure comme bien peu d'entrepreneurs modernes. Pendant la guerre d'Angola, au milieu des années soixante-dix, il ne parvient pas à inciter Portugais et indépendantistes à négocier et doit fuir avec ses équipes devant l'arrivée des Cubains. Dans les années quatre-vingt, le président Dos Santos le rappelle pour recréer une brasserie, le Français y gagnera une position progressivement dominante sur ce grand marché lusophone, et même un titre de consul honoraire de la république d'Angola.

Consul d'Angola, non pas en France, mais en Suisse !

Pierre Castel, c'est encore une autre histoire, a aussi voulu être le Français qui relancerait en grande partie les vignobles maghrébins, notamment en Tunisie et au Maroc, un pays où il n'hésitait jamais à prêter son vignoble à son vieil ami Bernard Magrez[201] qui désirait faire visiter une jolie propriété à ses visiteurs et autres journalistes – sa propriété à lui, au Maroc, était beaucoup moins reluisante.

C'est donc grâce au continent africain, à ses excellentes relations avec les dirigeants locaux et ses succès dans la bière, que le groupe Castel a pu financer son développement en France, en Europe et dans le monde dans le secteur viticole.

201. Il lui a racheté son portefeuille de vins de marques (dont Malesan) dans les années quatre-vingt-dix.

Car le secteur des vins et spiritueux est ainsi fait que l'on y gagne beaucoup plus d'argent dans la bière que dans le vin : Castel réalise ainsi jusqu'à 15 ou 20 % de marges nettes dans ses marques africaines, mais c'est déjà minimum deux fois moins dans les vins, et encore s'agit-il de cuvées de supermarchés bien calibrées pour satisfaire le plus grand nombre de clients.

Autant dire que le modèle des châteaux – une aristocratie des affaires que Pierre Castel a longtemps ignorée –, ce n'était pas pour lui. Pierre « l'Africain » moquait facilement ces bouteilles de rouge de 75 cl vendues à quelques pigeons plus de 200 francs pièce ainsi que le discours pompeux développé sur la notion de terroir.

Le patriarche le plus dynamique du business français a longtemps méprisé le modèle économique des grands crus. N'a-t-il pas lancé un jour à feu la baronne Philippine de Rothschild, propriétaire du rare Mouton-Rothschild, à propos de son vin de supermarché au nom marketing Baron de Lestac[202] :

« *Vous voyez, madame la baronne, moi aussi je suis baron*[203] *!* »

Mais, finalement, le virage a quand même été initié à la fin de la décennie deux mille, quand décidément la folie des grands crus bordelais ne pouvait que titiller l'ego de ce grand joueur des affaires qu'il est et restera jusqu'à la fin.

Le groupe possédait déjà plusieurs propriétés qui, avec le temps, sont devenues des camps de base de

202. « Lestac » est évidemment l'anagramme de « Castel ».
203. Propos rapportés.

membres de la famille. Car, pour cet étrange « parrain » de Bordeaux, un parrain que l'on ne voit jamais et dont le profil est à des années-lumière de celui d'un Jean-François Moueix, pour Pierre Castel, donc, la famille est quelque chose de sacré. Aujourd'hui, trois générations et plus de vingt de ses membres travaillent dans la multinationale, nombre des domaines rachetés ont donc aussi servi à les y installer, pour leur donner de la légitimité, les anoblir en quelque sorte.

La stratégie d'une montée en gamme axée sur les grands vins, et donc sur l'exportation, sera un beau jour annoncée comme seuls les Castel savent le faire : d'un simple communiqué parti de Blanquefort (siège bordelais de la branche vin) un soir d'hiver[204], sans aucun commentaire proposé et nulles rumeurs ayant transpiré dans un milieu où tout se sait.

Le groupe annonce une entrée au capital d'un des plus prestigieux crus de l'élégante appellation Saint-Julien, Château Beychevelle, ses 90 hectares, ses voisins nommés Ducru-Beaucaillou, Talbot, Léoville Las Cases, etc. Beychevelle, traduction de « baisse voile », dit la légende de ce cru médiéval devant lequel les gabares passant sur la Gironde devaient rentrer leur leur mâture.

Très chic, mais beaucoup moins que l'arrivée du groupe Castel à Saint-Julien ; Henri Martin, l'homme de Château Gloria et âme de l'appellation, fondateur de la Commanderie, a dû s'en retourner dans sa tombe.

Plus prosaïquement, le montage de l'opération dénotait effectivement la volonté de doper l'activité

204. Le 11 février 2011.

grands crus au sein de la multinationale bordelaise : Castel a renégocié les parts d'actionnaires institutionnels désirant sortir du capital auprès de l'actionnaire restant, un colosse japonais des vins et spiritueux, le groupe Suntory[205], les deux nouveaux partenaires prenant chacun 50 % du capital, ce qui est plutôt inhabituel en affaires. Par ailleurs, Castel met la main sur deux autres châteaux, ainsi que sur deux sociétés commerciales pouvant l'aider à s'approvisionner en grands crus, ce qui est bien le but final de la manœuvre[206].

Dans ce dispositif, la marque Beychevelle, très visible internationalement avec son célèbre logo, est immédiatement utilisée pour flatter l'ego du plus gros client des vins de Bordeaux : la Chine. Dès le mois de juillet 2011, quelques semaines à peine après avoir pris ses quartiers, le groupe Castel a d'ailleurs privatisé le noble château pour y recevoir… quatre cent vingt des meilleurs Chinois vendeurs de vins Castel en République populaire.

C'est là que l'implacable pragmatisme de la multinationale exerce son pouvoir. Les équipes de Castel sont présentes partout dans le monde, et furent parmi les premières à écumer le prometteur marché chinois, mais sur le segment des vins de marques, et non sur les grands vins fins, et notamment les grands crus de Bordeaux. Elles savent que pour les troupes de leurs

205. Par ailleurs propriétaire de Château Lagrange.

206. *Via* la maison de négoce Barrière Frères et le vendeur à distance Savour Club. Détails dans l'article de César Compadre, le « monsieur vin » du quotidien *Sud-Ouest* : « Vin : Castel rentre à Beychevelle », *Sud-Ouest*, 12 février 2011.

partenaires, un long week-end en Europe, à Bordeaux, dans un prestigieux château, équivaut à une visite privée de Versailles. À peine rachetée, Beychevelle, marque par ailleurs réputée dans la grande Chine, devient le porte-étendard du groupe, et le symbole de son irrésistible montée en gamme.

L'opération, unique dans l'histoire de Bordeaux, a exigé des semaines de préparation. Il a fallu prévoir des autobus, des chambres d'hôtel, des repas pour plusieurs centaines de convives, tous réellement excités à l'idée d'être reçus dans les murs d'un château dont la marque est traduite en mandarin par : « Bateau du Dragon » – à y regarder de plus près, le simili-drakkar Beychevelle arbore plutôt en figure de proue un aigle, mais qu'importe.

Parmi cette joyeuse troupe – surprise – se trouvaient plusieurs dizaines de commerciaux du puissant conglomérat Xiamen C&D, ou plutôt des salariés de sa branche vins et spiritueux, Xiamen C&D Wines, cette même société qui fera partie trois ans plus tard des plus grands déstockeurs de grands crus bordelais dans un millésime 2010 jugé décidément bien trop cher[207].

Des bouteilles de grands vins à 500 ou 1 000 euros pièce, voilà une aberration que dénoncent en chœur les Castel et leurs partenaires chinois.

En matière de représentation des codes des grands Bordeaux, ils sont toutefois sur la même ligne stratégique. Quand bien même le marché chinois serait-il le plus compliqué du monde, Castel y est devenu leader

207. Voir chapitre 3. Xiamen C&D Wines pèse environ 100 millions d'euros de ventes de vins et spiritueux en Asie.

en termes de distribution de vins français, des petites marques bien entendu. Mais il a aussi aidé son partenaire local, le conglomérat Changyu, à imposer l'idée que le vignoble du Yantai (Shandong[208]) était un futur « Bordeaux oriental ». Les Français ont même conseillé et aidé leurs amis orientaux à ériger ce qui est aujourd'hui le plus réputé domaine viticole de la République populaire, Château Changyu-Castel, un extraordinaire bâtiment à la démesure du pays.

Changyu y produit un grand cru chinois qui est distribué en Europe par Castel depuis 2013. En échange, le groupe français trouve indéniablement chez son partenaire un appui majeur pour vendre directement dans la grande Chine labyrinthique son portefeuille d'une quinzaine de beaux châteaux bordelais. Nombre de concurrents, eux, continuent à passer par la plate-forme de Hong Kong.

Une personnalité réellement étonnante que ce Pierre Castel, dont les faits d'armes se répercutent jusqu'en Europe de l'Est ou aux confins de l'Asie !

Aux dernières nouvelles, il a accompagné et parrainé le premier déplacement officiel de la très sélective Union des grands crus au Cameroun, en compagnie de sommités comme Sylvie Cazes et Olivier Bernard.

Il ne le fera jamais, mais s'il se portait candidat, nul doute que ce « club » très sélect des grands crus l'accepterait en tant que cent trente-cinquième membre de l'Union.

208. Péninsule de Chine du Nord.

Chapitre 8

Les classements qui rendent fou

Quand le seul démissionnaire du classement de 1855 s'intéresse au droit d'aînesse – L'histoire de la sécession de Léoville Las Cases – Ces châteaux qui disparaissent, réapparaissent ou s'agrandissent mystérieusement – Le vaste bazar des classifications à la bordelaise – La City publie sa hiérarchie – À Saint-Émilion, on fait profil bas.

Jean-Hubert Delon, taille fluette mais caractère de bois, n'a pas vraiment l'habitude, le goût, ni le temps de recevoir quiconque s'intéresserait de près à sa biographie et au caractère unique du grand bordeaux dont il a la charge : Léoville Las Cases.

Aujourd'hui, en plein cœur de l'hiver, il a un peu de temps et introduit son visiteur avec une chaleur retenue et une curiosité manifeste, s'installe dans un petit fauteuil Empire devant un guéridon sur lequel il place un cendrier puis, fidèle à une forme de politesse surannée, propose de se servir dans son paquet de cigarillos.

Cet ancien avocat, né en 1949, ayant dépassé l'âge de la retraite depuis plusieurs années, observe l'interlocuteur à travers ses larges lunettes et démarre avant même que la moindre question lui soit posée sur le sujet qui justifie sa carrière : l'histoire de France.

« Regardez la cour par laquelle vous êtes arrivé, ici, au fond, devant mon bureau [nous sommes au rez-de-chaussée, la fenêtre de celui-ci donne sur l'extérieur], *c'est Las Cases, mais quand vous êtes passé par l'entrée, c'est Léoville Poyferré, propriété de notre voisin, un pilier du portail lui appartient, l'autre c'est à nous… Tout cela est en indivision, ça n'a jamais été régularisé, voilà le résultat des péripéties depuis la Révolution… N'oubliez jamais que le droit d'aînesse a été supprimé par les révolutionnaires… »*

Devant l'ignorant, Jean-Hubert Delon explique vouloir narrer par l'absurde comment son château de Léoville Las Cases et celui de son voisin, Léoville Poyferré, deux perles de l'appellation Saint-Julien, ne faisaient qu'une seule et même propriété dans les temps anciens, avec également Léoville Barton, le troisième voisin plus au sud, toujours en AOC Saint-Julien.

Autrefois, le domaine de Léoville, Léoville tout court, était un seul et même très grand cru sous l'Ancien Régime, un grand Médoc, un vin de roi, un des authentiques grands crus prérévolutionnaires avec Lafite, Latour, Margaux ou encore Rauzan-Ségla[209].

---

209. Ce énième grand vin non évoqué dans ce livre est la propriété de l'ultra-discrète et richissime famille Wertheimer (Chanel).

Pendant la Révolution, poursuit-il, l'abandon de la règle séculaire du droit d'aînesse va avoir des conséquences sur l'avenir de ces grands domaines médocains dont les bouteilles, à l'époque, étaient déjà exportées jusqu'en Russie impériale ou en Amérique libre.

L'Histoire, nourrie d'expropriations, de ruines, d'héritages, de réappropriations, de rachats, aura donc créé ces trois « seconds cru classés », Las Cases, Poyferré et Barton, tous trois ayant le statut de stars discrètes chez les amateurs avertis.

Voilà pourquoi Léoville Las Cases vogue seul vers son destin depuis un siècle et demi-tout en partageant sa cour et des locaux avec son voisin.

Léoville Las Cases, toutefois, est aujourd'hui considéré par ces mêmes initiés comme un grand cru de tout premier plan, un voisin du célèbre Château Latour n'ayant, sur certains millésimes, rien à lui envier.

Et puis, le cas est rarissime, le cru a eu les honneurs du puissant cinéma français dans les années soixante-dix, quelques dizaines de millions de spectateurs, puis de téléspectateurs, n'ayant pu manquer Louis de Funès, alias Charles Duchemin dans *L'Aile ou la Cuisse*, décrire d'un simple regard ce joli vin et deviner son identité devant un Philippe Bouvard et un Coluche épatés.

Il s'agissait bien du cru dirigé à l'époque par Michel Delon, père de Jean-Hubert Delon, si l'on se remémore ce fameux monologue :

« Belle robe vermeille, un peu violette, bel éclat… C'est un bordeaux, un grand bordeaux. Un peu de pourriture noble en suspension, les impuretés descendent lentement. Ce vin

a vingt-trois ans, c'est un cinquante-trois, une très grande année. Le vin, c'est la terre. Celle-ci est légèrement graveleuse, c'est un médoc ! Le vin, c'est aussi le soleil. Ce vin a profité d'une belle exposition sud-ouest, sur un coteau de bonne pente. C'est un Saint-Julien, Château Léoville Las Cases 1953[210] *!* »

Seulement, l'actuel propriétaire de Las Cases, comme son père Michel avant lui, est plus que fâché avec le sacro-saint classement de 1855, dans lequel il est pourtant considéré comme un « deuxième cru classé ». Dès la fin des années quatre-vingt-dix, il a carrément démissionné de l'organisation des grands crus classés à la grande consternation de ses dirigeants de l'époque, à commencer par Philippe Castéja, qui allait en prendre la tête un peu plus tard.

En réalité, les propriétaires de Léoville Las Cases, qui au milieu du XIXe siècle, n'étaient pas encore les Delon, sont en conflit avec le classement depuis la parution même de celui-ci lors de l'Exposition universelle de Paris ; l'Histoire, décidément, joue un rôle clé dans cette aventure édifiante.

Il n'est qu'à lire l'étiquette du domaine, inchangée depuis Napoléon III : « Grand Vin de Léoville du Marquis de Las Cases », c'est-à-dire que ce vin s'est passé dès le départ des mentions sacrées du vignoble des grands crus, non seulement des mots « Bordeaux » et « château », mais surtout de la précieuse expression « deuxième grand cru classé », un cas heureusement unique parmi les quatre-vingt-huit crus classés, écurie sur laquelle veille jalousement le puissant Conseil.

---

210. Extrait du film *L'Aile ou la Cuisse*, 1976.

Car quand les courtiers bordelais ont dressé leur fameux panorama des grands crus du Médoc – et de Sauternes –, ils n'ont tenu compte que des prix pratiqués les années précédentes, et donc enregistré aux meilleures places uniquement les vins les plus dynamiques sur le marché, c'est-à-dire les plus chers – même si le prix reflétait fatalement une qualité intrinsèque[211].

Léoville Las Cases, à la fin du règne de Louis Philippe, sortant d'une période troublée, ce grand château dont le passé se confond avec la constitution du Médoc, s'est donc retrouvé deuxième cru classé. La famille ne l'a jamais accepté, et cent soixante ans plus tard, si le discours s'est beaucoup apaisé, si Jean-Hubert Delon ne veut plus trop rallumer la flamme de la discorde, il n'a pas vraiment changé d'avis.

Plutôt que de disserter à l'infini sur les vicissitudes du classement de 1855, l'homme de Las Cases recommande de porter ses pas et le regard vers l'autre côté de la départementale, cette route des grands vins longeant le fleuve et ses célèbres châteaux.

Face à l'observateur, se dévoile un vaste clos ceinturé de pierre descendant en pente douce vers la Garonne et dont l'entrée arbore un arc superbement rehaussé d'un lion dominateur.

Voici, dit-il, le « clos » de Léoville Las Cases, 55 hectares d'exception formant le cœur historique et qualitatif du grand domaine d'origine et dont les terres voisines sont celles de Château Latour.

---

211. Prix au tonneau de 225 litres à l'époque : 3 000 francs minimum pour les « premiers » ; 2 500 à 2 700 francs pour les « seconds » ; 2 100 à 2 400 pour les « troisièmes », etc.

Selon quelques exégètes et la famille propriétaire, ce lieu est comparable aux plus grands terroirs du Bordelais, comme par exemple « L'Enclos » de son voisin Château Latour – du nom de la grande parcelle d'origine de Latour, où encore aujourd'hui les raisins donnent les meilleurs jus.

Soudainement, Jean-Hubert Delon fait référence à la découverte, à l'occasion de travaux, de haches bicéphales disposées en cercle en des temps néolithiques, la preuve que la particularité de ce terroir est connue depuis des temps immémoriaux :

« Ici, tout être humain sait que c'est un Endroit. Il y a des endroits comme ça… Ce fut un lieu de culte, on sent qu'il y a quelque chose… »

Dans les grands Bordeaux, on n'est jamais très loin de l'acte de Communion.

En résumé, les Delon jugent que la place de leur Las Cases est celle d'un « premier grand cru classé » et que le destin de ce vin aurait dû être celui d'un Mouton-Rothschild, revalorisé au titre de Premier par les efforts du baron Philippe de Rothschild, à compter de 1973.

Comme le disaient les courtiers depuis que les très grands Bordeaux se retrouvent à la table des puissants de ce monde :

« Latour et Las Cases, ce sont les plus belles paires de fesses du Médoc[212]*. »*

S'il est apaisé aujourd'hui, l'homme, d'un caractère certain, aura sans doute donné quelques insomnies

212. Propos rapportés.

voici une dizaine d'années aux responsables du Conseil des grands crus.

À l'époque, l'organisation du classement de 1855 se prépare à célébrer en grande pompe son cent cinquantième anniversaire en éditant un luxueux ouvrage devant incarner la référence absolue en la matière, et donc graver pour l'éternité cette hiérarchie devenue un véritable argument de vente alors qu'explose la mondialisation du marché des belles étiquettes girondines.

Mais Jean-Hubert Delon, qui donc a démissionné avec fracas du syndicat quelque temps plus tôt[213] devant l'impossibilité manifestement définitive d'obtenir la moindre révision, exige, menaces de procès à l'appui[214], de ne pas figurer dans le beau livre-événement. Cette absence sera finalement acceptée par le Conseil, celui-ci ne faisant évidemment aucune mention d'un conflit gâchant un peu la fête dans ses pages de présentation.

La sécession définitive de Léoville Las Cases, à quelques mois des somptueuses festivités commémoratives, a fait trembler le milieu. Philippe Castéja et ses équipes avaient en effet prévu un véritable feu d'artifice d'excellence à l'occasion du dîner d'ouverture de Vinexpo, traditionnellement organisé par le Conseil des grands crus[215].

---

213. En 1998.
214. « Tempête sur les grands crus », *L'Express* du 11 avril 2005.
215. L'intitulé exact de ce dîner est « Dîner en l'honneur de la presse internationale ». Il a toujours lieu dans les murs d'un « Premier » : Margaux en 2015, Mouton en 2013, Haut-Brion en 2011, etc.

L'événement a eu lieu chez le plus puissant, si l'on peut dire, des « vignerons » bordelais, Bernard Arnault, grand patron du groupe LVMH, en son château d'Yquem, un repas unique dans les annales qui a vu, par exemple, servis sur le fromage, en même temps et pour cinq cents invités, cinq verres des cinq premiers crus classés, Latour, Haut-Brion, Margaux, Mouton et Lafite, tous dans de beaux millésimes anciens[216].

Ce soir-là, la chorégraphie bachique a atteint des sommets que le courtier François Lévêque, les mains jointes en la position du recueillement, a qualifiés de manière simple :

« Seul Bordeaux est capable d'organiser cela… »

Bien entendu, il n'y eut pas l'ombre d'une bouteille de Léoville Las Cases sur les tables…

Aujourd'hui, Jean-Hubert Delon n'a aucune envie de revenir sur les détails de célébrations ayant eu lieu sans sa famille, mais il ne peut s'empêcher de dénoncer encore une fois cette hiérarchie monolithique, pourtant traversée de nombreux et suspects soubresauts :

« Dans les classements de 1855, il y a une ambiguïté qui n'a jamais été levée entre les marques et le terroir. »

La principale faille du classement des grands Médoc est en effet l'irrésistible tectonique des parcelles qu'a subie le vignoble depuis le Second Empire. Dans cet océan de vignes ayant essuyé moult tempêtes successorales ou financières, les marques, les labels, les châteaux existent toujours sur le papier, mais les

216. Respectivement dans les millésimes 1979, 1975, 1983, 1982 et 1978.

terroirs qui y sont rattachés ont considérablement évolué dans le temps, souvent en s'agrandissant, parfois démesurément.

Voilà un autre secret de la mécanique des grands vins, du moins ceux du Médoc : il leur est tout à fait possible de racheter des vignes alentour et de les intégrer à leur meilleur vin, celui qui est vendu une petite fortune, pour augmenter la production de celui-ci, donc sa rentabilité. Le phénomène touche tous les crus classés, et il représente aussi une solution pour contrebalancer la baisse des rendements, effet qui est à la source, il faut le reconnaître, de l'extraordinaire progression de la qualité depuis trente ans.

En bref, les grands crus classés ont grossi comme la grenouille de la fable, mais c'était pour la bonne cause, celle des premiers vins, clament-ils en chœur !

Pour reprendre l'un de nos exemples favoris, Château Lascombes, il est piquant de constater à quel point la propriété s'est émancipée de ses marges d'origine depuis Napoléon III : ce grand Margaux, ancienne filiale du fonds Colony Capital[217], culmine à 82 hectares alors qu'au moment où les courtiers s'intéressaient à son cas, le château ne faisait que… 7,2 hectares[218].

Il s'agit là d'un exemple extrême, et il y en a d'autres, mais son extension a surtout été menée dans les années soixante, à l'époque où Lascombes était la propriété de l'un des personnages les plus ambitieux de Bordeaux, l'écrivain Alexis Lichine, un influent qui, comble de l'histoire, recommandait déjà sous

217. Voir chapitre 1.

218. Voir détails et références dans *In vino satanas !*, Denis Saverot et Benoist Simmat, Albin Michel, 2008.

de Gaulle de réviser le classement de 1855, une hiérarchie qu'il jugeait dépassée et qu'il fallait *a minima* renfermer dans les placards des curiosités historiques.

Il n'en reste pas moins que les actuels propriétaires des grandes étiquettes ont tous hérité de marques dopées à la parcelle de vignes et, pour nombre d'entre eux, poursuivent l'effort de rationalisation et d'extension des terres.

Pour célébrer les cent cinquante ans du classement, de mauvais esprits auraient pu publier les inflations foncières par château, plus ou moins importantes au tournant des années deux mille : + 9 % à Château Margaux, + 18 % à Latour, + 50 % à Brane-Cantenac (Margaux), + 600 % à Prieuré-Lichine[219] – encore et toujours Margaux, une appellation qui, dit-on dans le Médoc, a subi l'appétit des propriétaires négociants des Chartrons en tant qu'appellation géographiquement la plus proche de la ville.

La famille Delon ne nie évidemment pas avoir elle-même agrandi sa propriété au gré des opportunités, passant ainsi à pratiquement une centaine d'hectares aujourd'hui[220], mais avec une différence de taille : le clos d'origine, cet « Endroit » regardant le fleuve, est toujours consacré presque exclusivement au premier vin, le Grand Vin de Léoville du Marquis de Las Cases, alors que toute l'extension foncière a alimenté la création, non d'un deuxième vin, mais d'un autre vin, le

219. Sur la période, Château Margaux est passé de 80 à 87 hectares ; Château Latour de 55 à 65 hectares ; Brane-Cantenac de 50 à 75 hectares ; Prieuré-Lichine de 10 à 70 hectares.
220. Passant de 55 hectares à 98 actuellement, soit + 78 %.

Clos du Marquis, un cru qui a gagné, si l'on peut dire, ses lettres de noblesse[221].

En somme, Jean-Hubert Delon serait un des très rares propriétaires de grands crus classés à respecter pratiquement à la lettre les caractéristiques géographiques d'origine d'un classement qu'il est également le seul à avoir abandonné !

Le débat est sans fin si l'on doit considérer que le palmarès de 1855 est une hiérarchie de marques commerciales, et non de terroirs.

Alors, finalement, ce sont surtout les conséquences en matière de fixation des prix cadenassés par la Place de Bordeaux et ses « marchands » – il ne dit pas « négociants » – qui exaspèrent au plus haut point le nouveau dirigeant de Léoville Las Cases quand il prend ses fonctions en 1994.

À l'époque, raconte-t-il, les grands crus du Médoc alignaient leurs tarifs en pyramide inversée, commençant par établir une zone de prix pour les Premiers, puis appliquant une décote de 30 % pour la zone des seconds, qui eux-mêmes imposaient un tarif plus modeste aux « troisième », etc.

Au début des années deux mille, quand les cotes des grands Bordeaux commencent à exploser, les seconds crus classés deviennent deux fois moins chers que les Premiers. Puis, vers la fin de la décennie, quand les acheteurs chinois entrent en jeu, ce sont cette fois les seconds vins des Premiers, ces Carruades de Lafite,

221. Il existe aussi un deuxième vin issu de vignes jeunes du clos ou des marges de la propriété : Le Petit Lion de Léoville Las Cases.

Pavillon Rouge de Margaux et autres Petit Mouton de Mouton-Rothschild qui se vendent plus chers que les seconds crus classés, Las Cases, Poyferré, Barton, Cos, Montrose, etc.

Sans compter ces autres châteaux, moins réputés, vendant à prix d'or leurs vins sous bannière crus classés alors que le travail d'excellence n'est pas fait, une manière indirecte de mal orienter l'amateur, l'amateur du bout du monde, bien évidemment, dans ses choix.

Non, décidément, Jean-Hubert Delon n'a jamais digéré que l'organisation des grands crus classés soit passée du statut de syndicat de défense à un lobby de promotion un peu trop faillible[222].

Cependant, n'était-il pas nécessaire de sacrifier le soldat Delon ?

Le classement revisité par la City

La force du classement de 1855, cette hiérarchie que Philippe Castéja, président du Conseil, veut graver dans le marbre du Patrimoine mondial de l'Unesco[223], est, certes, également sa faiblesse : ne pas pouvoir y toucher, c'est renoncer à corriger ses approximations, et elles ne concernent pas uniquement l'extension parfois exagérément ambitieuse de marques mondiales ayant besoin de volumes pour satisfaire la demande export et soulager leurs bilans financiers.

---

222. L'organisation s'est d'ailleurs longtemps appelée « Syndicat des grands crus classés » avant de devenir « Conseil des grands crus classés ».
223. Voir chapitre 5.

Bien sûr, tout le monde connaît la réintégration de Mouton au rang de Premier, qui est moins vue comme une modification du classement qu'une évolution préparée de longue date. On connaît moins le rajout, en septembre 1855, quelques mois seulement après la présentation du classement, de Château Cantemerle, dernier des « cinquième », que les courtiers avaient oublié six mois plus tôt[224]. Cantemerle fut donc mentionné dans le classement à compter de l'année suivante, 1856, ce qui en fit un nouvel élu.

Il existe aussi un cas contraire, c'est-à-dire une disparition, là aussi parfaitement oubliée, et qui modifia une deuxième fois le totémique classement : il s'agit de Château Dubignon-Talbot, également troisième cru classé en 1855, décimé par le phylloxéra dix ans plus tard, absorbé par un voisin, puis ressuscité au début du XXe siècle mais sans son titre, ce qui fait revenir le total au chiffre initial.

Mais ce n'est encore rien par rapport au cas extraordinaire du plus méconnu des grands crus classés actuels, un Margaux encore une fois, Château Desmirail, une propriété purement et simplement disparue voici presque un siècle, son prestigieux voisin[225] l'ayant rachetée pour s'agrandir.

Dans les années quatre-vingt et quatre-vingt-dix, ce troisième cru classé va pourtant renaître comme par enchantement grâce aux efforts de membres de la

224. Ce Haut-Médoc vendait sa production exclusivement en Hollande pendant la première moitié du XIXe siècle. Les archives de prix auraient donc manqué aux courtiers pour l'intégrer à leurs négociations.

225. Château Palmer. Voir chapitre 9.

famille Lurton – celle de Pierre Lurton, le gérant de Cheval Blanc et d'Yquem –, qui rachètent, non seulement la marque, mais des bâtiments et surtout... des vignes, car elles avaient été absorbées par d'autres ! Malgré cette mutation, Desmirail restera un « troisième cru classé » sans qu'il n'ait jamais été question de remettre ce précieux titre en jeu.

Si le classement paraît aujourd'hui totalement inamovible et gravé pour l'éternité grâce à l'actif lobbying du Conseil, une tentative de révision a bel et bien été engagée au tournant des années soixante et soixante-dix, comme s'en souviennent parfaitement Jean-Hubert Delon – et pour cause, son grand-père Paul fut à l'époque président du Syndicat des crus classés, ancêtre du Conseil –, mais aussi Jean-Michel Cazes, rappelant qu'une nouvelle hiérarchie avait été proposée, et le projet, selon lui, publié dans le quotidien *Sud-Ouest* !

Pourtant accepté par les pouvoirs publics, le processus de révision s'était finalement arrêté au cas des Premiers, réintégrant donc Mouton à ce grade, personne n'ayant finalement osé aller plus loin.

C'était sans doute plus prudent.

Les brokers anglais spécialisés dans les grands Bordeaux et qui pèsent un poids non négligeable en tant qu'intermédiaires dans leurs commercialisations connaissent ces subtilités d'initiés sur le bout des doigts et s'amusent toujours de voir refleurir de vaines polémiques sur un palmarès que personne, finalement, n'a intérêt à bousculer, au risque évident de faire s'effondrer l'édifice.

Comme tous les acheteurs internationaux, ils savent très bien que ces polémiques locales ne riment pas à grand-chose pour la simple et bonne raison que, dans le monde des grands, les amateurs créent eux-mêmes une sorte de classement invisible, une hiérarchie fiable puisque dictée par les prix du marché, tarifs fluctuants et reflétant donc la valeur des marques, par exemple du Médoc, exactement comme cela fut le cas au printemps 1855.

Alors, à la fin de la décennie deux mille, avec un sens de l'humour typique de leur nation, des professionnels britanniques ont eu l'idée simple mais judicieuse, non de réaliser leur propre classement comme certains critiques (Robert Parker en tête, avec son fameux « guide ») ou écrivains (Alexis Lichine dans les années soixante), mais plutôt de refaire le « 1855 » au goût du jour avec les instruments de l'époque, c'est-à-dire des échelles de prix.

L'opération a été imaginée et réalisée au sein de la société londonienne Liv-Ex publiant le seul indice boursier de référence mondiale cotant quotidiennement la valeur des plus grands vins du monde, exactement comme une Bourse le ferait avec des actions.

Il s'agit d'une place financière dédiée aux meilleures étiquettes nommée le Liv-Ex, dont le Liv-Ex 100 est une sorte de Cac 40 des vins et dont on ne sera pas surpris d'apprendre que les trois quarts des unités sont en général des crus bordelais[226].

Le résultat de ce coup fourré digne des Monty Python se montrera saisissant puisqu'il reflète exactement ce

226. À février 2015, le Liv-Ex 100 était composé de soixante-quatorze bordeaux contre vingt-six autres vins français ou du monde.

Le classement de 1855 revu par la City (extraits)

Nom des vins	Prix moyens en livres sterling	Rang 1855
Premiers crus		
Château Latour	4 620 £	2e
Château Lafite Rothschild	4 197 £	1er
Château Margaux	3 773 £	3e
Château Mouton Rothschild	2 941 £	5e
Château Haut-Brion	2 705 £	4e
Château la Mission Haut-Brion	2 225 £	-
Deuxièmes crus		
Château Palmer	1 085 £	27e
Château Léoville Las Cases	1 029 £	8e
Château Cos d'Estournel	804 £	17e
Château Pape Clément	686 £	-
Château Montrose	672 £	18e
Château Ducru-Beaucaillou	664 £	16e
Château Pichon Longueville Comtesse de Lalande	588 £	15e
Château Pichon-Longueville	525 £	14e
Château Léoville Barton	510 £	10e
Château Lynch-Bages	502 £	49e

(Source : Liv-Ex 2009 / extraits)

qu'une majorité de connaisseurs estiment devoir être la place des différentes grandes marques de vins, c'est-à-dire que les surprises n'en sont pas vraiment[227].

Parmi les « Premiers », Latour est largement en tête (4 620 livres la caisse de douze[228]), suivi de Lafite, et,

227. Ce « Classement de 2009 » a été publié en mars 2009 sur les mêmes critères que le classement de 1855 : cinq niveaux de prix de la caisse de douze bouteilles (cette fois-ci exprimés en livres sterling) émanant des cotations des cinq millésimes précédents (2003 à 2007), soit avant la folle inflation des années 2009, 2010 et 2011.

228. Environ 6 200 euros à février 2015, soit 516 euros la bouteille. Une cote déjà très élevée alors que la folie chinoise n'est pas encore passée par là.

plus loin, Margaux, Mouton, Haut-Brion, puis La Mission Haut-Brion, autre château très recherché faisant son entrée dans un classement auquel il n'appartenait pas voici un siècle et demi.

Concernant les seconds, Palmer et Léoville Las Cases font la course en tête (à un peu plus de 1 000 livres la caisse), suivis de labels dont nous avons conté les aventures dans cet ouvrage : Cos d'Estournel, les deux Pichon (rappelons qu'il ne faut pas confondre le « Baron » et la « Comtesse »), Pape Clément (le vaisseau amiral de Bernard Magrez, qui fait son entrée dans le classement), Lynch-Bages (le grand vin de la famille Cazes, qui commet l'exploit de passer de « cinquième » à « deuxième »), etc.

Suivent des entrées très souvent justifiées, comme Smith Haut-Lafitte, Haut-Marbuzet, Domaine de Chevalier, etc.

Pour tout le reste, les exégètes remarqueront qu'un peu plus de la moitié des places sont redistribuées, ce qui signifie qu'un peu moins de ce même total n'évolue pas en cent cinquante ans, ce qui peut laisser supposer que le classement n'est pas aussi miné de l'intérieur que certains voudraient le laisser croire.

Nous remarquerons que les deux « oubliés », Cantemerle et Desmirail, ainsi que le propre grand cru du patron des crus classés, Lynch-Moussas, propriété de Philippe Castéja, sont exclus de ce classement de la City car ils n'atteignent pas, et de peu, le niveau de prix minimal pour y figurer[229].

Il s'agit sans doute d'humour anglais.

---

229. 200 livres la caisse (268,50 euros, soit un peu plus de 22 euros la bouteille).

Du rififi à Saint-Émilion

La morale de cette histoire, c'est que si les Bordelais et leurs émules adulent leurs classements, il y en a toujours quelques-uns pour essayer de les faire exploser ; et s'ils constituent un des sujets de discussion préféré des amateurs et des vignerons, le clash n'est jamais très loin. Cela rend tout le monde un peu fou et laisse supposer que, finalement, ces hiérarchies hystériques ne servent pas à grand-chose.

Un jour des années deux mille eut lieu un dîner forcément prestigieux dans les murs de l'un des crus les plus cotés de Pessac-Léognan – une appellation qui possède son propre classement, un de plus –, une dégustation assortie de beaux mariages entre les plats et les meilleurs millésimes en l'honneur de journalistes et de dégustateurs.

Ce type de cérémonie est une habitude ancrée en Bordelais, c'est ainsi que le monde des grands vins communique avec les médias parisiens et internationaux depuis des temps immémoriaux. On s'y tient généralement très bien.

Ce soir-là, l'un de ces invités eut le malheur d'évoquer devant la sympathique tablée l'éventualité d'imaginer réviser le classement des vins de Graves, seize Pessac-Léognan figés depuis 1959 dans l'éternité de leur excellence supposée[230].

Il eut droit à cette réponse du maître de maison, qu'il a fallu retenir par la force :

230. Établi par le Syndicat viticole et l'Inao. Curiosité : Haut-Brion, déjà « premier grand cru classé » en 1855 deviendra donc également « cru classé des Graves » en 1959.

« *Si tu recommences à parler de ça, je te casse la gueule*[231] *!* »

L'indigné n'avait peut-être pas tout à fait tort de ne pas vouloir même discuter d'ouvrir la boîte de Pandore quand on se souvient d'un autre fiasco incarné par un énième classement des grands Bordeaux, peut-être un peu moins prestigieux celui-ci, le classement des crus bourgeois.

Ces vins fins de qualité intermédiaire entre les bordeaux et les grands crus, dont la dénomination remonte au Moyen Âge, les courtiers, encore eux, en recensèrent très précisément quatre cent quarante-quatre dès 1932, c'est-à-dire à peu près à l'époque où les vignobles français tentaient de refermer la page noire du phylloxéra en organisant les régions autour du système des appellations d'origine contrôlées (AOC).

Bien plus tard, en 2003, une hiérarchie totalement modernisée, avec des crus bourgeois, « bourgeois » tout court, « supérieur » et « exceptionnel », est publiée, un travail de Romain ayant exigé de passer au microscope environ cinq cents candidats... dont la moitié verra leur candidature rejetée, et dont bon nombre iront, c'est décidément une maladie girondine, réclamer l'annulation du nouveau classement, ce qui sera effectivement décidé en 2007[232].

Comment s'étonner, alors, que l'interprofession de la très réputée appellation Pomerol ait soigneusement conservé dans ses placards un classement réalisé pendant l'Occupation à la demande des autorités allemandes ?

---

231. Propos rapportés.
232. Depuis 2008, la mention « Cru Bourgeois » est devenue un label attribué, ou non, tous les ans.

En pleine guerre mondiale, le ministère de l'Agriculture du gouvernement de Vichy entreprend de répertorier nombre de produits alimentaires, dont les grands vins, afin de mieux taxer ceux-ci pour financer l'effort de l'État français. Pomerol n'ayant jamais eu de classement, la même méthode que pour les grands Médoc est employée, c'est-à-dire que les prix au tonneau sont relevés, et une hiérarchie dressée en cinq catégories de « premiers crus ».

Grâce aux efforts conjugués, nous l'avons vu, d'Edmonde Loubat et de Jean-Pierre Moueix, Château Pétrus – qui devient Pétrus tout court en 1943 – est déjà de loin le plus cher. Il est donc seul en tête du classement et l'étiquette arbore pour ce millésime de guerre l'étrange mention « premier des grands crus », qui peut encore se lire aujourd'hui sur une bouteille de ce même millésime 1943.

Suivent quatre rangs de vins classés, correspondant à des deuxième, troisième, quatrième et cinquième crus – comme dans le Médoc –, mais avec un nombre de châteaux deux fois moins important[233] et, surtout, des interprétations fort libérales sur les étiquettes puisque, à l'époque, la clientèle, souvent allemande, aura le droit de lire les mentions les plus variées, comme « grand premier cru » pour L'Évangile ou « grand cru classé » pour Vieux Château Certan.

Voilà pourquoi des curiosités extirpées des caves ou des enchères font remonter à la surface des bouteilles arborant des étiquettes rares comme cette

233. Vingt-six pomerols classés.

« Château La Conseillante, premier crû [*sic*] de Pomerol, 1943[234] ».

À la Libération, ces étranges mentions hybrides disparaîtront plus ou moins rapidement et ne feront plus que le régal des collectionneurs d'antiques bouteilles. Il ne se trouvera jamais personne sur la rive droite pour vouloir sortir de la naphtaline cette recension des années de guerre et en faire un argument de vente auprès des amoureux de l'argile bleue.

De fait, les hiérarchies à la bordelaise sont admirées du monde entier, mais bizarrement aucun grand vignoble de haute qualité n'a tenté de les imiter, aussi bien du côté de la Californie que de la Nouvelle-Zélande.

Oui, on reproduit partout le « modèle bordelais », cette bouteille de 75 centilitres qui a conquis le monde, avec ses codes terroirs sur l'étiquette, ses modes chic et distingués de consommation, ses accords entre les mets et les vins, sa dimension intellectuelle, même.

Mais les classements, non, ce serait décidément bien trop acrobatique.

Les vignerons des crus classés de Saint-Émilion, eux aussi, en savent quelque chose, ils subissent même une punition collective qu'ils n'ont franchement pas

---

234. Attention : à l'époque, les grands vins pouvaient arborer plusieurs étiquettes, en fonction de leur importateur. Ici, l'étiquette est une version allemande frappée du nom de l'importateur l'ayant fait exporter en Allemagne à l'époque : Reidemeister & Ulrichs (actuel groupe Eggers & Franke Gruppe). Sur une version française « Louis Nicolas » (nom du propriétaire) figure également la mention « 1er cru Pomerol ».

totalement méritée. Depuis trois ans, ils vivent une sorte de psychodrame qui affleure parfois les pages magazines de la presse nationale, ou même étrangère, et tout cela à cause, on l'aura compris, d'un classement, le classement des vins de Saint-Émilion, qui pourtant, sur le papier, est le plus vertueux du genre, pour la bonne et simple raison que celui-ci a été pensé comme révisable, et ce tous les dix ans !

En 1954, un siècle après le Médoc, le Syndicat des vins de Saint-Émilion décide en effet de se doter de sa propre hiérarchie des crus afin de constituer une boussole fiable pour l'amateur. Quelle meilleure manière que de l'imposer avec panache en la déclarant modifiable une fois par décennie, contrairement aux étriqués palmarès de la rive gauche, ces 1855, ces bourgeois, et même ces poussiéreux crus « artisans » ou « paysans », à l'époque reliques boiteuses de classements du XIXe siècle dans la région[235] ?

De fait, les grands crus de Saint-Émilion repasseront leur examen, et avec brio au départ, en 1959, 1969, 1986, 1996, puis en 2006 et 2012, où la situation va franchement dégénérer. Tout aurait pourtant dû aller pour le mieux dans le meilleur des mondes du merlot, les grands Saint-Émilion commençant progressivement à concurrencer leurs cousins du Médoc sur le podium des meilleurs bordeaux internationaux.

La financiarisation progressive du monde des grands crus va pourtant ruiner ces efforts dans les années quatre-vingt-dix – si les connaisseurs s'en

235. Dans les années deux mille, le classement des crus artisans a toutefois été dépoussiéré et relancé (*JO* du 11 janvier 2006).

souviennent, 1995 fut un très bon millésime, qui vit les prix du foncier comme de la bouteille s'envoler.

Dès 1996, des vignerons rétrogradés ou même sortis du classement commencent à protester, ce type d'éviction s'assimilant à une sanction économique car, nous l'avons vu, être classé, où que ce soit, signifie vendre mieux, et surtout plus cher d'au moins un tiers.

La révision décennale de 2006, surtout, sera le début de la fin pour le classement de Saint-Émilion. Onze propriétés perdent alors leur place, ce pour des raisons que certains trouveront justifiées, d'autres totalement disproportionnées, mais c'est en tout cas bien le début de nouveaux débats qui rendent fou.

Dotés d'une obstination toute paysanne, une poignée de châteaux décident de porter plainte et de se liguer pour faire exploser le classement, projet qui aboutira effectivement, quatre années et dix décisions de justice plus tard, à l'annulation du classement de 2006 par le Conseil d'État, institution qui avait peut-être des dossiers plus urgents sur lesquels statuer.

Pour les quelques centaines de milliers d'étiquettes frappées de la mention « grand cru classé » ou même « premier grand cru classé », cela fait un peu désordre aux yeux des amateurs, le prix de ces jolies bouteilles, souvenons-nous-en, continuant année après année de grimper[236].

---

236. Pour complexifier encore un peu l'affaire, la justice autorisera un temps les « promus » du classement de 2006 (ceux qui ont gagné un échelon) à se prévaloir de cette victoire tout en confirmant aux perdants qu'ils pouvaient considérer leur rétrogradation comme annulée. Comprenne qui pourra.

Alors, au lieu de reléguer aux oubliettes de l'Histoire une hiérarchie mobile vulnérable à la critique interne sous des effets papillon dévastateurs, les têtes pensantes de Saint-Émilion décident encore de relancer le classement en le rendant cette fois, croient-elles, inattaquable.

L'inévitable Hubert de Boüard, patron d'Angélus, dont on se souvient qu'il est une figure très active du vignoble, préside en 2011 l'Organisme de défense et de gestion (ODG) de Saint-Émilion, sorte de syndicat viticole de l'appellation. Avec Jean-François Quenin, un de ses proches qui, lui, préside le Conseil des vins de Saint-Émilion, instance responsable du classement, il s'attaque à la rédaction d'un règlement voulu très strict et transparent car pensé sous l'égide du très respecté Institut national de l'origine et de la qualité, l'Inao, le tout validé par un comité de sages extérieurs au vignoble et avec comme outil la validation technique d'organismes certificateurs indépendants.

L'architecture était belle comme de l'antique, le nouveau classement avait été imaginé pour être le plus équitable possible – comprendre : satisfaire une majorité de vignerons –, les procédures respectées à la virgule près, et pourtant… trois ans après, en ce début de printemps 2015, la situation n'a jamais été aussi tendue dans ce joli village touristique classé au Patrimoine mondial de l'Unesco.

Le cas est même surréaliste, puisque seules trois propriétés ont été déclassées – pour d'excellentes ou de mauvaises raisons, la justice tranchera – et ont entrepris de porter l'affaire au… pénal, tandis qu'Hubert de Boüard préparait un procès en diffamation intenté à une journaliste[237] ayant entrepris de dénoncer l'édifice qu'il avait érigé pour en arriver à cette nouvelle hiérarchie – évolution qui, rappelons-le, a abouti à faire de son Angélus l'égal, sur le papier, d'un Cheval Blanc ou d'un Ausone[238].

Un des effets collatéraux de l'opération 2012 ayant été l'augmentation de plus de 60 % de la surface d'hectares de vignoble « classé[239] », cela aura sans doute contribué à semer le trouble sur ces évolutions, puisque cela revient à se partager une plus grande rente foncière – car plus de terres classées équivaut à plus de terres valant plus cher – ainsi que des bénéfices plus importants – plus de bouteilles classées se valorisent, encore une fois, *a minima* 30 % plus cher.

Comme le dit avec un brin de lassitude Jean-Luc Thunevin, l'homme de Valandraud, le premier des vins de garage, inventé *ex nihilo* au début des années quatre-vingt-dix et dorénavant « premier grand cru classé B » dans la nouvelle hiérarchie de 2012 :

« Ici, tout le monde fait profil bas. »

Au même moment, à Londres, à l'occasion d'une dégustation, justement, des grands crus classés de Saint-Émilion, les langues se délient un peu plus. Laurence Brun, dirigeante de Château Dassault, le bordeaux de la famille du même nom, est également vice-présidente de l'Association de grands crus classés de Saint-Émilion (AGCCSE).

---

237. Isabelle Saporta, auteur de *Vino Business* (A. Michel, 2014).
238. Ces affaires étaient encore en cours d'instruction au printemps 2015.
239. Environ 1 300 hectares, soit un quart de la totalité de l'AOC.

Elle regrette devant la presse spécialisée anglaise que les responsables de la situation n'avancent pas et qu'aucune décision ne soit prise pour dénouer cet imbroglio, préjudiciable à tous les grands vins de Saint-Émilion, avouant même une forme d'impuissance :

« *Nous essayons à Saint-Émilion d'utiliser le classement pour mieux orienter les amateurs dans leurs choix. En fait, aider les gens* [de cette manière], *c'est trop compliqué, c'est déroutant*[240]... »

Le charmant acronyme AGCCSE désigne un énième lobby des grands vins, réunissant cinquante-huit belles étiquettes de Saint-Émilion, mais ayant un peu perdu de son influence en l'absence de poids lourds comme les premiers crus classés, qu'ils soient « A » ou « B ».

Pauline Vauthier, codirigeante et copropriétaire du rarissime Château Ausone, un des quatre classés « A », également présente à la manifestation anglaise, ajoute devant le même interviewer que ce classement n'apporte décidément que de la confusion et qu'Ausone a décidé de ne plus s'en prévaloir sur son « matériel » marketing[241].

L'aveu en dit beaucoup sur l'ambiance qui règne dans la capitale du merlot...

Il est vrai que si la justice, qui finira bien par rendre ses verdicts[242], fait « tomber le classement » – c'est la redoutable expression employée en ce moment –, ce

---

240. « Unrest over St Emilion System "Disturbing" », Lauren Eads, *The Drink Business*, 4 février 2015.
241. *Ibid.*
242. À fin mars 2015, aucune audience n'avait été prévue par le tribunal de Bordeaux.

serait une catastrophe pour tous les grands vins de Saint-Émilion, et la preuve définitive que les classements ne servent plus à grand-chose sinon à déclencher des jacqueries surréalistes dont se repaissent les médias et les ennemis du Bordelais.

Serait-ce la fin d'une époque ?

Saint-Émilion, comme le Médoc, les Graves, Pomerol ou même le Sauternais, se sont fait tout un monde des sacro-saints classements comme s'ils constituaient encore des boussoles fiables pour leurs consommateurs, qui sont pour beaucoup d'entre eux des étrangers.

En réalité, ceux-ci acquièrent le plus souvent des châteaux, des marques, et non des crus « classés », un système auquel les Bordelais sont encore attachés puisqu'ils furent les premiers à le promouvoir, mais dont les consommateurs aisés ne tiennent plus compte.

Au-delà des éventuelles bisbilles de méthode, dont le détail sera examiné par la justice, il existe donc une incohérence, en ce début de XXIe siècle, à vouloir vitrifier des hiérarchies, que ce soit pour l'éternité (Médoc) ou pour une décennie (Saint-Émilion).

Comme les courtiers du Second Empire et les brokers du Liv-Ex l'ont compris à un siècle d'intervalle, le seul classement qui vaille est celui des prix dont sont prêts à s'acquitter ceux qui font vivre les grands châteaux, c'est-à-dire les amateurs.

Nos amis anglais pourraient parfaitement s'amuser à « refaire » le classement des vins de Saint-Émilion comme ils l'ont fait pour le Médoc : avec des échelles de prix. Le simple fait de comparer les prix médians des vins sur deux millésimes très représentatifs récents laisse deviner quelle pourrait être la hiérarchie actuelle, hiérarchie amenée à évoluer dans le temps.

Ainsi, si l'on considère les prix cavistes mondiaux des étiquettes classées de Saint-Émilion sur l'année la plus spéculative, 2010, puis la moins spéculative, 2013, et que l'on en tire un niveau médian, un classement de marché, comme celui du Liv-Ex 2009, laisse apparaître peu de surprises : Ausone et Cheval Blanc évoluent dans une tranche médiane de 800 à 1 000 euros la bouteille[243] ; Angélus et Pavie sont entre 250 et 300 euros[244] ; suivent Valandraud, Figeac ou Troplong Mondot, entre 100 et 200 euros, Clos Fourtet, Pavie-Macquin, Trotte Vieille, La Gaffelière et d'autres, entre 50 et 100 euros, puis, à moins de 50 euros, des grands crus plus « modestes » comme certains évoqués dans ce livre, les Soutard, La Dominique, Fombrauge, Dassault et autres Corbin.

Mais peut-être à l'avenir faudra-t-il imaginer de nouveaux critères de classement, comme par exemple le degré de respect de l'environnement dans la production de grands vins ?

243. Respectivement 980 et 830 euros. Calculs de l'auteur *via* l'index de cotations wine-searcher.com (à début février 2015).
244. 283 et 282 euros.

Chapitre 9

La longue marche du bio

Quand un ancien de Mondovino se convertit à la joie des brebis désherbant paisiblement ses rangs de vignes – Les familles Sichel et Mähler-Besse inquiètent que l'on pratique une certaine magie verte dans leur chère propriété de Palmer – Pourquoi Château Margaux refuse-t-il de dire qu'il est en partie passé en biodynamie ? – La conversion raisonnable de Mme *Cruse.*

Le mois de février 2015 est glacial sur les vignes de Margaux, petite commune qui n'hésite pas à se proclamer « vignoble le plus célèbre du monde » sur l'affichage concave d'un virage serré du village.

Il n'y a évidemment pas un touriste chinois ou américain à se mettre sous la dent en cette morne saison, et pourtant un groupe d'ouvrières bien particulier s'active entre les rangs de vignes. Elles sont une soixantaine et, pour elles, l'année se termine dans un mois ou deux, en mars ou avril. Elles ne coûtent pas bien cher à ceux qui emploient leurs services, entre autres quelques caisses d'un vin très prestigieux délivré à… un berger de Parempuyre, en Sud-Médoc.

Depuis novembre, c'est-à-dire après la période des vendanges, ce troupeau de brebis, car ce sont des brebis, assume la lourde charge de désherber les 55 hectares de Château Palmer, un très fameux Margaux.

Ce « troisième cru classé » dans la toponymie de 1855, propriété ayant autrefois appartenu à des familles renommées comme celle des Pereire, des Miailhe ou des Ginestet, est une célébrité sur les marchés anglo-saxons, et cela en fait plutôt un « supersecond », un cru valant plus que son rang officiel et vendu à prix d'or – si vous désirez boire un 2009 ou un 2010, il vous en coûtera tout de même plus de 300 euros…

Des caprinés sur les vastes terres d'un très grand vin du Médoc, la scène est étonnante, et d'ailleurs pratiquement unique sur la zone des prestigieux Margaux. Car depuis des décennies, depuis l'invention de la viticulture productiviste moderne avant la guerre, les pratiques automnales et hivernales sont devenues bien différentes dans les grands vins.

Pour entretenir les parcelles, par exemple, on commence par « chausser » la vigne, c'est-à-dire que l'on retourne mécaniquement la terre entre les rangs pour couvrir de celle-ci les pieds des ceps. Par la suite, on arrosera généreusement de désherbant chimique ces mêmes allées à raisin pour annihiler toute trace de végétaux invasifs et obtenir ces belles rangées de ceps bien peignées que les visiteurs du monde entier viendront à la belle saison saisir d'un cliquetis de smartphone.

Seulement, juste avant les vendanges de 2010, Château Palmer a fait le choix radical et presque irréaliste de convertir progressivement les 550 000 pieds du domaine en agriculture biologique avec pour objectif d'obtenir une certification bio « AB », définitivement à compter du millésime 2017.

L'homme qui a permis cette petite révolution silencieuse dont Palmer ne fait pour l'heure aucune publicité sort à l'instant du chai d'assemblage où les 2014 seront bientôt dosés sous la direction du célèbre winemaker Éric Boissenot[245]. 2014 est d'ailleurs le premier millésime de Palmer réalisé à 100 % en culture bio, et donc parfaitement dans le calendrier pour recevoir la future labellisation.

Lunettes rondes de chercheur, pas énergique (généralement sur des Camper orange), phrasé cadencé, notre personnage est en réalité un encore jeune directeur : Thomas Duroux, né en 1970, qui, l'avoue-t-il, ignorait tout voici peu de cette agriculture alternative pourtant très en vogue dans nombre de vignobles français comme dans les cantines à boire parisiennes.

À son arrivée en 2004, comme tous ses voisins, comme la quasi-unanimité des dirigeants des grands crus, Thomas Duroux cultivait la vigne de manière « conventionnelle » ; c'est-à-dire, en langage diplomatique, sans avoir la main trop lourde, en utilisant le moins possible les produits issus de la pétrochimie, soit des engrais, des pesticides, insecticides, etc.

245. Voir chapitre 4.

Le jeune homme avait d'ailleurs fait ses classes en Italie chez un symbole de la mondialisation des vins, le groupe américain Mondavi, et peu se souviennent encore qu'on l'aperçoit dans *Mondovino*, ce documentaire controversé dénonçant, entre autres joyeusetés, l'holocauste chimique des vignes, et donc la vitrification du goût.

En 2007, le Français va pourtant choisir d'écrire sa propre histoire en se montrant sensible aux questionnements de la nouvelle directrice technique de Palmer, la blonde et souriante Sabrina Pernet, une native de Normandie où ses jeunes années passées dans l'équilibre naturel de la ferme familiale l'ont incitée à formuler immédiatement des interrogations sur les pratiques culturales de l'exploitation viticole où elle allait dorénavant travailler.

Le duo commence à réfléchir sérieusement au véritable bombardement de biocides que subissent les terres agricoles françaises depuis un demi-siècle, notre pays figurant parmi les champions de la consommation de cette famille de substances chimiques regroupant les pesticides, produits phytosanitaires, antibiotiques et autres antiparasitaires.

La France a, hélas, été aux avant-postes de ce vaste tsunami chimique, comme le montre l'exemple ahurissant des désherbants industriels, les herbicides, dont la France est un triste leader européen[246].

---

246. Seul membre de l'Union à avoir déversé plus de 25 000 tonnes d'herbicides sur l'année 2005 (Eurostat et Commission européenne, in *L'Alimentation en otage*, José Bové et Gilles Luneau, Autrement, 2015).

Et le chiffre qui fait peur en France, ils ne le connaissent que trop bien : si les vignes représentent 3,7 % des terres agricoles, elles absorbent encore 20 % de ces adjuvants fatalement polluants[247].

Malgré la gêne que cela suscite dans un des secteurs fleurons de notre économie, il est difficile d'ignorer que l'introduction de molécules de synthèse a été massive depuis l'après-guerre, et que ce phénomène a généré une pollution durable de l'environnement, voire des populations humaines.

Pis, et comble de l'hypocrisie, il n'existe en Europe aucune limite légale de mesure des traces de ces produits phytosanitaires pouvant encore subsister, même en quantité infinitésimale, dans les vins. En conséquence, aucune campagne systématique de détection de ces résidus polluants n'a jamais été menée pour le vin, contrairement à ce qu'il se pratique pour n'importe quel produit alimentaire[248] !

Thomas Duroux et Sabrina Pernet, consternés, ont donc décidé de faire un premier test :

« Sur le millésime 2009, nous avons sélectionné une parcelle neutre de 1,5 hectare de cabernet-sauvignon [pas la meilleure, ni la moins bonne]*, l'avons divisée en deux, puis avons fait d'un côté du bio, de l'autre de la culture conventionnelle... Le résultat a été sans appel. »*

---

247. *Que choisir*, n° 518, octobre 2013, p. 49.
248. Un projet de limites maximales de résidus-vin (LMR-vin) est à l'étude à Bruxelles depuis quatre ans. Les LMR sont des seuils de toxicité établis par l'Agence européenne de sécurité des aliments (EFSA). Pour l'instant, il n'existe que des « LMR-raisins de cuve » (avant fermentation alcoolique).

Aussi étonnant que cela puisse paraître, les différences ressortent immédiatement sur la demi-parcelle bio : les feuilles de vignes apparaissent comme plus vivaces, les branches se tiennent mieux, le labour dégage un parfum différent quand la terre est retournée, la prolifération des mauvaises herbes est circonscrite, etc.

Bien entendu, et c'est tout de même l'objectif final de l'opération, la saveur et la texture du grand vin en ressortent déjà légèrement améliorées, soutient l'équipe du château ; son « soyeux », notamment, n'en serait qu'encore plus développé – ce terme en vogue actuellement désigne la finesse supposée en bouche d'un grand bordeaux d'assemblage.

Après cette expérience se pose fatalement une question piège : pourquoi Bordeaux, et notamment le Bordeaux des grands vins, n'est-il pas un pionnier de ces modifications culturales ? Pis, pourquoi le vignoble girondin est-il si en retard en matière de bio par rapport à ses concurrents bourguignons ou provençaux, sans parler de toutes les zones étrangères où la pratique se répand comme la bonne parole ?

Selon les données gouvernementales, Bordeaux, avec la Champagne, est le vignoble où la croissance des conversions bio aura été la plus faibles dans les années deux mille et, en conséquence, où le pourcentage d'hectares de vignes devenues « biologiques » est le moins élevé au début de la décennie suivante[249].

249. + 3 % en 2012, soit 6,5 % de la surface (département de la Gironde). Source : Agence Bio.

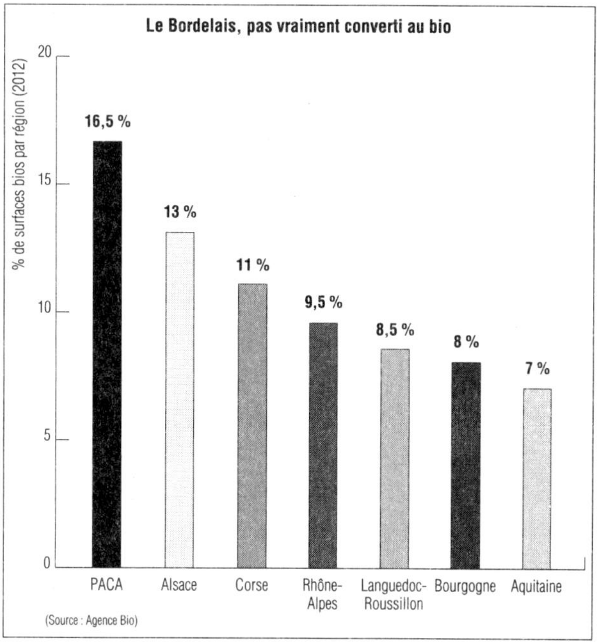

Relativement au vignoble le plus puissant du monde, cela fait évidemment un peu tache et n'est pas étranger à la décision du dirigeant de Palmer de bousculer le paysage :

« Nous nous sommes donc lancés à fond. En fait, je pense intimement que nous n'avons pas vraiment le choix, même si cela ne se dit pas, même si c'est tabou. Les consommateurs ne comprendraient pas que de petits vignerons de l'Entre-deux-Mers basculent en bio alors que les grands crus, non. Et Bordeaux a largement les moyens d'être un leader mondial du bio. »

Restait alors le plus difficile à accomplir, c'est-à-dire aller convaincre les discrets propriétaires du fameux Margaux que ce virage à 180 degrés était effectivement inéluctable.

Palmer est encore aujourd'hui la propriété de deux familles traditionnelles du Bordeaux des Chartrons, c'est-à-dire des maisons de négoce traditionnelles : d'abord les Sichel, avec Allan Sichel en tête[250], puis les Mähler-Besse, dont la maison familiale a été absorbée en 2014 par l'empire Philippe Castéja[251].

Au jour dit, la docte assemblée se montre évidemment ouverte aux ambitions stratégiques nouvelles de leur jeune équipe dirigeante, mais redoute les dommages collatéraux sur l'équilibre financier du domaine. Palmer, comme Lynch-Bages ou Cos d'Estournel, bénéficie de bonnes rentabilités, mais variables en fonction des millésimes et des conditions de marché et ne peut en aucun cas bénéficier de l'extraordinaire confort comptable des Premiers.

Les interrogations des Sichel et des Mähler-Besse sont donc redoutablement simples :

« Allez-vous produire moins ? Et surtout, produire du Palmer va-t-il coûter plus cher ? Attention, il ne faut pas mettre en péril la propriété[252]*… »*

Thomas Duroux va les rassurer immédiatement : en se passant de la traditionnelle batterie d'intrants chimiques, que l'industrie vend une fortune, une propriété économise des fonds qui seront consacrés au surcroît de manipulation et de main-d'œuvre qu'exige une conduite biologique de la vigne. Car il va effectivement falloir impliquer la petite cinquantaine de

250. P-DG de Maison Sichel et, nous l'avons vu, président de l'Union des maisons de Bordeaux, lobby des négociants.
251. Voir chapitre 5. Attention : les Mähler-Besse restent propriétaires de Palmer à titre personnel.
252. Propos rapportés.

techniciens intervenant à Palmer tout au long de l'année en leur apprenant de nouveaux gestes ayant trait à la taille des ceps en hiver ou au traitement des maladies pendant la période de floraison.

Si Bordeaux est devenu un grand vignoble productiviste, c'est en partie à cause de son climat humide favorisant l'apparition de maladies mortelles pour le raisin et qu'il fallait donc éradiquer de la manière la plus efficace.

En agriculture biologique, les traitements contre les champignons ou les insectes sont spécifiques, comme l'utilisation de soufre pour contrecarrer l'oïdium ou de sulfate de cuivre contre le mildiou – ce dernier remède est d'ailleurs historiquement spécifique au Bordelais puisqu'on le nomme « bouillie bordelaise ».

Depuis cinq ans, l'équipe de Palmer s'est donc progressivement reconvertie aux gestes ancestraux et aussi à l'incertitude qu'exige une conduite « biologique ».

Thomas Duroux se sent évidemment un peu seul dans le microcosme des grands crus. Dans quelque temps, il a prévu d'aller rendre visite à un domaine en marge du système de la Bordeaux Connection, Château Le Puy, sur la modeste appellation Côtes-de-Francs (à l'est de Saint-Émilion), un cru non classé, ignoré en France mais très célèbre en Asie, et notamment au Japon où son dirigeant semi-retraité, Jean-Pierre Amoreau, est une star.

Cette propriété familiale depuis quatre siècles est bio par défaut depuis toujours, n'ayant jamais connu le moindre gramme de biocides pour la bonne et simple raison que le grand-père de Jean-Pierre Amoreau, féru de philosophie orientale, fut le premier yogi du Sud-Ouest et refusa l'introduction des premières méthodes productivistes chez lui.

Le jeune dirigeant de Palmer sera sans doute en accord avec le chef de famille Amoreau quand celui-ci lui déclarera certainement :

« *Dire que le bio est impossible à Bordeaux parce que le climat est trop humide, c'est aussi l'argument de ceux qui veulent continuer à gagner le plus d'argent possible en travaillant le moins possible sur le domaine*[253]. »

En bio, il faut travailler le dimanche, et le dimanche, nombre de grands crus bordelais sont fermés.

Vers un Palmer cosmique ?

Un Palmer bio n'est toutefois que la partie émergée du projet de Thomas Duroux et de son équipe, et il aura eu sans conteste un peu plus de mal à l'expliciter devant ses employeurs. L'objectif final et très ambitieux est en effet de transformer le grand cru de Margaux en un vin, non seulement bio, mais « biodynamique ».

Le terme est ambigu car, s'il est à la mode, il n'en existe pas de définition précise, et les interprétations varient. Les projets biodynamiques en agriculture consistent à créer un système écologique intégré où, dans le cadre d'une production, tous les êtres vivants concernés sont vus comme interdépendants, cet écosystème étant lui-même en relation d'équilibre avec

253. Adapté de propos recueillis par l'auteur et dans : « Biodynamie viticole : quel bon vin vous amène ? », par Vincent Remy, *Télérama* du 14 septembre 2014.

son environnement, qu'il relève du microcosme (l'infiniment petit) ou du macrocosme (l'infiniment grand).

C'est d'ailleurs avec beaucoup de prudence que le vigneron de Palmer résume sa définition du sujet :

« Il existe de nombreux projets biodynamiques et chacun d'entre eux possède ses caractéristiques. Ce qui est important est assez simple : nous voyons ici la propriété viticole comme une entité agricole globale. »

Ce schéma de pensée, il s'apparente plus à une philosophie qu'au dur labeur quotidien d'une exploitation agricole, et pourtant de très grands vignerons français s'y sont convertis, à l'image d'Aubert de Villaine ou Lalou Bize-Leroy, en Bourgogne, Nicolas Joly, dans la Loire, Michel Chapoutier, dans les Côtes du Rhône-Nord, Olivier Humbrecht, en Alsace, etc.[254].

Cette réalité ne peut que faire réfléchir, puisqu'il s'agit là d'un échantillon des plus grands et réputés vignerons français, c'est-à-dire les meilleurs vins de notre pays.

Mais, à Bordeaux, et notamment dans le Bordeaux des grands crus, le retard en la matière fait là aussi figure de gouffre, du moins si l'on accepte l'idée que ces pratiques doivent incarner l'excellence.

Rive gauche, dans le prestigieux Médoc, seul Pontet-Canet, un très grand Pauillac, s'est lancé dans cette voie voici une dizaine d'années sous la férule du très opiniâtre Alfred Tesseron, bientôt suivi par Gonzague

254. Respectivement Domaine de la Romanée-Conti, Domaine Leroy, La Coulée de Serrant, Maison Chapoutier et Domaine Zind-Humbrecht.

Lurton, à Durfort-Vivens, un deuxième cru également sur les terres de Margaux, comme Palmer.

À Saint-Émilion, Alain Moueix, dirigeant de Château Fonroque, le vin d'origine de la famille Moueix, est lui aussi un des rares à pratiquer l'exercice. Comme le remarque un responsable de Biodyvin, un syndicat international des vins en culture biodynamique, c'est à peu près tout, et c'est finalement très peu[255] !

Pourtant, ces projets agricoles sont réellement passionnants, même si teintés d'une pensée magique qu'il faut, certes, assumer.

Pour renforcer son propos en ce jour d'hivernage, le directeur de Palmer désigne au loin, dans une prairie découlant du grand plateau de vignes principal, un petit groupe de trois vaches d'espèce girondine.

Depuis l'an passé, elles vivent au château, dans un confortable chai du hameau transformé en étable, mais leur fonction ne consiste pas à produire du lait ou à procurer de la viande. Non, ces robustes mammifères sont d'abord là pour produire du compost, un engrais naturel qui sera évidemment réutilisé pour enrichir les parcelles.

Si, à terme, elles sont une petite quinzaine – comme l'espère Thomas Duroux –, Palmer sera autosuffisant en un engrais 100 % bio, mais surtout biodynamique, puisqu'il s'agira d'un rejet organique produit par et pour l'écosystème.

---

255. Il s'agit de Thierry Valette, lui-même « petit vigneron » en Côtes-de-Castillon (Clos Puy Arnaud), rive droite, donc. On compte moins de quinze châteaux biodynamiques à Bordeaux sur un total d'environ 9 000 exploitations, soit… 0,16 %.

Sans doute beaucoup plus étranges, elles ne joueront leur rôle le plus important que dans deux ou trois ans : quand le moment sera venu, Thomas Duroux, dont on imagine qu'il sera accompagné d'un spécialiste de l'exercice, va en effet prélever avec respect les cornes de ses pensionnaires afin de les garnir d'une bouse bien spécifique, oui, une belle bouse de vache, qu'il faudra ensuite enfouir précautionneusement en des lieux stratégiques du terroir, comme en autant de points d'acupuncture.

Nous pénétrons là par la petite porte, celle de l'expérience, dans l'étrange corpus philosophique d'un parfait inconnu, un ingénieur agricole autrichien du début du XXe siècle non moins étrange et qui est devenu le maître à penser moderne de tous les pratiquants d'une biodynamie plus ou moins stricte : Rudolf Steiner.

Il est piquant de constater que cet Autrichien réputé dans les milieux occultistes comme fondateur de l'école anthroposophique est devenu, par des détours torturés de l'histoire, l'inspirateur de certains des plus grands vins français haute couture.

En tout cas, ses écrits ont eu une influence sur quelques responsables de grands vins français, plus rarement bordelais, à commencer par Thomas Duroux et Sabrina Pernet, qui par ailleurs anime un groupe de travail à Margaux sur le sujet.

Les bases de l'agriculture biodynamique ont été posées voici près d'un siècle par Steiner à l'occasion d'une série de conférences données devant des agriculteurs germaniques. En un très large résumé, l'étrange penseur social leur expliquait qu'il est fondamental de considérer une unité de production agricole comme une sorte d'organisme vivant intégrant la biosphère, les déchets, les plantes, l'agriculteur lui-même, bien entendu, mais aussi des forces invisibles – on n'ose dire « cosmiques » – présentes dans le sol.

Un domaine biodynamique est donc une exploitation bio, n'utilisant que des produits naturels, mais provenant de préférence, voire en totalité, de cette même exploitation. Dans la configuration d'un grand vin comme Palmer, cela peut être tout à fait logique comme carrément ésotérique, ce que ne nie en rien notre converti Thomas Duroux.

Ses soixante brebis, elles paissent l'herbe des vignes et y réinjectent celle-ci sous forme de déchet organique, un simple cycle naturel bien connu de tous les jardiniers amateurs, mais que l'agriculture productiviste, c'est vrai, a corrompu.

Ses cornes de vaches, déterrées un an plus tard, vont par contre donner au vigneron un étrange compost qui sera dilué dans de l'eau battue à grande vitesse – il faut dire « dynamisé » –, puis aspergé sous forme de microgouttelettes au-dessus des vignes afin de transmettre à celles-ci une sorte d'énergie à dose homéopathique.

C'est pour cela qu'il est important que les cornes aient la forme d'un quart de disque lunaire, un argument dont on peut comprendre qu'il aura été difficile à avaler par les représentants des familles Sichel et Mähler-Besse !

Dans le proche hameau de Labarde, à quelques encablures du chai-étable créé par l'équipe Palmer, un tel projet fait évidemment discuter. Si l'on passe la porte de la Gare gourmande, un restaurant de vignerons et d'habitués installé dans un ancien poste de garde-barrière par Édouard Miailhe, ce propriétaire de Siran, également sur l'appellation Margaux, revenu des Philippines vivre la rénovation des grands crus[256], si l'on passe cette porte, donc, les commentaires sur la transformation de la conduite de la propriété font un peu jazzer.

Il ne s'agit pas que de commentaires de comptoir, plutôt d'une fascination de l'étrange mêlé de scepticisme ; car en effet pourquoi muer en bio ou en biodynamie alors que l'essentiel des volumes de premiers vins part à l'exportation dans des régions de plus en plus exotiques, comme la Chine Populaire depuis quelques années ?

Palmer lui-même, cette grande étiquette de culture anglo-saxonne, n'a-t-il pas vendu jusqu'à 90 % de ses bouteilles à l'étranger et n'a-t-il pas poussé ses expéditions en Chine jusqu'à 50 % des volumes lors de la folie des millésimes 2009 et 2010 ?

En outre, Thomas Duroux ne peut être qualifié de mystique ayant fait son « coming out » puisque cet enfant de la mondialisation a aussi été un des premiers à utiliser le dernier cric de la technologie pour réaliser des analyses poussées des sols ou de la vivacité de ses feuillages en allant jusqu'à utiliser des ULM survolant le domaine.

La réalité est pourtant perceptible, car de plus en plus de consommateurs s'intéressent autant, voire plus, à l'origine d'un produit, surtout un produit

256. Voir chapitre 6.

alimentaire, qu'à ce produit lui-même. Sur tous les marchés extérieurs où les grands crus sont exportés, le phénomène est réel et les Anglais, les Américains, les Japonais, les Océaniens, les Chinois de Hong Kong, Singapour ou Macao, tous sont sensibles au phénomène bio, parfois biodynamique, des propriétés viticoles converties à cette philosophie de production émergeant même un peu partout de la Californie à la Nouvelle-Zélande.

Le microcosme des plus grands crus bordelais, s'il ne s'est pas lancé massivement dans une telle mutation, mène donc de nombreuses expériences actuellement pour, un jour peut-être, se convertir, comme le démontrent les premiers pas de Pichon Longueville Comtesse de Lalande (Pauillac), propriété de la famille Rouzaud, ou de Smith Haut-Lafitte (Pessac-Léognan), de la famille Cathiard.

Mais c'est surtout du très inatteignable Château Latour dont on discute dans les rangs de vignes du Médoc. Frédéric Engerer, l'homme de Latour, discret dirigeant de plusieurs perles bachiques de l'empire François Pinault, fasciné par les enseignements de Rudolf Steiner et les résultats obtenus sur la qualité de certains grands vins français, pilote effectivement depuis 2008 la conversion expérimentale d'une proportion croissante des précieuses parcelles du premier cru classé de Pauillac, jusqu'à atteindre aujourd'hui près de la moitié du vignoble actuel. L'Enclos, du nom de la délimitation d'origine du château, est déjà passé à 100 % en bio et la partie est de la propriété, celle regardant l'estuaire, sera menée en biodynamie[257].

257. « Les vins mythiques : le club des 5 », Jacques Dupont, *Le Point*, 27 août 2013.

Pas question pour autant d'officialiser Latour comme un vin bio ou biodynamique, cela jurerait sur l'étiquette, et c'est bien l'avis d'un autre prestigieux voisin de Palmer : Château Margaux. Son dirigeant, Paul Pontallier, mène des expériences bio et biodynamiques depuis plusieurs années, mais n'entend pas convertir le cru avant une échéance très longue et il imagine même concrètement laisser ce choix à son successeur.

En 2012, il conviait ainsi plusieurs dizaines de professionnels à Londres pour tester des échantillons de vins menés, pour certains en culture conventionnelle, pour d'autres en bio, et le reste en biodynamie, apportant cette précision qu'il s'agissait de vignes de trente années plantées autour du château mais concluant étonnamment :

« *Attention ! Ce n'est donc pas du Château Margaux*[258]. »

Le bio ou la biodynamie sera effectivement une longue marche.

La viticulture environnementale selon Mme Cruse

Pour redescendre un peu sur Terre, prenons le chemin d'une propriété non moins charmante que Palmer, Pontet-Canet et autres Margaux, même si moins impressionnante, mais avec en tout cas des moyens très différents de ceux alloués à ces étiquettes de premier ordre.

---

258. Propos rapportés. Adaptés d'un récit de Nicolas de Rouyn sur son blog BonVivant (post du vendredi 2 mars 2012).

Nous sommes à l'est de la frontière entre Saint-Émilion et Pomerol, dans le petit « secteur » (hameau) de Corbin, non loin des stars Cheval Blanc, Figeac ou Pétrus, où quelques propriétés appartiennent au monde des grands crus, produisent des vins classés – ou pas, certaines ayant été « déclassés » –, participent aux campagnes primeurs, cèdent aux sirènes des marchés export, tout en vivant à l'ombre des proches géants de Pomerol.

Parmi elles, Château Corbin, une vaste propriété de pierre blonde, blonde comme sa propriétaire, Anabelle Cruse-Bardinet, née en 1967, dynamique petit bout de femme n'étant autre qu'une cousine du Grand Maître de la Commanderie du Bontemps, Emmanuel Cruse.

Comme nous l'avons vu, la famille Cruse est une de ces anciennes familles d'origine protestante ayant largement essaimé dans l'histoire du business bordelais des vins. Sa très nombreuse descendance s'est d'ailleurs retrouvée en mai 2015 à… mille invités à Château d'Issan pour célébrer le bicentenaire de l'arrivée du premier Cruse à Bordeaux en 1815.

Anabelle Cruse a pour elle un engagement et une hargne non dissimulables afin de diriger cette exploitation familiale se transmettant par mains féminines depuis quatre générations, dont elle a dû racheter des parts et dans laquelle il a fallu investir plusieurs millions d'euros dans l'objectif d'en faire un compétiteur du système grand cru.

À pas cadencé, la maîtresse de maison fait visiter les installations rutilantes du domaine, narre sa volonté assez évidente de doper la qualité du premier vin et, pour en venir au cœur du sujet, débouche d'un geste sec une bouteille de Corbin 2010, un millésime remarqué par la critique :

« *C'est le meilleur vin que j'ai fait. Je suis ravie d'en être arrivée là. Mais ce n'est pas simple. Le pouvoir, vous savez, il a fallu le prendre.* »

Corbin, contrairement à bien des châteaux, n'a pas été racheté par une mutuelle ou un businessman capricieux.

Il y a toutefois quelque chose qui agace prodigieusement Anabelle Cruse, c'est le discours ambiant sur l'agriculture biologique et la réputation, plutôt exécrable, du vignoble bordelais en matière de respect de l'environnement.

D'abord, explique-t-elle, l'évolution permanente de la législation impose aux vignerons une utilisation toujours plus précautionneuse des produits de traitements issus de la chimie, que les volumes autorisés de ceux-ci soient sans cesse revus à la baisse, ou alors que les périodes et les espaces de traitement soient de plus en plus réduits.

L'agriculture « raisonnée », c'est-à-dire la volonté de ne traiter qu'en dernier recours, progresserait donc de manière naturelle, à Bordeaux comme ailleurs, c'est du moins l'avis de notre maîtresse de maison.

La propriétaire, patronne et « directrice technique » de Corbin évoque immédiatement l'affaire des fongicides dispersés en mai 2014 dans une commune du Blayais à proximité d'une école et ayant entraîné des malaises chez plus d'une vingtaine d'élèves de primaire, événement fortement médiatisé qui a incité le préfet de Gironde à prendre des mesures drastiques de protection dans tout le département[259].

C'est un exemple, selon elle, de ce que l'on ne peut plus se permettre, et le renforcement des contraintes légales, elle s'en accommode plutôt bien.

« Je suis aussi venue à Corbin pour polluer le moins possible, voilà, c'était important pour moi. »

Pour ne pas simplement discourir mais agir, la vigneronne a ainsi supprimé voici plusieurs années l'utilisation de tout produit chimique pour désherber ses vignes, une opération qui doit se faire, non avec une armée de brebis comme à Château Palmer, mais en passant régulièrement entre les rangs à l'aide d'enjambeurs – de petits tracteurs hauts sur pattes – pour gratter la terre autour des ceps et interdire les pousses.

Surtout, poursuit-elle, il existe un risque climatique endémique à Bordeaux, qui s'explique par son climat pluvieux et pouvant entraîner la perte de parties plus ou moins importantes des récoltes. Être en culture bio, cela signifie parfois produire deux fois moins de vin, exactement comme ce fut le cas pour Pontet-Canet en 2013.

Et cela, économiquement, Château Corbin ne peut pas se le permettre.

Comme tous les « petits grands crus », ce Saint-Émilion classé bénéficie d'une rentabilité faible, qui sans

---

259. Interdiction d'épandage de produits phytosanitaires à moins de 50 mètres de toutes les écoles aux heures d'entrées et de sorties des élèves. Un arrêté beaucoup plus ancien (2006) imposait déjà l'interdiction d'épandage de pesticides quand les vents dépassaient les 19 kilomètres-heure.

doute sera plus confortable quand Anabelle Cruse aura gagné son pari de se situer au-delà de la barre des 20 euros en primeurs, mais nous n'en sommes pas là.

Aujourd'hui, son joli Corbin 2010, son cru le mieux valorisé, vaut en moyenne l'équivalent de 35 euros chez les cavistes du monde entier, ce qui peut paraître onéreux mais reste jusqu'à vingt fois moins cher que certains de ses prestigieux voisins.

Alors, être en bio, sans parler de biodynamie, représenterait un risque vital pour l'exploitation, un risque ne pouvant être assumé que par les rares grandes propriétés aux puissants actionnaires compréhensifs.

En outre, il n'est pas certain, selon la dirigeante, que la culture biologique soit la panacée semblant avoir une prise de plus en plus importante sur l'opinion.

« Je vais prendre un exemple pour être claire car c'est un sujet hypersensible. Certaines années, comme 2011, qui a été très sec, nous avons fait du bio. Mais pour nous passer complètement de la chimie, sur des millésimes comme 2007, 2013 ou 2014, il faudrait accepter une perte de récolte considérable, et passer plus souvent dans les rangs de vignes, ce qui a une incidence, non seulement sur nos coûts de main-d'œuvre, mais aussi sur l'environnement, car qu'en est-il du bilan carbone ? Je suis favorable au bio, je me dis juste que les considérations environnementales englobent sans doute des problèmes plus larges que la seule viticulture. Elles concernent la globalité de notre activité, vitivinicole, ainsi que la gestion de nos "déchets" et la protection de nos salariés. »

Comme nous l'avons vu, pour lutter contre les maladies de la vigne, essentiellement le mildiou et l'oïdium, les agriculteurs bio peuvent utiliser les deux remèdes que sont le cuivre et le soufre, mais ce sont des produits « lessivables », c'est-à-dire qu'ils disparaissent à la première pluie, et il est donc nécessaire de recommencer très régulièrement.

La méthode bio lui paraissant donc, non dénuée d'intérêt, mais peut-être pas assez aboutie dans certains des aspects de la vie d'une entreprise qu'est aussi une exploitation viticole, Anabelle Cruse a cherché une voie alternative pour améliorer sa conversion « raisonnable ».

Elle l'a trouvée *via* un procédé de « management environnemental » lancé par le Conseil interprofessionnel du vin de Bordeaux (CIVB) sur la base d'une norme internationale ISO 14001. Avec une petite vingtaine de propriétés, elle a rejoint un groupe de travail dont l'objectif est d'agir pour améliorer sa signature environnementale :

« *Cela ne concerne pas que la culture de la vigne. Une entreprise, c'est un tout. Nous avons une réflexion sur la gestion de nos risques environnementaux, nous sommes capables de les mesurer, de nous améliorer...* »

Une vingtaine de vignerons sur des milliers de propriétés, l'effort est admirable de la part de ces pionniers, mais renforce aussi l'image d'un vignoble rétif à toute évolution culturale.

L'expérimentation permet néanmoins d'inventer des solutions nouvelles, destinées à prévenir l'apparition de maladies dans les rangs de raisins – et donc à se passer de produits phytosanitaires –, comme par exemple en améliorant « l'aération » de la vigne, un procédé sur lequel le groupe de vignerons a discuté longuement avant de former ses équipes.

L'idée consiste à mieux laisser passer le vent entre les ceps en taillant plus efficacement les branches et le feuillage, par exemple en coupant plus de feuilles face au levant ou en faisant tomber une grappe de raisin sur deux pour que celle-ci sèche mieux en période humide.

En juin 2015, Anabelle Cruse aura achevé sa certification et pourra s'en prévaloir auprès de ses clients internationaux.

Reste à savoir si cela parlera à ses amateurs de Shanghai, Abou Dhabi ou New York.

Épilogue

Bordeaux Connection

Les Templiers du Médoc, encore et toujours – Montrose et Bouygues en tenues de Premiers – Ils sont venus, ils sont tous là… – Les grands Bordeaux, des marques de luxe à prix d'or – Et le plaisir dans tout ça ?

Le Grand Maître a de l'expérience, il s'appelle toujours Emmanuel Cruse, et a toujours autant de Commandeurs à ordonner, peut-être cette année un peu moins d'Asiatiques que d'habitude, mais à nouveau quelques Américains, qui, enhardis par la chute de l'euro face au dollar, ont fait leur grand retour à Bordeaux à l'occasion de la campagne primeur 2015 pour le millésime 2014.

Alors c'est reparti :

« *Par la mémoire auguste et vénérable de notre fondateur* […], *nous vous faisons Commandeur d'honneur dans l'ordre de la Commanderie du Bontemps* […]. »

En ce début de soirée du jeudi 18 juin 2015, à Château Montrose, une nouvelle fournée d'une quarantaine de fidèles des grands Bordeaux va recevoir les insignes de l'Ordre et jurer fidélité aux grands Médoc.

En huit années d'exercice, le Grand Maître a tout de même bien mérité de sa caste car il aura ordonné, précise-t-il, un peu plus de huit cents Commandeurs d'honneur de la Commanderie du Bontemps, Médoc, Graves, Sauternes, Barsac.

Au moment d'achever son office, il s'amuse à repenser que les trois premiers honorés de cette distinction par sa main, en avril 2008, furent justement Martin, Mélissa et Olivier Bouygues[260], ceux-là même qui reçoivent aujourd'hui tout le Bordeaux des grands crus dans leur Saint-Estèphe rebâti à grands frais.

Le parallélépipédique Montrose reçoit en effet pour cette édition 2015 de la fête de la Fleur, une des soirées smoking et robes de soirée les plus courues du monde, preuve que la famille Bouygues a gagné sa place dans la hiérarchie invisible de la Bordeaux Connection.

La Commanderie du Bontemps organise une partie des festivités en les finançant grâce aux bénéfices tirés du prix des places payées par les familles, propriétaires, financiers, négociants ou distributeurs voulant régaler leurs invités personnels.

---

260. Martin Bouygues, son épouse Mélissa Bouygues et son frère Olivier Bouygues ont été ordonnés Commandeurs honoraires à Château Lafite à la demande particulière de la famille Rothschild. La Commanderie organise toute l'année des ordinations « privées » à la demande de propriétaires ou de négociants voulant flatter certaines de leurs relations.

La polémique, un peu surréaliste, née en 2013 de l'augmentation du prix de la tablée de dix par la Commanderie, passé de 3 500 à 5 000 euros (soit 500 euros par invité), a maintenant été digérée et Emmanuel Cruse n'est plus obligé d'asséner son argument favori :

« *Non mais franchement, si on était aux États-Unis, ce type d'événement, c'est 1 000 dollars la place !* »

Son énergie, il va pouvoir la consacrer au cœur du sujet : faire transférer depuis la cave de la Commanderie la plus grande réserve de grands Bordeaux au monde[261], l'équivalent de 2 000 bouteilles pour étancher la soif de tannins fondus comme de reconnaissance sociale des privilégiés du jour.

Ce budget est toutefois sans commune mesure avec celui que la puissance invitante décide de consacrer à cet événement ultra-prestigieux.

Lors de l'édition 2003, feu la baronne Philippine de Rothschild avait arrosé mille cinq cents invités de Mouton-Rothschild 1982, retenu Placido Domingo pour honorer de sa voix de ténor le dessert et fait affréter un Airbus pour ramener de nuit les amis de la baronne sur Paris, la facture totale ayant, chuchote-t-on, dépassé les 2,5 millions d'euros.

Qui sait ce que les Bouygues ont réservé à leurs invités ce soir ? Il ne s'agissait pas que de trancher pour un très grand Montrose – les 2009 et 2010 ont été sublimes, ont reçu chacun la note de 100/100 Parker, mais ne sont-ils tout de même pas trop jeunes ?

---

261. 90 000 bouteilles chez un stockeur en banlieue de la capitale girondine.

Même si la crise chinoise est passée par là, le Bordeaux des grands vins est plus que jamais un lieu de pouvoir. La famille du BTP a justement obtenu, c'est un symbole très fort, que son Montrose, un « deuxième grand cru classé », soit servi à la place d'un Premier comme dernier vin rouge du repas, le choix, classique, d'Yquem sur le dessert servant à préserver l'honneur des leaders du classement de 1855.

Place à la fête, et d'abord aux inévitables grands Sauternes obligatoirement versés généreusement à l'apéritif aux mille quatre cent cinquante invités – ambiance sécuritaire oblige, la commission de sécurité s'est montrée légèrement plus rigide qu'à l'accoutumée. Il s'agit de marques que l'on ne boit plus trop et pourtant délicieuses, ces La Tour Blanche, Guiraud, Myrat et autres Coutet.

Comme à Hong Kong voici trois ans, et quand bien même les années fastes seraient derrière elles, les deux cents familles des deux cents grands crus – très puissants ou beaucoup plus modestes, mais « grand cru » quand même – ont tenu à être là car on ne manque pas la fête de la Fleur, cette réunion traditionnelle inventée dans les temps contemporains pour magnifier les grandes étiquettes du Médoc, et par-delà bordelaises.

Oui, les Patrick, Olivier, et même Adrien Bernard – revenu de Chine à la demande paternelle – sont évidemment de la partie, comme les Cruse, Castéja, Lurton, Lévêque, Cazes, de Boüard, Mähler-Besse, Rolland, Magrez, Miailhe et autres Thunevin, etc., plus quelques amis Grands Maîtres asiatiques ou américains, moins quelques rebelles comme Stéphane Derenoncourt ou Jean-Hubert Delon.

Tous, à leur corps défendant ou non, ont constitué depuis quelques décennies une nouvelle aristocratie des affaires aux codes centrés sur le commerce d'un ancien produit plaisir, des bouteilles de vin de bons Bordeaux, devenus des marques de luxe catapultées dans la compétition économique globale.

Les moyens dégagés pour cette offensive ont été rendus possibles par l'extraordinaire valorisation des grands Bordeaux depuis la fin des années quatre-vingt : en trois décennies, les prix de la petite dizaine de Premiers ont sextuplé, ceux des « superseconds » ont plus que quadruplé, ceux des vingt châteaux qui comptent ensuite ont un peu moins que triplé, etc.[262]

L'exploit de quelques-uns, une élite dans l'élite, a été de vendre par centaines de milliers d'exemplaires des bouteilles de vin à des prix ayant pu atteindre celui de la truffe noire, c'est-à-dire un bon millier d'euros le kilo ; ils sont très nombreux à loucher sur les extraordinaires rentabilités dégagées par un label mondial installé.

Depuis deux ans, pourtant, les stocks s'accumulent à Bordeaux, la bulle chinoise s'étant dégonflée aussi rapidement qu'elle était apparue, mais déjà les têtes chercheuses de la Bordeaux Connection regardent vers d'autres horizons : l'Australie, que Pierre Lurton rêve de convertir à Cheval Blanc ; l'Inde, où Paul Pontallier fut récemment l'un des rares à abreuver les maharadjas en Margaux ; le Brésil, le Mexique,

262. Étude Axa Millésimes de juillet 2014 : entre 1986 et 2012, ces hausses sont exactement de + 700 %, + 340 %, + 180 %, à comparer avec le prix du bordeaux générique, qui n'a progressé que de… + 25 % !

voire, pourquoi pas ?, le Nigeria, les puissances d'après-demain.

Ainsi se poursuivront encore longtemps les affaires dans l'extraordinaire caste des grands crus bordelais.

Remerciements

Jean-Pierre Amoreau, Claire Ballarin, Olivier Berrouet, Dominique Befve, Olivier Bernard, Adrien Bernard, Sylvain Boivert, Hubert de Boüard, Laurent Boudin, Frédéric Brochet, Philippe Castéja, Jean-Michel Cazes, Sylvie Cazes, Vincent Cheung, Bandy Choi, César Compadre, Franck Crouzet, Emmanuel Cruse, Anabelle Cruse-Bardinet, Jean-Hubert Delon, Stéphane Derenoncourt, Dominique Duchiron, Thomas Duroux, Bruno Finance, Marie-Catherine Gault, Julie Gonet-Medeville, Xavier Gonet-Medeville, Albine Guénot, Eiffel Jiang, Jean-Joseph Julaud, Philippe Laquèche, François Lévêque, François des Ligneris, Pierre Lurton, Bernard Magrez, Patrick Maroteaux, Edouard Miailhe, Capucine Panissal, Henri Parent, Marcello Pelleriti, Sabrina Pernet, Gérard Perse, Jean-Guillaume Prats, Michel Rolland, Henry Tang, Jean-Luc Thunevin, Murielle Thunevin, Jean-Pierre Tuil, Bertrand de Villaines, Bernadette Vizioz, Vincent Yip

Table des matières